나는 보좌관이다

나는 보좌관이다

초판 1쇄 2021년 10월 27일
초판 2쇄 2021년 11월 04일
지은이 임현 | **펴낸이** 송영화 | **펴낸곳** 굿웰스북스 | **총괄** 임종익
등록 제 2020-000123호 | **주소** 서울시 마포구 양화로 133 서교타워 711호
전화 02) 322-7803 | **팩스** 02) 6007-1845 | **이메일** gwbooks@hanmail.net

© 임현, 굿웰스북스 2021, *Printed in Korea*.

ISBN 979-11-91447-74-3 03810 | **값 15,000원**

나는

보좌관이다

철저하게 조연으로 사는 얼굴 없는 사람들

임현 지음

"네까짓 게 무슨 책을 써!"

나는 보좌관이다. 내가 겪고 들었던 국회 이야기를 진솔하게 책에 담고 싶었다. 보좌관이 되기 위한 지침서가 아니다. 인턴 비서부터 현재 보좌관이 되기까지 치열하게 살아온 삶의 기억을 더듬으며 쓴 글이다. 긍정적인 평가를 하는 이들도 있지만, "네까짓 게 무슨 책을 써!"라고 부정적으로 말하는 이들도 당연히 있을 것이다.

또 어떤 이는 이영애 배우가 영화 〈친절한 금자씨〉에서 했던 대사처럼 "너나 잘하세요."라고 말할 수 있다. 내가 이 책을 쓰게 된 이유는 많은 사람이 국회 보좌진이 어떤 일을 하고 그 일에 얼마나 큰 노력과 희생이 따르는지 책을 통해 알려주고 싶었기 때문이다. 그리고 부족하지만, 조금이나마 국회 보좌진의 치열한 삶을 이야기하고 싶었다. 내가 잘하는 것과 아쉬운 점들 그리고 앞으로 더 잘해야 할 것들에 대한 반성과 실천하는 마음을 담았다. 동시에 이 글은 나의 반성문이다.

40여 일 동안 책을 써나가면서 안 좋은 경험을 좋게 포장하고 싶지 않았다. 그렇다고 없는 경험을 있는 것처럼 쓰고 싶은 생각은 추호도 없었다. 다만, 지금까지 나 자신이 지켜왔던 것과 지키려고 했던 것을 모든 보좌진과 함께 실천했으면 하는 바람으로 책을 썼다. 나에 대한 부정적인 그 어떤 말을 들어도 좋다. 내가 이 책에 담고자 하는 것은 내 주변의 사람들에게만큼은 '후배 보좌진들에게 인정받는 보좌관이 되자!'는 제안서이자 약속이다.

"보좌관은 뭐 하는 사람이야?"

연애 시절 아내가 물었다. "보좌관은 뭐 하는 사람이야? 국회의원 따라다니면서 가방 들어주는 사람 아니야?" 많은 사람이 보좌관을 과거 '가방모찌'라고 생각했다. 나 자신도 '관노비', '일용직 공무원'이라고 자조 섞인 말을 입에 담을 때가 많다. 힘들게 일하며 보람도 많이 느끼지만 절대 화려하지만 않은 직업이 바로 보좌관이다. 보좌관들은 자신의 직업을 두고 '겉만 우아한 사람들'이라고 표현한다. 외부에서 보좌관을 바라보는 시선은 부러움의 대상이다. 고향에 내려가면 내 주변의 사람들도 '국회의원 보좌관'이라고 하면, 의외로 많은 관심을 가지고 부러운 눈빛을 보낸다. 그러나 단 한 사람은 '기피 업종'이라고 말한다. 항상 내 곁에서 나를 지켜보고 있는 아내가 하는 소리다. "맨날 밤새워서 일하냐?"부터 시작해서 "다음 생애에는 보좌관 업을 하는 사람하고는 상종을 안 한다."는 한 맺힌 어조로 독침을 가한다. 어쩔 수 없지 않나. 보좌관이 하는 일은 '갑자기'라는 말이 일상화되어 있다. 평소에야 정해진 일을 차근차근히 하면 되지만, 의원이 '갑자기' 던져주고 서둘러 하라고 하면 밤을 새울 일이 많아진다. 새벽녘이라도 일이 끝나면 감사할 따름이다.

"보좌관, 얼굴 없는 사람들"

보좌진들이 공통으로 고민하는 게 있다. 언제 잘릴지 몰라 늘 불안감이 따라다니고 미래가 불투명하다는 것이다. 일할 때만큼은 자부심을 느끼고 열정을 다해 일한다. 법을 만들 때도 심혈을 기울여 '국민의 삶'을 먼저 생각한다. 내가 만든 법안이 국회 본회의를 통과될 때 가장 큰 보람을 느낀다. 밤새 분석한 자료가 보도자료를 통해 신문 지면에 실리거나 방송 뉴스에 방영될 때도 마찬가지다. 하지만 그 모든 게 보좌관의 몫이 아닌, 의원의 성과로 기록된다. 그렇다고 '내 것'이라고 말하지 않는다. 의원이 높은 평가를 받는다는 것은 곧 보좌관과 보좌진이 함께 좋은 평가를 받는 것이기 때문이다.

최근 모 방송사 드라마 〈보좌관〉을 통해 '세상을 움직이는 사람들'이라는 소재로 많은 사람에게 소개되었다. 보좌관인 나로서는 기분 나쁘지 않지만, 보좌관이라는 업을 너무 과장해 전개된 부분이 많다. 국회의원을 보좌하면서 국민을 위한 법을 만들고, 국가의 주요 정책과 수백조 원에 가까운 예산을 편성하는 데 깊숙이 개입하기 때문에 완전히 틀린 이야기는 아니다. 세상을 움직이는 사람들…. 나의 대답은 '글쎄'이다. 보좌관이 세상을 어떻게 움직일 수 있겠나. 다만, 세상을 움직이기 위해 치열하게 싸우는 사람들이라는 표현이 더 맞지 않을까? 보좌관은 의원을 보좌하는 만큼, 자신을 감추고 철저하게 조연으로 살아가고 있다. 우리는 그들을 '얼굴 없는 사람들'이라고 부른다.

"나를 응원해준 모든 이들에게…"

『나는 보좌관이다』, 이 책을 쓰면서 인생을 되돌아보게 됐다. 매사에 치열하게 살아온 나 자신에게 고맙다는 생각이 먼저 들었다. 그동안 온갖 어려움을 이겨내고 이 자리까지 왔다.

과거 너무 힘이 들어 그만둘 생각도 수백 번은 더 했다. 인턴 시절 객지 생활에 돈이 없어 월급날을 꼬박 기다리며 배고픔을 견뎌냈다. 고시원 골방에 앉아 울기도 많이 했다. 일부 선배 보좌진의 갑질에도 불구하고 묵묵히 일해 왔다. 언젠가 내가 그 자리에 올라가면 나는 그러지 않으리라 다짐하며… 그러한 모든 경험이 나를 더욱 강하게 만들었다.

히말라야 같은 높은 산을 오르는 산악인들은 정상을 오를 때 힘들고, 지치고, 짜증이 나면 '괜찮다, 할 수 있어.'라는 긍정적인 생각을 한다. 고산증의 고통이 줄어들기 때문이다. 나는 그런 삶을 살아왔다. 치열한 세상에서 살아남았다. 다만, 희망의 불씨는 언제 꺼질지 모른다. 오늘이 될 수도, 내일이 될 수도 있다. 나는 오늘도 이상한 나라 여의도에서 살아남기 위해 잡놈 근성으로 치열하게 싸운다. 그 치열한 삶에 함께 버텨준 내 아내와 아들에게 무한한 사랑을 느낀다. 내가 하는 모든 것을 믿고 응원해 준 가족에게 정말 고맙다. 그리고 국정감사를 앞둔 바쁜 시기에 책을 쓰겠다는 내게 불만보다 따뜻한 격려와 관심을 준 1003호 의원실 식구들로 인해 큰 힘이 되었다. "책은 바쁠 때 써라!"라고 말하며 용기를 북돋아 준 김태광 〈한책협〉 대표와 '책은 탈고 과정이 가장 중요하다.'며 밤새워 원고를 수정해 준 이종진 실장에게 진심으로 감사드린다. 무엇보다 치열하게 살아가는 국회 동료 보좌진 모두에게 큰 힘이 되기를 바라는 마음으로 이 책을 바친다.

목 차

2장 국회 보좌관으로 산다는 것

3장 오늘의 이슈를 먼저 선점하라

4장 보좌관, 철저하게 조연으로 사는 사람들

5장 국회는 가을이 없다

1

나는 보좌관이다

01

2003년 12월, 어느 추운 겨울

어느 추운 겨울이었다. 17대 국회의원 선거에 출마하기 위해 준비 중인 후보자의 비서실장이라는 분이 내게 연락이 왔다. 후보자의 홈페이지 게시글에 내가 남긴 장문의 글을 보고 연락을 해왔다. 방송국 계약직을 그만두고 고향에 내려와 일자리를 찾고 있을 때였다. 아직 선거일까지는 수개월이 남은 터라 공식적인 캠프는 꾸리지 않은 것 같았다. 내가 찾아간 곳은 개인 사무실로 보였으나, 사무실치고는 꽤 넓은 구조였다. 사무실 안에는 수십 명의 어르신이 테이블마다 자리를 장악하며 옹기종기 모여 있었다. 젊은 사람은 눈에 띄지 않았다. 비서실장은 나를 보자마자 사무실 안쪽으로 안내했다. 그곳은 후보자가 손님 접견 장소로 사용하는 작은 사무실이었다. 비서실장이 노크하면서 나를 소개하기를 "시장님. 정정당당님 오셨습니다."라고 말했다. 누군가 문을 열면서 나에게 악수를 청하며 반갑게 맞아줬다.

"오. 젊은 친구가 정정당당이었구나. 정말 반가워요."

지난 지방선거에서 아깝게 낙선한 전 시장이었다. 그리고 '정정당당'은 포털사이트에서 사용하는 내 닉네임이었다.

"정정당당이 이렇게 젊은 친구인 줄 몰랐네. 내년이면 나이가 어떻게 돼요?"
"네. 서른한 살입니다."
"지금 직장은 다니고 있어요?"
"며칠 전까지 지방의 방송국에서 일하다가, 그만두고 고향에 내려왔습니다."

면접을 보는 분위기였다. 한참을 얘기하다 마무리될 무렵 전 시장이 내게 말했다.

"이번 선거에서 나를 좀 도와줄래요?"

나는 바로 대답하지 못했다. 지켜보던 비서실장이 나서서 "시장님. 다음 면담이 있으시니, 자세한 얘기는 제가 나가서 의논해 보겠습니다."라고 말했다. 나는 전 시장에게 인사를 하고 비서실장과 함께 사무실을 나왔다.

비서실장은 나에게 내일부터 선거 준비를 함께하자고 제안했다. 나는 한참을 망설이다, 선거도 좋은 경험이 되겠다 싶어 흔쾌히 승낙했다. 이렇게 선거 기간 동안 선거사무실 자원봉사자로 일하면서 자연스럽게 정치의 세계에 발을 딛게 되었다.

2003년은 당시 노무현 정부가 새롭게 출범하면서, 정치권은 이에 맞춰 신당 추진 모임이 결성된 시기였다. 같은 해 11월에 현직 국회의원 47명이 열린우리당을 창당했고 이후 17대 국회의원 선거를 앞두고 헌정 사상 초유의 충격적인 사태가 벌어졌다. 국회에서 노무현 대통령에 대한 탄핵안이 가결돼 대통령의 모든 직무가 정지되었다. 이유는 야당에서 대통령의 '정치적 중립'을 문제 삼으며, 대통령을 대상으로 탄핵소추안을 통과시켰기 때문이다. 정치권은 요동치기 시작했다. 내부 분열로 인해 새로운 신생 정당이 창당되었고, 불법 대선 자금 수수, 불법 대북 송금, 대통령 탄핵소추안 가결에 이르기까지 어수선한 정치 상황 속에서 선거가 치러졌다. 결과는 새로운 정당이 대통령 탄핵 역풍 분위기를 타 152석의 과

반이 넘는 의석 수를 확보했다. 또 사상 최초로 진보를 대표했던 정당이 국회에 진출하는 등 17대 국회의원 선거에서 대이변이 속출했다. 내가 도운 후보자도 압도적인 표 차로 당선되면서 국회에 입성했다.

나와 함께 후보자를 도왔던 기획실장과 비서실장은 4급 보좌관과 5급 비서관으로, 수행을 담당했던 후배는 7급 비서의 직급을 받고 서울로 향했다. '논공행상'으로 주어진 보상이었다. 당시 국회 보좌진 구성은 4급 보좌관 2명, 5급 비서관 1명, 6급·7급·9급 비서 각 1명씩 그리고 인턴 비서 2명 등 국회의원 1명당 모두 8명의 보좌진을 채용할 수 있었다. 나는 내심 '꿈에 그리던 국회에서 일하면 얼마나 좋을까.'라는 약간의 시샘 섞인 부러운 마음을 가졌다. 그렇다고 내가 감히 그들 경험치를 따라갈 수 없었고, 국회에 들어가더라도 내 역량으로는 도움 될 일이 하나도 없었다. 솔직히 국회의원 보좌진이 몇 명인지 관심조차 없었다. 오로지 앞으로 무슨 일을 해야 할지에만 관심이 있었다.

나는 다시 일상으로 돌아왔다. 선거가 끝나고 공부를 할지, 직장을 구할지 방황하는 시기에 접어들었다. 선거 기간에 몸에 배인 습관일까? 새벽 5시가 되면 알람시계를 맞춘 것처럼 눈을 뜨게 된다. 6시가 되면 어김없이 TV를 켜고 뉴스를 본다. TV 속 뉴스는 연일 정치권 소식으로 도배가 된다.

"제16대 국회가 29일로 파란만장한 4년의 임기가 끝났습니다. 이제 제 17대 국회의 법정 임기 30일인 내일부터 시작됩니다. 국회는 오는 6월 5일 개원 국회를 소집하고, 7일에는 의장단을 선출할 것으로 보입니다. 개원식에는 노무현 대통령의 개원 연설과 함께 상임위원장과 특위 위원 장단 선출을 통해 원 구성을 마무리할 계획입니다."

드디어 내일이면 제17대 국회가 개원한다. 선거 기간 동안 치열하게 싸워 이긴 300명이 한자리에 모인다. 4년의 임기 동안 국민을 위해 잘해주기를 바랐다. 17대 국회가 개원한 지 20여 일 지났을 때 무렵, 선거 당시 기획실장이었던 보좌관으로부터 연락이 왔다.

"임 군. 요즘 어떻게 지내?"

"실장님. 안녕하세요. 열심히 일자리 찾고 있습니다."

"그래? 고생이 많네. 혹시 서울에 연고가 있어?"

"있기는 한데, 서로 교류가 없어서 끊긴 지 오랩니다. 제가 뭐 도와드릴 일이라도 있습니까?"

"그건 아니고. 여기 인턴 자리가 하나 남아있는데, 혹시 같이 일할 생각 없을까?"

"아. 제가요? 저는 국회에서 일할 정도로 능력이 없어서 어떻게 해야 할지 잘 모르겠습니다."

"그런 건 걱정 안 해도 돼. 일하다 보면 경험이 쌓이고 실력도 느는 거야. 한번 해봐."

"네. 열심히 해보겠습니다."

전화를 끊고 만감이 교차했다. 두려움보다 기쁨이 더했다. 지난 선거 기간 동안 밤낮없이 고생했던 생각이 떠올랐다. 정말 치열했던 시간이었다. 나는 새로운 선거 경험에 힘든 줄 모르고 즐겁게 일했다. 100평은 족히 되는 선거사무실을 청소하는 일도 즐거웠다. 유세차를 타고 전에 가보지 못한 곳까지 훑었고 현수막 위치를 바꿔 달고 찢어진 벽보도 교체하러 다녔던 일도 즐거웠다. 무엇보다 당나라 군대의 선거 조직이지만 기획실장과 비서실장, 사무국장, 조직국장, 상황실장, 동별회장 등 100여 명에 이르는 지역 사람들이 한시적 직책을 맡으면서 내 일처럼 열심히 하는 모습도 즐거운 볼거리였다. 나에게 비친 첫 선거는 즐거움이 전부였다. 일에 대한 두려움과 피곤함도 잊을 정도였다. 그렇게 가난한 청년은 고향에 모든 걸 내려놓고 서울행 고속버스에 올랐다.

국회 정문에 들어서는 순간, 별천지 소굴로 들어가는 느낌이었다. 넓게 펼쳐진 잔디광장과 전면에 우뚝 솟은 국회의사당 건물이 먼저 눈에 들어왔다. 의원실 위치를 몰라 정문에 서 있는 의경에게 물어 간신히 의원회관에 진입했다. 의원실로 들어서자 입구에 앉아 있던 여비서가 친절하게 나를 반겨줬다. 안쪽 책상에는 기획실장이었던 보좌관과 비서실장 비서관, 국회 경력자로 보이는 보좌관과 6급 비서가 나를 반겼다. 처음 기대와는 달리 8명이 근무하기에는 의원실 내부가 너무 협소했다. 의원집무실과 직원 업무 공간이 비슷해 보였다. 여비서가 컴퓨터만 놓여 있는 텅 빈자리로 안내했다. 앞으로 내가 일할 책상이란다. 내 자리는 입구 바로 옆 우측에 있었다. 나는 인턴 등록에 필요한 서류를 여비서에게 전달하고 서울에서 생활할 거처를 마련하려고 의원실 문을 나섰다. 먼저 국회에서 걸어 10분 거리인 영등포로 향했다. 당시 내 지갑에는 아버지가 주신 5만 원을 포함해 13만 원이 들어있었다. 세상 물정 몰랐던 나는 무턱대고 국회와 가장 가까운 고시원 간판을 보고 안으로 들어갔다. 고시원 사장은 '보증금이 없는 대신 월 25만 원 선급'이라고 말했다. 사정을 얘기하며 '10만 원만 우선해 드리고 첫 월급 받으면 15만 원 후급 처리하고 다음 달부터 내면 안 되겠냐'고 부탁했지만 '뭐 이런 게 다 있냐'는 표정으로 매몰차게 거절했다. 두 번째, 세 번째 들어간 고시원도 마찬가지였다. 첫째 날은 어쩔 수 없이 찜질방에서 하루를 보냈다.

다음날도 별 소득 없이 온종일 발품을 팔았다. 당시 내 처지를 생면부지의 고시원 주인들이 이해해줄 리 없었으니 그럴 법도 했다. 자포자기하는 심정으로 마지막에 찾아간 곳은 영등포시장 안에 있는 허름한 고시원이었다. 입구 안내실에는 중년의 여사장이 앉아 있었다. 내 사정을 사장에게 얘기하고 답변을 기다렸다. 사장은 한참을 고민하다 내게 말했다.

"그렇게 합시다. 그리고 약속은 꼭 지키시고요."
"네. 고맙습니다. 정말 고맙습니다."

나는 감사 인사를 하고 열쇠를 받아 방으로 들어갔다. 정말 작았다. 곰팡이가 핀 벽지와 일체형 책상과 침대가 놓여 있었다. 책상 위에는 옷을 걸 수 있는 긴 쇠막대 하나가 가로로 박혀 있었다. 침대에 누우면 삐걱거리는 소리가 요란했다. 그래도 내 보금자리가 생겼다는 게 어딘가. 나는 짐을 풀고 국회로 향했다. 며칠 뒤에 안 사실이지만 고시원 여사장은 14대 국회 당시 의원 비서를 했다고 한다. 내게 정말 고마운 사람이다.

30세의 새로운 내 인생이 시작됐다. 도전 의식과 강한 의지가 함께 교차했다. 꿈은 자신이 처한 상황에 따라 수시로 변한다고 했다. 나 또한 그 꿈이 변하기 시작했다. '그래. 끝까지 해보자. 보좌관까지 가는 거야.' 지금은 인턴이지만 보좌관이 될 때까지 10년, 20년이 걸려도 그 꿈만은 꼭 이루고 싶었다. 나는 인생의 목표를 정하고 지금까지 달려왔고 그 꿈을 이루었다.

헤르만 헤세의 소설 『데미안』에 보면 "새는 알에서 깨고 나온다. 알은 새에게 하나의 세계이다. 하지만 태어나려고 하는 생명은 하나의 세계를 파괴하지 않으면 안 된다."라는 말이 나온다. 이처럼 시련은 새의 알과 같다. 알에서 새가 되기 위해선 아무리 힘들고 고통스럽더라도 단단한 알을 깨고 나와야 한다. 고정관념을 깨고 나오는 모든 생명은 아름답다. 나는 내가 원하는 꿈을 이루기 위해 많은 시련을 거치는 동안 나 자신과 싸움을 두려워하지 않았다. 순간 좌절도 있었다. 절망의 높은 벽에 막혀 죽을 만큼 고통스러웠던 적도 있었다. 나는 절대 포기하지 않았다. 더 단단해졌다. 그 싸움에서 이겨야 내가 원하는 꿈을 이룰 수 있으니까. 지금은 보좌관이 되었다.

02

나는 왜 보좌관이 되었는가?

고2 여름방학이었다. 나는 친구들과 함께 용돈벌이로 아버지와 이모부가 운영하던 회사에서 5일 정도 아르바이트를 했다. 그냥 막노동이었다. 국가산업단지 내에 있는 대기업을 상대로 철재 페인트 작업을 하는 하청 업체였다. 어느 날 공터에 널린 철재들을 옮겨 가지런히 정리하고 산업용 쇠솔과 사포로 번갈아 가며 철재에 묻어있는 이물질을 제거하고 있었다. 그때 작업장과 조금 떨어진 곳에서 큰 소리가 들렸다. 감독관으로 보이는 두 사람이 대기업 ○○화학 로고가 박힌 안전모와 작업복을 입은 채 누군가에게 언성을 높이며 사정없이 몰아붙이고 있었다. 나와 함께 작업하던 친구가 "네 아버지 아냐?"라고 알려줬다. 아버지였다. 아버지는 그들 앞에서 두 손을 모아 고개를 숙이며 "죄송하다"는 말을 수차례 내뱉었다. 함께 일하던 아저씨가 내게 "또 꼬투리 잡으러 왔네. 모른 척하고 일해라."라고 말했다. 한두 번이 아닌 것 같았다. 아버지보다 한참 젊어 보였다. '아. 이런 게 갑질이구나'라는 생각이 들었다. 작업장으로 돌아온 아버지는 아무런 내색도 하지 않았다. 오히려 내가 더 죄송했다. 아버지는 담배를 손에 쥐고 연기를 뿜어냈다. 참았던 분노를 담배 연기에 담아 허공으로 날려 보냈다. 나는 아버지에게 물었다.

"아버지는 내가 어떤 사람이 되길 바라세요?"

아버지는 내게 시답잖은 소릴 한다며 어깨를 치며 말했다.

"나 같이 남에게 아쉬운 소리 하고 쩔쩔매는 삶은 살지 마라."

나는 그런 삶이 어떤 의미인지 잘 이해가 되지 않았다. 나에게만큼은 세상에서 가장 멋진 최고의 삶을 가르쳐주신 분이셨기 때문이다. 당신처럼 살지 말라는 말에 서운한 생각마저 들었다. 이제야 알 것 같다. 그동안 힘겹게 버텨온 지금의 내 삶이 아버지가 말한 그런 삶이었다. 남에게 당당하게 말할 수 있는 삶, 지금 내가 보좌관으로 살아가는 그런 삶이라는 생각이 들었다.

나는 인턴으로 국회에 들어오기 전까지 인생의 중심을 잡지 못했다. 아버지 사업 실패 이후 대학을 포기하고 돈을 좇아 여기저기 돌아다니며 닥치는 대로 일을 했었다. 이른 새벽 어판장에 나가 고기 상자를 나르고, 산업단지에서 막노동도 불사했다. 그렇다고 큰돈이 모이는 것도 아니었지만, 당시 내가 할 수 있는 일이라고는 몸을 움직여 생활비를 버는 것밖에 없었다. 아버지는 가계에 보탬이 되기 위해 조그마한 어선을 샀다. 밤낮없이 고기를 잡으셨고, 어머니는 아버지가 잡아 온 고기를 시장에 내다 팔았다. 그럭저럭 생계를 유지하며 조금씩 빚을 갚아나갔다. 그러나 아버지의 고기잡이도 그리 오래가지 못했다. 당시 태풍 로빈이 한반도를 강타하면서 전국적으로 큰 피해가 속출했다. 아버지는 뉴스 속보를 보며 부두에 매 놓은 어선 걱정에 꼬박 밤을 새웠다. 태풍이 잠잠해지자 아버지는 불안한 마음을 억지로 누르며 1t 트럭을 몰아 부두로 향했다. 나는 별일 있겠나 싶어 독서실 총무 아르바이트를 하러 집을 나섰다.

오후 3시쯤이었다. 독서실 원장이 집에서 전화가 왔다며 집으로 빨리 가보라고 했다. 나는 곧장 버스를 타고 집으로 달려갔다. 문을 여는 순간 아버지와 어머니는 세상 살기를 포기한 사람들처럼 자포자기한 모습으로 앉아 있었다. 어머니가 말하기를 '태풍으로 배가 뒤집혀 바닷물 속에 가라앉아 있었다'고 한다. 아버지는 당장 할 수 있는 게 없었고, 태풍 피해를 신고하기 위해 동사무소로 갔다고 했다. 그런데 동사무소 담당 직원 뒷자리에 앉아 있던 공무원이 아버지에게 '피해 보상받으려고 일부러 온 거 아니냐? 배를 왜 거기다 댔냐? 보상은 꿈도 꾸지 마라.' 등의 막말을 했다고 했다. 나는 참을 수 없었다. 시민을 위하고 시민의 불편한 점을 잘 돌봐야 할 공무원이 무고한 시민의 진정한 호소를 짓밟은 것이다. 내가 자리를 박차고 일어나자 젊은 혈기에 사고라도 칠까 두려운 어머니는 나를 적극적으로 말렸다. 지금 당장 내가 할 수 있는 일이 없었다. 고3 시절 대입 시험이 끝나고 잠깐 방송국에서 아르바이트하면서 친하게 지냈던 기자에게 전화했다.

"기자님. 저희 배가 이번 태풍으로 침몰했습니다. 그런데 아버지가 신고하러 동사무소를 가셨는데, 담당 공무원이 아버지를 사기꾼 취급했습니다. 저희 좀 도와주세요."

"그래? 알았어. 내가 확인해보고 조치할게. 너무 걱정하지 말고 기다리고 있어."

아버지는 아무 보상도 받을 수 없다는 생각에 얼굴에는 근심이 가득해 보였다. 하지만 나는 피해 보상보다 아버지에게 모욕을 준 공무원이 더 괘씸했다. 저녁 시간이 조금 지나 집 전화가 울렸다. 아버지가 직접 받으셨다. 그리 길지 않은 통화였다. 아버지는 전화 수화기를 내려놓으며 안도의 한숨을 내쉬었다. 아버지는 시청 재난 담당 국장이 전화했다며, 부하직원의 태도에 대해 '죄송하다'는 말과 함께 피해 보상 부분은 절차에 따라 진행되니 너무 걱정하지 말고 기다려 달라고 말했다고 한다. 나는 다음날 기자에게 전화를 걸어 여러 번 '감사하다'고 인사했다. 씁쓸한 마음이 들었다. 일반 시민의 어려움은 못 본 척하고 오히려 기자 전화 한 통에 국장이 전화할 정도라니…. 어이가 없었다. 줏대 없는 이야기일 수 있지만, 당시 어려웠던 상황을 겪으면서 기자가 되고 싶었다. 그러나 지금은 간접적으로나마 기자와 함께 일을 한다. 국회 보좌관과 기자의 관계는 떼려야 뗄 수 없는 관계다. 나는 이 둘의 관계를 이렇게 비유한다. 서로 상생하는 '악어와 악어새'의 관계…. 보좌관은 의원을 홍보하기 위해 기자를 이용하고 기자는 정보를 얻기 위해 보좌관을 이용한다. 좋든 싫든 둘의 관계는 어쩔 수 없이 유지된다.

929,400원. 내 통장에 찍힌 첫 월급이다. 국회 인턴을 시작한 지 한 달 만이다. 죽도록 일해도, 일하지 않아도 더도 덜도 받지 못했다. 이 월급을 받으면서 하게 된 서울에서의 객지 생활은 녹록지 않았다. 한 달에 나가는 고정지출은 고시원 한 달 치 25만 원, 부모님께 20만 원, 정기적금 10만 원, 책을 사는데 10만 원 조금 넘게 지출되었다. 나머지 25만 원은 한 달 생활비로 지출했다. 책은 도서관에서 빌려서 봐도 되지만, 내 성격상 마음 편하게 소유해야 직성이 풀렸다. 국회까지 도보로 15분 정도 소요되었다. 교통비는 부담이 없었다. 다만, 여름이면 찜통더위에 숨이 턱

까지 차올랐고 땀 냄새는 진동했다. 그나마 겨울은 버틸 수 있었다. 문제는 출근 시간이 되면 세면장과 화장실을 사용하려면 줄을 서서 기다려야 했다는 것이다. 같은 공간에 함께 살지만 서로 말을 건네지 않아 각자의 생활에 익숙했다. 어찌 보면 내가 신입생이라 어떤 사람인지 관찰할 수 있겠다는 생각이 들었다. 나는 출근 시간이 늦어질 수 있다는 생각에 아침 6시에 출근했다. 일찍 출근하면 누구의 방해도 없이 나만의 시간을 설계할 수 있었다. 의원실에 들어오자마자 신문 기사를 잘라 스크랩하고, 의원 책상에 올려둔다. 7시가 되면 국회 운동장으로 재빨리 뛰어가 국회 선배들과 축구를 했다. 1시간 정도 운동하고 샤워를 하고 나오면 오전 8시 30분 정도 된다. 고시원에서의 불편함을 해소하기 위해 시도했던 '아침형 인간'이 결국 습관이 되었다.

어느 금요일 늦은 저녁 퇴근길이었다. 시장 길목을 지나 고시원 입구 골목에 들어서면 식당 앞 가판에 가지런히 놓여 있는 음식들이 침샘을 자극했다. 하지만 내 주머니에는 천 원짜리 한 장과 백 원짜리 동전 3개뿐이었다. 월급날이 얼마 남지 않아 시중에 돈이 다 떨어졌다. 나는 구멍가게에서 주말에 끼니를 때울 컵라면 2개를 샀다. 토요일 밤 11시가 넘어 컵라면을 들고 주방으로 향했다. 정수기에서 뜨거운 물을 컵라면에 붓고 전자레인지에 돌렸다. 라면이 익기를 기다리는 동안 내 손은 냉장고 문을 열고 있었다. 냉장고 안에는 각자 이름을 붙여 놓은 반찬통이 가득 차 있었다. 거기엔 내 반찬통은 없었다. 단 한 번도 넣어 본 적이 없었기 때문이다. 나는 도둑고양이처럼 반찬통 하나를 뺐다. 하지만 뚜껑은 열지 않고, 몇 번을 망설이다 다시 냉장고에 그대로 넣었다. '어머니가 정성스럽게 만들어준 내 반찬을 다른 사람이 몰래 훔쳐먹으면 기분이 얼마나 나쁠까.'라는 생각이 들었다. 나는 평소처럼 컵라면에 공용 밥통에 담겨 있는 밥을 한 숟가락 떠서 라면에 말아 먹었다. 그럴 때마다 어머니가 손수 해준 푸짐한 밥상이 그리웠다. 어머니가 반찬을 보내준다고 해도 내가 거절했다. 어머니는 내가 고시원에서 생활하는지 모르고 있었다. 선임보좌관 집에서 함께 지내고 있는 줄 알고 있었다. 고시원 생활이 수개월째 이어졌다. 너무 빠듯한 생활이었다. 나는 염치 불고하고 고향 선배이자 선거 당시 비서실장을 했던 비서관에게 조심스레 말했다.

"비서관님. 부탁이 있는데, 10만 원만 지원해 주시면 안 될까요?"
"나한테 얘기하지 말고 너 서울로 오라고 한 보좌관님한테 달라고 해."

나는 많이 망설이며 어렵게 부탁했는데 너무 쉽게 거절당했다. 그 말을 듣는 순간 눈물이 핑 돌며 울컥했지만, 입술이 갈라져 피가 날 정도로 이를 꽉 물고 참았다. 그날 고시원 방에 앉아 불을 끄고 펑펑 울었다. 주체할 수 없었다. 옆방에서 누군가 벽을 두드린다. 내 울음소리가 방해된 것 같았다. 나는 죄송하다고 말하고 이불에 얼굴을 묻고 다시 울기 시작했다. 고향에 계신 부모님 생각에 울었고, 지금 나 자신이 너무 불쌍해서 울었다. 너무 초라했다. 한마디로 거지가 된 기분이었다. 그런다고 답은 없었다. 나 스스로 이겨내야 했다. 지금 여기서 포기하면 당장 할 수 있는 게 없다는 생각이 들었다. 내가 선택한 길이었다. 오롯이 내가 감당할 몫이었다. 지금 당장은 힘들지만 그런데도 내가 이곳에 있는 이상 다시 딛고 일어설 수 있다는 믿음이 있었다. 나는 보좌관이 되기 위한 하나의 과정이라고 생각했다. 이제는 타인에게 의지하지 않고 내가 감당할 몫은 나 스스로 극복하기로 다짐했다. 날개는 남이 달아주는 것이 아니라, 내 몸을 뚫고 스스로 돋아나는 것이다.

03

은행원에서 경비원 그리고 보좌관

20년 전. 나는 한때 은행원이었다. 당시에는 지금처럼 주 5일 근무가 아니었다. 토요일 마감하기까지 오후 3~4시가 되어야 일이 끝났다. 나름 은행원이라는 자부심을 품고 궂은일도 마다하지 않고 열심히 일했다. 그런데 대부계 업무를 맡고 일하는 동안 지점장의 '갑질'이 날이 갈수록 심해졌다. 직원들에 대한 폭언은 물론, 여직원을 상대로 야한 농담도 서슴지 않았고, 자신의 지인 대출 건에 대해서는 미비한 서류에도 무조건 승인을 해주라는 비리 요구까지…. 지금 같았으면 수백 건의 고발장이 제출되었을 것이다. 참다못한 나는 은행 문을 박차고 나왔다. 단번에 실직자가 되었지만 후회하지 않았다. 당시 젊은 혈기에 어떤 일이든지 할 수 있다고 믿었기 때문이다. 방송기자가 되겠다는 꿈을 갖고 도서관에 매일 출근하다시피 했다. 하지만 내 뜻대로 되지 않았다. 어려운 가정형편에 학원을 다닐 엄두가 나질 않았다. 그렇다고 막노동하시는 부모님께 손을 벌린다는 건 나 자신도 용납할 수 없었다.

'아. 이대로 포기해야 하나?'

'성질 좀 죽이고, 은행이나 끝까지 다녔으면….'하는 후회가 밀려왔다. 이제 와서 그런 후회를 한들 누가 알아주지도 않는데, 과거에 매달리면 어찌하겠는가.

이른 아침, 여느 때처럼 도시락을 싸 들고 도서관으로 향했다. 가는 길목에 전봇대에 꽂힌 정보지를 주섬주섬 챙겨 가방에 넣었다. 도서관 자리 중 명당자리라 할 수 있는 구석진 자리를 잡기 위해 발걸음을 재촉했다. 다행히 내가 평소에 찜해놓은 자리는 비어있었다. 가방을 풀고 챙겨 온 정보지를 들고 휴게실로 갔다. 커피자판기에 동전을 넣고 150원짜리 커피믹스 한 잔을 뽑아 휴게실 자리에 앉아 정보지를 뒤적거렸다. 구인란 한쪽에 '○○○방송국 ○○지사 경비원 모집'이라는 공고문이 보였다. 나는 경비원이라는 생각보다 내가 가고 싶었던 방송국에서 어떤 일이든 할 수 있다는 생각이 먼저 들었다. 무엇보다 고생하시는 부모님께 밥벌이라도 해야겠다는 생각이 앞섰다. 나는 망설이지 않았다. 필요한 서류를 챙겨 들고 다음 날 방송국 인사과에 제출했다. 지사라서 그런지 전체 직원이 20여 명이 안 됐다. 이틀 뒤 면접 통보 전화가 왔다.

"내일 지사장님 직접 면접이 있으니 오후 2시까지 오시면 됩니다."라고 여비서가 친절하게 안내해 줬다. 전화를 끊고 많은 생각에 잠겼다. '경비원이라. 내 나이 스무 살 후반인 나이에 경비원을 하다니….' 처음 이력서를 접수할 때와는 또 다른 기분이었다. 두려움보다 창피한 생각이 들었다. 그렇다고 못 하겠다고 하면, 고생하시는 부모님 생각에 이러지도 저러지도 못하는 신세가 되었다. 한참을 고민한 끝에 '내가 평생 경비원을 할 것도 아닌데, 까짓것 한번 보자.'라는 생각으로 면접에 나섰다.

"이력서 경력을 보니, 경력도 나쁘지 않고 나이도 젊은데 이런 일(경비원)을 할 수 있겠어요?"

지사장이 내게 물었다. 나는 면접 준비를 위해 머릿속에 저장해 둔 좋은 구절을 읊었다.

"직업에 귀천이 따로 있겠습니까. 도광양회(韜光養晦)의 뜻을 가슴에 품고 맡은 바 책임을 다하겠습니다."

내 말을 듣던 지사장은 "언제까지 다닐 수 있을지는 한번 지켜보겠습니다."라고 말하며 너털웃음을 터뜨렸다.

말이 끝나기가 무섭게 다음 주부터 출근해서 전임자에게 인수ㆍ인계 받으라는 지시가 떨어졌다. 집으로 돌아가는 길에 부모님 얼굴을 떠올리며 다짐했다. 앞으로의 벌어질 일에 대해서는 아무 생각도 하지 않기로 마음먹었다. 지금 내가 할 수 있는 최선의 방법은 당장 무슨 일이라도 해서 부모님의 시름을 조금이나마 덜어드리는 것이었다.

일주일 후 경비원 제복을 입는 출근 첫날이었다. 기자와 PD, 사무직원들과 간단한 인사를 나누고, 전임자에게 인수인계를 받았다. 인수인계는 단 5분 만에 끝났다. 전화응대와 전화 내선 연결, 손님 응대, 방명록 작성 등 간단한 절차에 대해 알려주었다. 투명 포장지 봉투째 받아 든 경비원 제복으로 갈아입고 첫 근무에 나섰다. 은행원 생활이 하릴없이 마감되고 방송국 경비원으로 신분이 변하는 순간이었다. 물론 경비원으로 내내 머물 생각은 조금도 없었다. 경비 업무를 하면서 방송국 기자가 되겠다는 꿈을 안고 눈치껏 책을 봤다. 당직 근무 때는 경비실 옆 1.5평 규모의 창고 용도로 쓰이던 방을 개조한 쪽방에서 잠을 청했다. 아침 뉴스를 위해 출근하는 뉴스 진행자와 기술팀 직원들 출입을 위해 새벽 5시에 문을 열고 건물 주변을 청소했다. 오전 9시가 되면 다음 근무자에게 특이사항을 전달하고 퇴근했다.

지사 개념의 작은 방송국이지만, 그래도 나름대로 시장과 도의원, 시의원, 기관장 등 지역에서 내로라하는 사회 지도자급 인사들의 출입이 잦은 중요 거점이었다. 무엇보다 인구 30만의 지방 소도시이다 보니, 선후배들, 친구들을 마주할 때가 종종 벌어진다. 그럴 때면 '경비원'이라는 자격지심 때문에 위축되기만 하고, 어린 마음에 쥐구멍에라도 들어가고 싶을 때가 많았다.

어느 날이었다. 뉴스용 영상을 제공하기 위해 방송국을 찾아온 시청 공무원이 출입절차를 무시하고 2층 보도국으로 올라가려는 것을 멈춰 세웠다. 나는 공무원에게 "죄송한데, 어떻게 오셨습니까?"라고 평소 출입절차에 따라 대응했다. 그런데 나의 질문에 아무 대꾸도 없이 얼굴을 쳐다보고 다시 올라가려고 했다. "저기 방문객 작성 좀 부탁드리겠습니다."라고 말하자, "담당 기자한테 영상만 주고 오면 되는데, 뭘 이런 걸 적어. 됐어. 무슨 경비가 융통성이 없어."라며 어이없다는 말투로 나가버렸다. 때마침 담당 기자가 내려오자, 기자를 본 시청 공무원은 다시 들어오더니, 기자를 너무나 반갑게 맞이하며 "아이고 기자님, 말씀하신 영상 드리려고 총알같이 달려왔습니다."라고 말했다. 아부성 발언을 아무렇지도 않게 하는 게 아닌가. 조금 전에 나에게 했던 행동과는 전혀 다른 공무원의 모습에 나는 당황할 수밖에 없었다. 아니 참을 수 없는 모멸감이 들었다. 내가 경비라는 이유로 이런 무시를 당해야 하나, 이런 공무원이 과연 시민을 위해 무슨 봉사를 하겠나 싶었다. 방송국 경비원을 무시해서 이런 수모를 주는데, 아파트 경비원에게는 더한 모멸감을 주고도 남을 것 같았다. 그렇다고 해서 내가 이 공무원에게 할 수 있는 말은 없었다. 얘기한다고 해도 그 피해는 나에게 부메랑이 되어 돌아온다고 생각했다. 그는 공무원이지만, 나는 경비원에 불과했기 때문이다. 경비원이라는 직업이 그런 사람들에게 손가락질 받아 가며 무시당해야 할 이유가 있을까? 그 사건 이후로 경비원에 대한 편견이 사라졌다. 내가 한때 경비원 시절을 겪어서가 아니라, 가족의 생계를 위해 자신의 직업에 최선을 다하는 분들의 노력과 마음가짐에 경의를 표하고 싶다.

방송국 경비원으로 일한 지가 5개월이 지났을 무렵이었다. 평소처럼 건물 주변 화단에 삐져나온 잡초들을 뽑고 있는데, 지사장의 호출이라며 여직원이 나를 불렀다. 나는 내심 '무슨 일이지? 내가 무슨 잘못이라도 했나?'라는 생각에 3층 지사장실로 부리나케 뛰어서 올라갔다. '똑똑' 노크 소리가 끝나기가 무섭게 들어오라는 지사장의 목소리가 들린다. 지사장은 기자 신분이지만 뉴스 진행자 출신이라 방송국 내에서 신망이 두터운 분이었다. 그날따라 지사장의 낭랑한 목소리가 더 선명하게 내 귀에 꽂혔다.

"지사장님, 무슨 일 있으십니까?"

"다름이 아니라, 내가 다음 달이면 발령이 나는데, 본사 보도국장으로 갈 거야. 거기 보도국에 오디오맨(카메라 보조) 자리가 하나 비는데, 본사에서 일해볼 생각 있어?"

"저야 좋지만, 저는 경비 일을 하는데 그 일을 할 수 있을까요?"

"지금처럼 성실한 자세면 충분하고도 남아. 한번 해봐. 본사 보도국에 얘기해 놓을게."

'칭찬은 고래를 춤추게 한다'고 했던가. 이날 지사장의 칭찬과 제안은 내 영혼을 신명 나게 했고, 마음만은 벌써 본사 보도국 책상에 앉아 있었다고 해도 과언이 아니었다.

며칠 뒤, 본사 보도국에서 일하게 되었고 하고 싶었던 일이라 만족스러웠다. 지사장은 항상 나와 마주치면 "임 군, 힘들지 않아? 힘든 일 있으면 부담 없이 얘기해."라며 아낌없는 격려를 해줬다. 그리고 많은 기자가 나를 친동생처럼 잘 챙겨주었다. 다만, 나는 계약직이라 언제 잘릴지 모른다는 생각에 하루하루 긴장하면서 일했다. 그래도 잘 버텼다. 스스로에게 고맙고 더 큰 자신감을 얻는 계기가 되었다.

2004년 6월, 나는 17대 국회가 개원하면서 국회의원 인턴 비서로 정치권에 첫발을 내디뎠다. 인턴 비서에서부터 보좌관이 되기까지 17년이라는 시간 동안 7명의 훌륭한 국회의원을 보좌했다. 2년의 공백 기간은 있었지만, 국회 주변을 떠난 적은 없었다. 그리고 '묵묵히 성실하게 일하다 보면, 언젠가는 나의 재능을 인정해줄 거야.'라는 말을 믿으면서, 항상 '도광양회(韜光養晦)'의 뜻을 가슴 깊이 간직했다. 은행원에서 경비원 그리고 보좌관이 되기까지 나는 묵묵히 내 자리를 끝까지 지켜왔다. 나는 오늘도 후회 없이 일한다. 미래의 나에게 "정말 치열하게 열심히 살아줘서 고맙다."라고 떳떳하게 말할 수 있는 용기가 생겼다.

04

나는 오늘도 전쟁터로 향한다

2005년 늦가을이 끝날 무렵이었다. 고시원을 나와 여의2교를 지나 국회로 향하는 출근길이 평소와 달리 삭막하게 느껴졌다. 국회 주변에는 수십 대의 경찰버스와 수백 명이 넘는 경찰 인력이 의사당 외곽을 감싸고 있었다. 경찰버스는 차 간격 사이에 흔히 말하는 '깻잎 한 장' 차이 간격을 두고 서 있었다. '쌀 협상 국회 비준'에 반대하는 농민들이 여의도에서 집회한다고 했다. 국회 입구에서부터 철저하게 신분증을 검사했다. 나는 국회에 온 이후 처음 겪어본 상황이라 무슨 일인가 싶었다. 사물함에 넣어져 있는 신문과 책자들을 꺼내 사무실로 향했다. 오후가 되자 국회 밖은 심상치 않았다. 집회에 참여하는 농민들과 이를 대처하는 경찰들 사이에서 오고 가는 스피커 소리가 점점 크게 들렸다. 선배 비서에게 '이러다 무슨 일 터지는 거 아니냐'고 물었지만, 선배는 '이런 일 한두 번도 아니고, 저러다 말 거야.'라고 시큰둥한 반응을 보였다. 늦은 오후가 되자 국회 밖은 더 혼란스러운 듯 보였다. 사무실에서 보이지는 않았지만, 소리만 들어도 격렬한 시위가 있음을 감지할 수 있었다. 포털사이트를 검색해 보니, 아니나 다를까 경찰들과 농민들 간의 심한 충돌이 일어나고 있었다. 경찰은 국회로 진입하려는 농민들을 막기 위해 물 대포와 소화용 분말 가루 등을 살포하고 농민들은 화염병과 LP가스 통으로 대응하고 있었다. 경찰버스가 전소되고 경찰과 농민들이 크게 다쳤다. 일부 농민들은 도로 위에 쓰러져 일어나지 못하고 병원으로 후송되는 장면이 실시간으로 올라왔다. 국회 밖은 전쟁터를 방불게 하는데, 정작 '민생의 수호자'를 자처하는 국회 안은 평화롭기만 했다. 무관심으로 일관하는 국회 종사자들의 모습도 내게는 큰 충격이었다. 앞으로 내가 국회 보좌진으로 있는 동안 수시로 이런 상황을 지켜볼 수도 있겠다는 생각이 들었다.

여야는 매년 새해 첫날만 되면 각 당사에서 단배식을 한다. 이때 교섭단체는 물론, 비교섭단체 정당의 대표들은 새해를 맞아 국민에게 신년메시지를 보낸다. 국회의장도 마찬가지다. 모두가 하나같이 포용과 협력을 말하고, 국민 통합과 미래, 평화, 국민을 위한 정치를 하겠다는 말로 새 출발을 다짐하는 미사여구를 쏟아낸다. 그런데 이 말들은 매년 반복되고 바뀔 기미가 보이질 않는다. 심지어는 국민의 뜻을 겸허히 받들고 국민과 함께하겠다는 약속까지 매년 앵무새처럼 반복한다. 항상 느끼듯 '국민의 뜻'이라는 단어의 본질은 같지만, 각 당에서 생각하는 '국민의 뜻'은 서로 달리 해석되는 것만 같았다. 아니 그냥 각자 달리 해석해 버린다는 것이 더 정확한 표현이다. 어떤 쟁점 법안이나 정책에 대한 찬반 논쟁이 있을 때도, 서로 '국민의 뜻'이라는 명분을 남발한다. 그렇다면 자신들의 입장과 의견이 다른 국민은 대한민국 국민이 아니란 말인가? 나 역시 새해만 되면 의원 홈페이지에 게재할 신년 인사말을 작성할 때, '국민을 위해 일하겠다.'라는 표현을 반드시 삽입하게 된다. 이 표현이 빠지면 인사말이 왠지 미완성된 기분까지 든다. 국회의원들 모두 항상 '국민을 위해 일하겠다.'라는 마음만큼은 진심이라고 믿기 때문이다. 다만, 표현하는 방식에서 서로 생각하는 차가 있을 뿐이다. 진정으로 국민을 위한다는 뜻의 차이가 좁혀질 때 국회가 '여야의 전쟁터'라는 오명에서 자유로워질 수 있지 않을까.

한·미 자유무역협정(FTA) 비준 동의안 처리 과정에서 여야 의원 간 일촉즉발의 상황이 발생했다. 서로 견해차가 갈수록 선명해지면서, 야당 의원들은 여당의 직권상정 수순으로 갈 조짐이 있다며 이틀 밤을 꼬박 새워 회의장을 점거하고 농성에 들어갔다. 이때 외통위 위원장이 전체 회의 도중 비준 동의안을 기습 상정하자 회의장은 의원들과 보좌진들, 기자들이 뒤엉켜 아수라장이 되었다. 회의장 안은 의원들 간에 고성이 오가며 위원장석을 야당 의원들이 스크럼을 짜고 막고 서 있었다. 회의장 밖은 여야 소속 보좌진들이 간혹 몸싸움을 벌이며 대치 상황을 이어갔다. 나도 그 틈에 끼어 가로막고 서 있었다. 나는 독립투사가 된 것처럼 전투력을 발휘하며 뚫리지 않으려고 젖 먹던 힘까지 써가며 막아냈다. 여러 차례 밀고 당기다 보면 온몸이 땀으로 범벅된다. 회의장 밖은 땀 냄새로 가득했다. 내가 이러고 서 있는 게 한심하다는 생각이 들었다. '내가 왜 이런 ×고생을 하는 거지? 보좌진들은 며칠째 집에도 못 가고 무슨 죄가 있어서 이러고 서 있는 걸까?' 그때 어디선가 '와!' 하는 환호성과 함께 박수 소리가 들렸다. 회의장 후문이 열린 것이다. 어이가 없었다. 회의장 진입을 비장하게 막고 있던 나도, 기어코 그걸 뚫고 회의장 안으로 들어간 이들도 한심해 보였다. 경쟁 정당의 선후배 동료 의원들에게 정중한 인사말로 발언을 시작하는 영국 의회, 유머와 촌철살인이 오가는 미국의 상하원에 비교하면, 그야말로 촌극이 따로 없는 '여야의 전쟁터'가 우리 국회의 현 주소라고 할 수 있다.

국회에서 여야 간 의견 충돌로 인한 몸싸움 장면은 미디어 발달과 함께 2000년대부터 대중들에게 빠르게 전파되었다. 그렇다고 이전 국회에서는 몸싸움이 없었을까? 그렇지 않다. 지난 1954년 이철승 의원이 의장석으로 뛰어들어 부의장의 멱살을 잡았고, 1966년 장군의 아들로 유명한

김두한 의원이 국무 위원들을 향해 오물을 투척한 사건이 있었다. 1996년에는 안기부법과 노동법 개정안을 놓고 격렬하게 충돌했다. 2004년에도 대통령 탄핵 처리 과정에서도, 2005년 정기국회 마지막 날 사립학교법 개정안과 2006년 부동산 정책, 주민소환법 제정안 처리를 두고서도 대규모 폭력 사태가 벌어졌다.

2007년 대통령선거를 앞둔 상황에서 최악의 폭력 사태가 일어났다. 말 그대로 최악이었다. 내 기억으로는 본회의장 바닥에서 일주일을 뜬 눈으로 보낸 것 같다. 당시 상황을 회상하면 그야말로 부끄러운 국회의 민낯을 가감 없이 드러낸 꼴이었다. 단순 몸싸움이 아닌 전기톱이 등장하고 해머, 소화기까지 폭력 장소에 동원되었다. 각 당의 보좌진들은 물론, 당직자들까지 본청으로 진입하면서 서로에게 주먹다짐을 하는 사태로까지 이어졌다. 본청 진입을 막으려는 자와 뚫으려는 자가 뒤엉켜 금방이라도 2층 회전문 유리가 깨질 긴박한 상황이 연출되기도 했다. 그 회전문의 많은 인파에 떠밀려 내가 끼어 있었기 때문에 그날의 기억이 생생하다. 생각만 해도 아찔하다. 시간이 지나 대치 상황은 끝이 났지만, 국회는 아수라장이 되었다. 누가 이기고 진 싸움이 아니라, 서로에게 깊은 상처만 남겼다.

이후 국회 보좌진 축구동호회 송년회 모임이 있던 날이었다. 당시 축구동호회는 여야 보좌진 구분 없이 가입이 가능한 동호회다. 국회 동호회 중 회원 수가 가장 많았고 활발한 활동을 해왔다. 그날 10여 명이 모여 술잔을 기울였다. 그중에서 내가 가장 막내였다. 다른 당 보좌관 선배가 내게 말했다.

"너는 축구 모임 선배들도 있는데 너무 과격하게 몸 싸움한 거 아냐?"

대선을 앞두고 여야 대치 상황에서 내가 했던 행동을 지켜봤다고 했다. 나는 할 말이 없었다.

"죄송합니다."
"나중에 운동장에서 볼 사람들인데, 그렇게까지 할 필요 없어. 너한테 전혀 도움이 안 되는 행동이야."
"네. 앞으로 조심하겠습니다."

옆자리에 있던 같은 당 선배가 둘의 대화를 듣고 끼어들었다.

"형님. 이 친구가 그러고 싶어서 했겠습니까. 어쩔 수 없이 하다 보니, 저도 모르게 과격해진 거죠."
"그래도. 서로 모르는 사이도 아니고, 얼굴 붉히면서 심하게 할 필요는 없잖아."

"형님, 말씀이 맞긴 하는데, 인턴 처지에서 선배들 눈치 봐야 하니까 그랬을 겁니다. 앞으로 조심하겠죠."

내가 말했다.

"얼굴을 한 대 맞고 나서 저도 모르게 흥분한 것 같습니다. 죄송합니다. 앞으로 조심하겠습니다."

선배들이 한 얘기가 다 맞는 말이다. 나중에 운동장에서 볼 사람들이고, 언젠가는 볼 수 있는 사람들이었다. 마음에 새기며 반성했던 기억이 난다.

국회는 매년 새해 예산안 처리를 놓고 격론과 고성이 오가며 실랑이를 벌인다. 한 해도 순조롭게 마무리된 적이 없을 정도로 팽팽한 기싸움이 이어진다. 여당으로서는 정부안대로 처리되기를 바라지만, 야당으로서는 대부분 감액안을 내놓으면서 결국 일촉즉발의 대치 상황으로 이어진다. 2010년이 그동안 예산안 처리를 하면서 가장 격한 몸싸움이 있었던 해로 기억된다. 여야 의원들은 서로 국회 본회의장 진입을 위해 의원과 소속 보좌진 간의 심한 몸싸움을 벌였다. 밤사이 여야 의원들이 본회의장을 차례로 진입하면서 서로 국회의장석에 엉덩이를 반쪽씩 걸치고 사이좋게 앉아 있었다. 속사정은 다르지만, 그 광경을 지켜보는 나는 두 사람이 너무 다정해 보였다. 원내대표실에서 본회장을 지키고 있는 의원들에게 제공할 김밥과 간식거리를 들고 본회의장 안으로 가지고 들어갔다. 방청석이 아닌 본회장 안에 들어간 건 처음이었다. 속기사 전용 통로를 통해 본회장에 들어갈 수 있다는 것도 처음 알게 됐다. 배달된 음식들은 여야 의원 할 것 없이 함께 다정하게 나눠 먹기도 했다. 새벽이 한참 넘어서야 담요가 들어가고 각자 자리를 펴고 쪽잠을 청하는 의원들도 있었다. 본회장 입구 정면과 측면 입구는 책상과 의자, 휴지통, 청소도구, 철제 의자 등 각종 집기가 산더미처럼 쌓여 있어 출입이 어려운 상황이었다. 국회의장은 '청사 출입제한조치'를 발동하면서 경비대와 방호과 직원들이 국회 본청 출입구를 삼엄히 통제하고 있었다. 여야 간 원만한 합의가 이루어지면서 내년도 예산안 처리는 끝났지만, 폭풍전야가 몰고 간 자리에는 여기저기서 모아놓은 집기류들만 어지럽게 널려 있었다. 국회를 전쟁터로 만든 장본인이 누구인가? 새해 첫날이면 항상 외쳤던 '국민을 위한 정치를 하겠다.'라는 미사여구를 국민은 더는 믿지 않는다. 앞으로 국민을 위한 정치를 '하겠다'라는 실천 가능할지 모르는 구호보다, 노력의 결과물을 바탕으로 진정 국민을 위한 정치를 '했다'라는 표현이 더 자주 쓰이기를 바랄 뿐이다.

05

비상사태 의원님, 수습하는 보좌관

내가 보좌하는 의원이 여론으로부터 비난을 받으면 의원실 보좌진들도 덩달아 힘들어진다. 사실과 다른 내용에 대해 의원에게 확인하지 않고 소설 같은 추측성 보도가 난무하기도 한다. 보좌관은 즉각 기사를 쓴 기자에게 전화를 걸어 사정도 해보고 항의해 보지만 꿈쩍도 하지 않는다. 기사 내용이 너무 심하다 싶으면 언론을 상대로 언론중재위원회에 제소하거나 소송전을 벌이는 적도 있다. 이런 상황이 전개되면 보좌관은 소송이 끝나기 전까지 일 하나가 늘어나는 셈이 된다. 보좌관도 언론과 대립각을 세우는 것에 많은 부담을 느낀다. 의원을 말리려고 해보지만, 본인으로선 억울한 측면이 없지 않아 있어 보인다. 그럴 때면 보좌관도 더는 의원을 만류하기보다 의원 뜻에 따라 소송을 준비한다.

의원이 잘못된 결정으로 인해 여론의 뭇매를 맞는다면 그 뒷감당은 고스란히 보좌진의 몫이 된다. 나는 의원이 사고를 치면 폭탄이 터졌다고 표현한다. 그래서 폭탄이 터지지 않도록 미리 예방하는 것이 무엇보다 중요하지만, 어디 의원들이 보좌진의 바람대로 움직여주는 존재인가. 만약 '폭탄'이 곧 터질 기세라면 보좌진들은 초긴장 상태에서 미리 방어막을 칠 준비를 한다. 이른바 '비상사태'다. 언론 보도 내용이 사실관계와 다르면, 보좌관은 기자에게 전화해 사실 여부를 전달하고 수위 조절을 부탁한다. 어떨 때는 법안 내용과 기관으로부터 받은 자료 분석, 지난 국정감사 자료 등을 최근 통계로 맞춰 짜깁기해 보도자료를 기계처럼 찍어 내기도 한다. 준비한 보도자료는 하루 2~3개씩, 여론이 잠잠해질 때까지 기자들 메일로 발송한다. 너무 큰 핵폭탄급 사고가 터지면, 보도자료로 방어막을 쳐도 기자들이 받아주지 않는다. 봉사활동과 의정활동 등 진심으로 최선을 다해 온갖 성과를 내도 여론은 좀처럼 바뀌지 않는다. 이럴 때는 여론이 잠잠해질 때까지 기다리는 방법밖엔 도리가 없다.

최근 부동산 이슈가 사회적 문제가 되면서, 국회의원 부동산 문제까지 터졌다. 자신들부터 털고 가겠다는 큰 뜻을 가지고 시작했지만, 오히려 여론의 뭇매는 피할 수 없었다. 이 문제가 일부 국회의원의 사퇴로 이어지면서 정치 불신을 가중시키는 요인이 되고 있다. 발단이야 어찌 됐든 국회의원직 사퇴는 의원 본인만의 문제가 아니다. 해당 의원실 9명의 보좌진에게는 그야말로 하루아침에 실업자가 되는 날벼락이기 때문이다. 본인의 마음인들 결코 편할 리 없겠지만, '국회의원 안 해도 먹고 살 수 있는' 의원 입장과 생계가 달린 보좌진의 입장은 전혀 다를 수밖에 없다.

최근 페이스북 '여의도 옆 대나무숲'에 올라온 어느 보좌진의 글이다.

'잘못은 영감이 했는데, 잘리는 건 보좌진이네. 잘못한 영감은 사표 내도 당에서 안 받아준다고 하는데, 잘못도 없는 보좌진은 명절 일주일 앞두고 생계를 잃었네. 될 가능성도 없어 보이는 대권이 더 절박할까, 하루아침에 직장을 잃은 소시민이 더 절박할까.'

짧은 글이지만 생활인으로서 국회 보좌진들의 절박함이 그대로 담겨 있다.

오래전의 일이다. 내가 모시던 의원이 선거 당시에 공직선거법 위반으로 고발당해 당선된 이후에도 법원을 여러 차례 오가고 있었다. 의원의 재판기일이 잡히면 일정에 맞춰 보좌진들과 함께 보도자료를 미리 작성해 두기 마련이다. 보도자료는 대략 오전 10시 이전과 오후 3시 이전에 기자 메일로 발송한다. 재판 일정이 잡혔다. 나는 다른 보좌진과 함께 의원이 법원에 도착하기 10분 전부터 대기했다. 법원 정문과 후문에 배수진을 치고 의원이 오기만을 기다리는 카메라 기자들 위치를 파악하기 위해서다. 아니나 다를까 정문에 방송용 카메라까지 집중해 있었고 후문에는 2명의 기자만 대기하고 있었다. 나는 수행비서에게 전화를 걸어 후문 입구 쪽으로 오라고 했다. 기자들이 의원이 타는 차량번호를 알 수도 있겠다는 생각에 다른 보좌진의 차량으로 이동했다. 의원이 탄 차가 후문 입구에 도착했다. 의원이 내리자 기자가 급하게 카메라를 들고 사진을 찍기 시작했다. 나와 다른 보좌진은 의원의 걸음에 맞춰 양옆에서 걸어갔다. 나는 카메라 기자의 위치를 응시하며 의원보다 한 발짝 앞서 나갔다. 의원과 기자 사이에 내가 끼어 있었다. 카메라 기자는 의원 사진을 찍기 위해 이리저리 움직여 보지만, 나도 기자가 움직이는 방향을 주시하며 의원이 입구에 들어가는 순간까지 간접적으로 방해했다. 옆에 있던 보좌진도 똑같이 교묘하게 취재를 방해했다. 어느 순간 뒤통수에서 나직한 비명이 들린다. "아이~ 씨×." 성공이다. 제대로 된 사진을 건지지 못한 것 같았다. 만일 기자 카메라에 의원의 사진이 많이 담겼다면, '법정에 출석하는 ○○○의원', '법원 입구에 들어선 ○○○의원' 등 기자들은 의원의 행동 하나하나를 사진과 함께 아래 설명을 붙여 바로 올리기 시작했을 것이다. 30분이 지나면 인터넷 뉴스에 도배가 되기 시작한다. 다른 언론에서도 이 사진을 받아 올리면 적게는 30건, 많게는 50건 이상 도배가 되기도 한다. 이렇다 보니 보좌관인 나로서도 방어막을 칠 수밖에 없다. 어쩔 수 없다. 기자에게는 미안하지만, 모시는 의원을 보호해야 하는 보좌진의 책임감과 특종을 건져야 하는 기자의 사명감이 맞부딪히는 현장에서도 누군가는 이기고 누군가는 진다. 그날은 6~7건의 사진만 기사화되었고 큰 이슈 없이 무난하게 넘어갔다. 이런 농담이 있다. 파리와 정치인의 공통점은 '신문에 맞아 죽을 확률이 가장 높은 동물'이라고. 촌철살인이라 해야 할지, 유머로 받아들여야 할지 애매하지만, 진실은 늘 풍자 속에 담겨 있는 법이다. 정치권에 반쯤 몸을 담그고 있는 보좌진 입장에서야 썩 기분이 좋지도, 쉽게 인정하고 싶지도 않은 씁쓸한 농담이다.

나는 국회 생활 17년이라는 기간 동안 현재까지 7명의 의원을 보좌하고 있다. 선거를 통해 잠시나마 도왔던 의원들까지 포함하면 15명 정도 된다. 초선에서부터 중진에 이르기까지 다양한 출신과 성향의 의원들과 함께했다. 부장검사 출신 의원은 일에 대한 열정이 넘쳐 신속한 일 처리를 많이 주문한 편이었다. 그에게서 빠른 일 처리 능력을 배웠다. 언론사 논설위원 출신 의원은 나에게 글쓰기의 진수를 가르쳐 줬다. 내가 부족한 부분을 그에게서 배울 수 있었다. 또 다른 의원은 시장 출신이다. 보좌진들 사이에서 호인으로 통했으며, 가장 모시고 싶은 의원이기도 했다. 다들 훌륭하신 분들이지만 나에게 잊지 못할 의원이 있다. 그 의원은 외부에서 바라보는 시선에 담긴 이미지는 부정적이었지만, 의원실 보좌진들과 함께 생활하며 겪은 의원의 이미지는 긍정적이다. 내게 다른 의원실 보좌관이 의원에 대한 평을 부정적으로 얘기하면 잘못된 정보라고 말해주고, '나쁜 의원이면 보좌진들이 자주 바뀌지 않았겠냐'고 얘기해준다.

그는 TV에서 보이는 것과 달리 보좌진들에게 인간미 넘치는 의원이다. 내 고향 선배이기도 한 그는 의원이라기보다는 동네 형 같았다. 국회의원 임기 동안 수행비서 없이 혼자 운전을 하고 다녔다. 어느 날 대표 비서실에서 대표가 의원을 찾는다는 급한 전화가 왔었다.

"대표님께서 의원님 찾으시는데 전화를 안 받으세요. 수행비서 연락처 좀 알려주세요."
"아. 저희 의원님은 수행비서 없이 직접 운전하고 다니십니다."

대표 비서가 놀라워했다. 혼자 운전하면서 국회로 출퇴근하는 의원이 거의 없었기 때문이다. 그런데 수행비서가 없는 게 화근이었다. 국정감사가 끝나고 보좌직원들 고생했다며 의원이 뒤풀이 자리를 마련했었다. 의원은 술을 잘 마시지 못한다. 하지만 자기 때문에 분위기 깰 수 없다며 보좌진들과 함께 술잔을 부딪쳤다. 의원은 자기가 오래 앉아 있으면 보좌진들이 의원 욕을 못 한다며 회식 중간에 자리에서 일어났다. 나는 의원을 차에 태우고 대리기사에게 목적지에 도착하면 문자를 달라고 했다. 시간이 조금 지나 대리기사로부터 잘 도착해서 댁으로 들어가셨다는 연락이 왔다. 우리는 회식이 끝나고 각자 집으로 향했다. 다음 날 아침. 버스를 타고 출근을 하고 있을 때 즈음, 평소 친하게 지냈던 기자에게 전화가 걸려왔다. 기자의 목소리는 다급하게 들렸다.

"선배. 의원님 어디 계세요?"

"아직 안 나오셨을 건데, 무슨 일 있어요?"

"혹시 어제 의원님 술 드셨나요?"

"네. 어제 의원님하고 보좌진들 회식했어요."

"방금 우리 회사 사회부에서 연락이 왔는데, 의원님 음주운전하신 게 맞냐고 확인해달라고 해서요."

"그럴 리가요. 제가 어제 대리운전 불러서 들어가셨어요. 기사님한테 도착했다고 연락도 받았고요. 잘못 알고 있을 겁니다."

핸드폰으로 기사를 검색했지만, 의원의 기사는 나오지 않았다. 혹시나 해서 다른 보좌진에게 전화를 걸었다. 그런데 음주운전이 사실이라고 한다. 나는 순간 '아. 폭탄이 터졌구나.'라는 우려 속에 의원실로 달려갔다. 의원실 분위기는 그야말로 초상집이었다. 의원이 들어왔다. 조용히 집무실로 들어가면서 나를 부른다.

"임 보좌관. 다른 보좌진들한테 말하지 말고, 기자회견 내용을 정리해서 나한테 줘. 오늘은 사과문부터 지금 바로 작성해서 블로그와 문자로 보내줘. 탈당과 당직 사퇴 입장문도 바로 준비해주고, 기자회견은 언제 할지 고민해봐."

"네. 의원님 바로 작성해서 보고드리겠습니다."

"그리고 그와 별도로 의원직 사퇴까지 염두에 둘 테니, 사퇴 기자회견문까지 미리 준비 좀 해줘."

"네? 의원님. 의원직 사퇴까지요?"

"미리 준비는 해둬."

의원직 사퇴까지 진행되지 않았지만, 잘못을 사퇴로나마 대가를 치르겠다는 반성하는 마음에서였다. 어찌 되었든 음주운전은 그 누구도 용서가 안 된다. 하지만 그를 제대로 보좌하지 못한 내 잘못도 있었다. 그런 아쉬운 마음이 아직도 가슴을 쥐어짜고 있다. 나는 그의 보좌관이니까.

드라마 〈보좌관〉에서 장태준(이정재) 보좌관의 대사가 생각난다.

"손에 쥔 것을 버려야 더 큰 것을 얻을 수 있다. 이미 무너지기 시작한 것을 막을 방법은 하나밖에 없다. 내가 가진 카드 하나를 버려야 한다."

06

의리만 지킨다고 좋은 건 아니다

오래전 무작정 인턴 생활을 그만두고 선배 보좌관이 출마한 지역에서 선거를 도왔다. 선배와의 의리를 지키고 싶었고 2년 가까운 인턴 딱지를 떼고 싶었다. 그 선배는 "나를 도와주면 선거 끝나고 의원실 비서로 보내 줄게."라고 말했다. 나는 일말의 기대감으로 1인 3역을 맡아 밤잠 쪼개가며 그를 도왔다. 선관위 업무부터 후보 일정, 사무장, 회계책임자까지 몸이 모자랄 정도로 정신없이 일했다. 돌이켜보면 그때 배웠던 경험 때문에 지금의 내가 존재한다고 해도 과언이 아니다. 당시 선거 분위기는 안 좋게 흘렀다. 결과는 뻔했다. 처절한 참패로 선거가 끝이 나고, 그동안 밤새 고생했던 보람도 사라졌다. 나의 욕심이었다. 선배는 다시 의원실 보좌관에 복귀했고, 나는 선관위에 신고할 선거 정치자금을 정리했다. 모든 게 마무리되고 선배를 찾아갔다. 선배는 그동안 고생했다며, 내 자리를 찾아보고 있다고 했다. 나는 선배만 믿고 기다렸다. 하지만 쉽지 않았다. 백수 생활이 길어졌고 내 처지보다 선배가 미안해할까 봐 연락도 하지 못했다. 나중에서야 알게 된 사실이지만, 선배가 나를 본인이 일하는 의원실에 인턴으로라도 채용하려고 했으나, 선임보좌관의 반대로 선배도 어쩔 수 없었다고 했다. 나는 다시는 선배에게 매달리지 않기로 마음먹고 다른 의원실에 넣을 이력서를 쓰기 시작했다.

오래전부터 알고 지낸 선배 보좌관은 모시던 의원이 선거에서 낙선해 덩달아 일자리를 잃었다. 의원과 10년 이상 함께했다고 한다. 처음에 수행비서 업무를 했지만, 나중에는 보좌관을 하면서 국회와 지역을 번갈아가며 출퇴근을 했다. 의원이 그 선배에게 다른 의원실이나 기관에 일자리를 알아봐 주겠다고 했다. 나 같으면 '고맙습니다.'하고 당장 떠났을 것이다. 그런데 그 선배는 의원이 편안해질 때까지 곁을 지키겠다고 했다. 1년의 세월이 지났다. 청와대가 부처 장관 개각 발표가 나자 선배가 모신 의원이 장관이 되었다. 나는 선배에게 바로 문자를 보냈다.

"형님. 고생 끝에 좋은 결과가 있어 저도 기쁩니다. 형님이 의원을 위해 지금까지 의리를 지킨 보답이라고 봅니다. 아직 청문회 관문이 남았지만, 잘 될 겁니다. 아무쪼록 높은 자리 가셨다고 저 잊으시면 안 됩니다. 다음에 또 연락 올리겠습니다."

선배가 답장을 보내왔다.

"고맙네. 의리는 무슨. 너는 의리 때문에 사람한테 몰방하지 마라. 그러다 쪽박 찬다. 이번에만 모시고 다른 기관에 자리 생기면 바로 가려고. 아무튼, 조만간 인사청문회 끝나고 술이나 한잔하자."

'의리 때문에 사람한테 몰방하지 마라.'라는 선배의 문자가 쉽게 잊히지 않았다. '1년이라는 시간 동안 얼마나 많은 고생을 감내해 왔을까.'라는 생각이 들었다. 그리고 함부로 의원에 대한 의리를 끝까지 지키겠다는 말은 하지 않기로 했다. 지키지 못할 약속 아니 지켜지질 못할 약속은 입 밖에도 내지 않기로 다짐했다.

'운칠기삼'이라는 말이 있다. 인생을 살면서 운이 칠 할이고 재주나 노력이 삼 할이라고 한다. 사람의 일은 재주나 노력보다 운에 달려 있다는 말이다. 나는 이 말에 공감하지 않는다. 나 자신이 노력해서 실력을 완벽하게 갖추어야 운이 뒤따른다고 생각하기 때문이다. 다만, 내 주변의 몇몇 사람을 보면 억세게 운 좋은 팔자는 따로 있는 것 같아 입맛이 쓰다.

능력은 일 할인데 따르는 운은 구 할 이상인 것 같다는 생각이 들 때도 있다. 보좌관 신분이면서도 정작 의원의 의정활동을 보좌하는 데에는 별 관심이 없는 사람도 있었다. 들리는 소문에는 오후 느지막한 무렵이면 기관 담당자에게 전화해 저녁식사 약속을 잡아 접대받는 게 일상화되었다는 것이다. 어떨 때는 의원실 보좌진 중에 자신의 말을 잘 듣는 비서만 몰래 데리고 나가 그들과 함께 저녁을 먹거나, 기자를 만난다고 거짓말을 하고는 의원실 경비를 개인 용도로 사용한 경우가 많았다고 한다. 오로지 자신의 사리사욕을 채우기 위해 보좌관이 되었다는 생각밖에는 들지 않는다.

오래전의 일이다. 보좌진 한 명이 개인 사정으로 의원실을 그만두게 되었다. 의원과 함께 보좌진 충원을 어떻게 할지 논의를 했다. 그 보좌관은 평소 자신의 말을 잘 듣는 비서를 올리고, 그 자리에 채용공고를 내자고 한다. 그때 나는 다른 의견을 냈다. 보좌관이 말한 비서를 올린다면, 그 밑에 있는 보좌진들도 하나씩 올려야 한다고 했다. 그게 아니라면 비어있는 직급을 공개채용으로 뽑아야 한다고 했다. 보좌관은 그 비서에 대해 칭찬 일색으로 의원에게 어필했다. 의원이 조금 더 고민해보자고 했다. 이후 보좌관은 의원과 다닐 때마다 그 비서의 직급 상승을 위해 갖은 애를 썼다. 끝내 며칠 지나지 않아 보좌관 뜻대로 되었고, 빈자리는 공개채용으로 뽑았다. 보좌관은 그 비서에게 '다들 안된다는 걸 내가 승진시켰으니, 너는 나한테 충성을 다해야 한다'고 생색내기에 바빴다. 그 비서는 자신이 가진 능력과 실력보다 외적인 힘으로 승진했으니 운이 더 따랐다고 볼 수 있다. 이와 반대로, 승진하지 못한 다른 비서들은 운이 없다고 해야 할까. 합리적인 보좌진 내부 직급 체계 완성을 의원 스스로 외면했고, 정실과 운에 의존한 그 비서에게 독이 든 꿀을 준 것이나 다름 없었다. 후일담이지만, 철석같이 의리를 약속했던 보좌관과 비서는 원수 지간이 되었다고 하니 '파사현정(破邪顯正)'의 결말인 셈이다.

누구나 직장 생활을 하면서 승진에 대한 열망을 가지고 열심히 일한다. 그 과정에서 누군가는 승진하고 또 다른 이는 실패를 하게 된다. 승진에 실패한 사람은 '내가 남들보다 실력과 재주가 뛰어난데 승진이 안돼!'라고 생각한다. 하지만 그 사람이 잘 알지 못하는 온갖 외부 요인들이 산재해 있는 걸 모른다. 아무리 노력해도 안 되는 일이 있고, 대충해도 노력한 것보다 더 큰 보상을 받기도 한다. 끝이 반드시 해피엔딩은 아니겠지만.

한 번은 땅을 치며 크게 후회한 일이 있었다. 오래전 정권이 바뀌면서 각 부처의 장관은 물론, 공공기관과 공기업의 장들이 대폭 교체가 되고 있을 시기였다. 당시 내게 경력직 채용에 따른 공공기관 협력관 제안이 들어왔다. 나뿐만 아니라 여러 명 있었던 것으로 기억한다. 기관장 면접까지 마치고 최종 합격 발표만 남겨놓고 있을 무렵, 혼자 배낭을 메고 경주 토함산에 올랐다. 맑은 공기에 홀가분한 마음이 들었고, 들고 간 책도 술술 읽혔다. 석굴암을 지나 불국사로 내려오는 중간 즈음 다다랐을 때였다. 내가 평소 좋아하고 잘 따랐던 선배 보좌관으로부터 전화가 왔다. 나는 반가운 마음에 벨 소리가 끝나기가 무섭게 바로 전화를 받았다.

"잘 지내지. 요즘 뭐 하고 살아?"

"저 지금 토함산에서 불국사 가는 길입니다. 다음에 한번 같이 와요."

"팔자 좋네. 어디 들어가기로는 되어 있어?"

"지금 기관에 최종 발표만 남았습니다. 무슨 일 있으세요?"

"나랑 같이 의원실에서 일할 생각 없어?"

나는 선배의 제안에 많이 망설였다. 고민해 보고 다음 날 오전까지 연락해주기로 하고 전화를 끊었다. 많은 고민이 되었다. 저녁에 친구와 만나 식사를 하면서도 온통 선배의 말만 떠올랐다. 이튿날 선배에게 전화해 '형님이 도와주면 열심히 하겠다.'라고 얘기하고 바삐 짐을 싸서 서울로 향했다. 기관 담당자에게 연락해 '다음에 기회가 되면 하겠다.'라고 양해를 구했다. 다음날 의원과 만나 잠깐 이야기를 나누고 곧바로 업무를 시작했다. 국정감사를 앞두고 있었고 자료집을 만들고 있는 터라 담당 보좌진과 함께 마무리 지었다. 가을이 끝나고 찬바람이 불기 시작하자 다음 국회의원 선거 준비가 시작되었다. 당 경선에서 이기기 위해 발버

등을 쳤지만 중진 의원이 버티고 있어 쉽지 않았다. 당 지도부에서는 의원을 다른 지역으로 전략공천했다. 당에서 준 최대한의 배려였다. 나는 함께할 수 없었다. 경선 과정에서 겪었던 수모와 기본적인 선거법도 모르고 자랑삼아 이야기하는 사람들이 싫었다. 내가 그만둔 이후 함께 일하자고 제안했던 선배도 그만뒀다. 의리는 한 사람을 보고 지키는 게 아니라, 지킬 수 있는 주변의 여러 상황을 보고 결정해야 한다는 것을 새삼 깨달았다. 나는 다시 겨울 토함산에 올랐다.

의리의 사전적 의미는 '마땅히 지켜야 할 바른 도리'를 뜻한다. 타인이 나에 대한 의리를 저버리면 나 자신 또한 그 사람을 향한 의리는 지킬 수가 없다. 그렇다고 인간의 도리까지 저버리는 것은 상종할 가치가 없는 것이다. 어디에서 만나든지 어느 곳에 있든지 도리를 버린 사람과 마주하는 자체가 역겨울 때가 있다. "너, 재수 없어."라는 말을 내뱉고 앞으로 그를 안 보면 그만이다. 그러나 내가 국회에 있는 한 어떤 식으로든 볼 수밖에 없다. 특히 선거철만 되면 어디선가 많이 본듯한 사람들이 여의도를 배회한다. 국회 주변의 식당에서 길거리에서 심지어 커피숍 야외 테이블에 죽치고 앉아 있을 때도 있다. 대통령 선거 기간이 되면 여의도 캠프 주변에는 저마다 꿈을 좇는 사람들로 넘쳐난다.

대선 캠프 메시지 팀에 파견을 나갔을 때의 일이다. 후배 보좌관과 점심을 먹고 캠프 1층 커피숍에서 커피를 마시고 있었다. 어디선가 본듯한 어떤 사람이 우리 테이블로 오더니 내게 잘 지냈냐며 아는 척을 했다. 순간 기억을 더듬어 누군지를 알았다. 오래전 당 대표 경선 때 정책팀에서 함께 일했던 교수였다. 진짜 교수인지 강사인지는 확인한 바 없어 잘 모르겠지만, 그 사람이 준 명함에는 교수라고 적혀 있었다. 그는 내게 밑도 끝도 없이 하소연했다. 지난 당 대표 선거에서 본인이 1등 공신이라며 죽도록 도왔는데 아무런 논공행상이 없었다고 한다. 무척 서운했던 모양이다. 그러면서 당시 캠프에서 온갖 비리가 많았는데, 본인은 의리를 지키기 위해 아무 말 하지 않고 묵묵히 일만 했다고 한다. 그리고 '당 대표를 만든 1등 공신인데, 의리를 저버렸다.'라고 열변을 토했다. 나는 계속되는 그의 말에 역겹기까지 했다. 모르는 사람이 들었으면 사실인 줄 알겠다는 생각마저 들었다. 당시 내가 그 팀에 있었고, 밤새워 일했던 사람은 외부에서 온 인사들이 아니라 국회 의원실에서 파견을 나온 보좌관들이었다. 내가 생생하게 기억하는데, 그런 궤변을 늘어놓으니 더는 할 말이 없었다. 나는 '알겠다.'라는 짧은 인사를 하고 사무실로 올라갔다. 책상 앞에 앉자 기분이 더럽다는 생각마저 들었다. 그 교수가 말하는 의리는 '변명에 불과한 구걸이 아닐까.'라는 결론을 내렸다. 나는 어떠한 경우라도 그런 사람은 되지 말자고 다짐했다. 의리와 구걸의 의미를 잘 구별해야겠다. 나는 그에게서 구걸이 뭔지를 배웠다.

내가 없어도 의원실은 잘 돌아간다

"내가 없으면 의원실 잘 돌아가나 봐라!"

　의원실 한 보좌관이 욱하는 성격 탓에 의원실 문을 박차고 나간다. 자신이 보좌하는 의원이나 의원실 보좌진과의 관계에서 마찰이 일어날 수 있다. '내가 없으면 의원실은 제대로 안 돌아갈 거야.'라는 자만은 착각이다. 아무리 잘하는 보좌관이 있어도 그 사람이 없다고 해서 업무가 마비될 정도는 아니다. 국회 홈페이지 '의원광장' 구인란에 공고를 띄우면 하루 채 되지 않아 10여 건 이상의 이력서가 메일에 들어와 있다. 막말을 던지고 의원실을 나간 보좌진보다 더 능력이 있고 스펙이 뛰어난 인재들

나는 보좌관이다

이 줄을 서 있다. '내가 없으면 우리 의원실은 ×판이 될 거야.' 글쎄, 혼자만의 생각 아닐까? 이처럼 허세와 자만이 잔뜩 섞인 착각은 국회 보좌진들뿐만 아니라, 일반 기업에 다니는 직장인들 모두가 한 번쯤은 겪어봤을 것이다. 하지만 내가 없어도 조직은 잘 돌아가니 괜한 걱정은 접어두시라.

은행원 시절의 일이다. 매일 아침, 내가 가장 먼저 출근을 했다. 후문에 설치된 보안장치를 제거하고 내부 전산망을 켜 대기시켜 놓는다. 고객을 맞기 위해 은행 밖 입구는 물론, 사무실 내부를 청소하고 책상 위와 소파를 깨끗이 닦고 서류를 정리하다 보면 직원들이 하나둘씩 출근하기 시작한다. 은행 금고는 담당 대리가 시간에 맞춰 열었고, 나는 영업시간에 맞춰 입구 문을 개방한다. 대출 상담을 하고 큰 거래처에 수금하고 나면 하루가 어떻게 갔는지 모를 정도로 바쁘게 돌아갔다. 은행 영업 시작부터 영업 종료가 마무리될 때까지 내 손에서 끝이 났다. 그때까지만 해도 '내가 없으면 제대로 안 돌아갈 거야.'라는 자만에 빠져 있었다. 어느 날 지점장의 대출 승인 비리 요구를 참지 못해 은행을 박차고 나왔다. '내가 없어도 잘 돌아가나 봐라'라는 말을 남기고 당당하게 은행 문을 열고 나왔다. 며칠 뒤 함께 근무했던 직원들 모임 장소에 가게 됐다. 서로 안부를 묻던 중에 내 후임으로 직원이 들어왔다고 했다. 나는 약간 비꼬듯이 내부 사정을 물었다.

"새로 뽑은 직원은 일 잘해?"

"그 친구 일도 너무 잘하고 직원들하고도 잘 어울리고 업무 파악이 빠르더라고. 지점장도 다른 직원들도 다들 좋아하구."

"아. 그렇구나."

"근데. 그 친구 들어오자마자 2일 지났나? 걔 엄마가 지점에 와서 수억 원이나 되는 예탁금도 걸었고 적금도 동생 거랑 본인 거 넣고 갔어."

그 대목에서 더는 할 말을 잊었다. 내가 없어도 조직은 질투 날 정도로 더 잘 돌아가고 있었다. 혼자서 큰 착각에 빠져 있었던 것이다.

한근태 한스컨설팅 대표는 언론과의 인터뷰에서 '있으나 마나 한 리더가 돼라.'라며, 다음과 같이 말했다.

"리더십에는 네 종류가 있다. 많이 들어본 얘기이다. 똑똑하고 부지런한 '똑부', 똑똑하고 게으른 '똑게', 멍청하고 부지런한 '멍부', 멍청하고 게으른 '멍게'…. 이 중에 최악은 멍청하고 부지런한 '멍부'이다. 멍청한 사람은 가만히 있는 게 도와주는 거다. 이런 사람은 움직일수록 사고가 많이 난다. 최고는 똑똑하고 부지런한 '똑부'가 아니라 똑똑하고 게으른 '똑게'이다. 왜 그럴까? 상사는 지름이 큰 톱니바퀴이고 부하직원은 작은 톱니에 비유할 수 있다. 그런데 큰 톱니바퀴가 빨리 돌면 작은 톱니바퀴는 허벌나게 돌다 지쳐 쓰러지기 때문이다. 하지만 주변에 '똑부'가 너무 많다. 아니 대부분이 그렇다. 다들 화장실 갈 시간도 없을 만큼 바쁘다. (중략)

큰 톱니가 빨리 도니 그 밑에 수많은 톱니는 정신없이 돈다. 도대체 왜 이렇게 바빠야 하는지 이해도 하지 못한 채 열심히 돈다. 그렇게 정신없이 살다 보니 바쁜 이유도 모른다. 습관이 되면 "내가 없으면 지구는 돌지 않을 것"으로 착각까지 한다. 하지만 이들이 없어도 세상은 돌아간다. 아니 이들이 없으면 세상은 더욱 잘 돌아갈 수 있다."

의원실 내부 조직도 다를 바 없다. 모든 게 의원을 중심으로 돌아간다. 보좌관이 큰 톱니바퀴라면 함께 일하는 보좌진들은 작은 톱니바퀴에 비유할 수 있다. 의원이 지시사항을 전달받아 보좌관의 큰 톱니가 움직이면 보좌진들의 작은 톱니는 서로 홈을 맞춰 정신없이 돌아간다. 잘 돌아가고 있다는 것은 서로 장단이 잘 맞는다는 의미이기도 하다. 이때 작은 톱니 하나가 빠지더라도 의원실이 잘 돌아가야 제대로 된 조직이다. 만일 작은 톱니가 하나 빠졌다고 해서 제대로 작동하지 않는다면, 그건 전적으로 톱니를 설계한 사람이나 조립한 사람의 잘못이다.

최근에 다른 의원실에서 있었던 일이다. 21대 국회가 개원하면서 의원마다 능력이 있는 보좌관과 보좌진들을 구성하기 위해 심혈을 기울인다. 그 의원실도 의원의 입맛에 맞는 보좌진들로 구성했을 거라고 믿는다.

그런데 처음 보좌진 구성 면면을 살펴봤더니 '과연 의원실이 제대로 돌아갈까?'라는 우려부터 나왔다. 내가 걱정할 바는 아니지만, 내가 잘 아는 의원실이라 관심이 갈 수밖에 없었다. 의원실에서 채용할 수 있는 9명의 보좌진 중 보좌관 2명과 비서 1명, 행정비서는 국회 경력자들로 채용이 되었고 나머지는 지역 사람들로 채워졌다. 문제는 국회 경력자 중에 행정 비서를 제외한 3명의 보좌진 중 보좌관 2명은 20대 국회에서 정책업무보다 정무 쪽 일을 해왔다. 그러면 정책업무는 실질적으로 비서 1명이 전담하게 돼 부실로 이어지기 마련이다. 예상대로 첫 국정감사는 의원의 불만이 가득한 채 톱니바퀴가 서로 어긋나 삐걱 소리를 내고 끝이 났다. 두 번째 국정감사는 어떻게 치를지 걱정이 되었다. 그런데 조금이나마 정책을 도왔던 보좌관 1명이 다른 곳으로 이직했다. 의원실에 남은 비서 1명도 뒤따라 다른 의원실로 직급을 올려 스카우트되어 옮겼다. 의원이 어떤 생각으로 의원실 보좌진 구성을 했는지는 모르겠지만, 나로서는 도저히 이해하지 못할 채용이었다. 그 의원실 사정이긴 하나, 처음과 마찬가지로 톱니바퀴가 제대로 돌아갈지 걱정이 앞선다. 기존의 보좌진들보다 더 훌륭한 보좌진들이 채용된다면 그나마 다행이지만, 의원 고집대로 한다면 아마 의원 혼자 보좌진의 역할까지 1인 2역을 해야 할지도 모른다.

보좌관은 의원의 숨소리에도 반응해야 할 때가 있다. 의원이 지시한 사항에 대해서는 당연히 충실하게 이행해야 하지만, 아무 생각 없이 그냥 지나치는 말로 얘기할 때에는 정말 난감할 때가 있다. 그렇다고 별거 아닌 것처럼 얘기한 것을 의원에게 확인하면 "어. 그거, 한번 해봐."라고 얘기할 때가 많다. 어떨 때는 그냥 지나치듯 얘기한 것으로 생각했는데, 의원이 갑자기 "지난번에 내가 얘기한 거 했어?"라고 말할 때도 있다. 오랜 기간 모셨던 의원이라면 대충 감이라도 잡겠으나, 그렇지 않으면 어디에 장단을 맞춰야 할지 모를 때가 많다. 나는 애매하다고 싶을 때는 그냥 보고서 형식이라도 만들어놓는다. 의원이 찾으면 작성한 초안이라도 보여드리고, 그렇지 않으면 파일에 그대로 저장해 두는 편이다. 언젠가 의원이 찾으면 바로 드릴 수 있다는 생각에 마음은 편안해진다.

태평하기로 유명한 보좌관에게 전화가 왔다. 일하지 않는 것으로 유명세를 치렀으니 그것도 재주라면 재주다.

"임 보좌관. 잘 지내지?"

"네. 보좌관님도 잘 지내시죠? 근데 어쩐 일이세요?"

"어. 내가 다시 ○○○의원실 보좌관으로 왔는데, 내일모레 상임위 회의가 있어. 임 보좌관이 썼던 질의서 좀 줄 수 있을까?"

"아. 네. 지금 바로 보내드릴게요. 그런데 오래된 자료라 현재 상황에 맞춰서 수정해야 할 겁니다."

"그래. 해당 기관에 보내서 통계치 맞춰서 보내달라고 하면 될 거야. 바로 부탁해!"

바뀐 게 없이 여전했다. 자신이 노력해서 질의서를 만들 생각은 전혀 하지 않는 것 같았다. 전에도 그랬다. 그런데 일도 제대로 못 하면서 성격은 불같아서 보좌진들 사이에서 '기피 대상 1호'였을 정도다. 그런데 그런 보좌관들이 공백 기간도 없이 자기 자리는 잘도 찾아 들어간다. 소문으로는 그 보좌관이 모셨던 의원이 "그런 식으로 일할 거면 당장 그만둬!"라고 얘기했다고 한다. 그런데 그 보좌관은 의원에게 "제가 의원님을 위해서 얼마나 많이 노력했는데, 그만두라니요? 제가 없으면 의원실이 잘 돌아갈 것 같으세요? 지금 의원실이 이 정도 유지되는 것도 다 저 때문입니다."라고 언성을 높이고 그만뒀다고 한다. 기피 대상 1호 보좌관이 그만둔 이후, 그 의원실은 의원과 보좌진 간의 소통이 활발하게 이루어졌다고 한다. 그리고 상임위 위원장까지 맡아 일이 더 잘 풀렸다고 한다. 소문이라고는 하나, 그 보좌관과 함께 일했던 보좌진들이 이구동성으로 해줬던 이야기이고, 나도 직접 그 보좌관을 겪어봐서 그러고도 충분히 남을 사람이라는 걸 잘 알고 있었다. 그런데, 국회 내에서도 소문이 안 좋은 '기피 대상 1호'가 어떻게 의원실의 문턱을 잘도 넘고 들어갈 수 있을까? 그건 나도 잘 모른다. 의원과 두터운 관계이던지, 의원이 그 사람에 대해 잘 몰랐던지, 그 둘 중 하나일 거다. 결론은 '내가 없어도 의원실은 잘 돌아간다.'라는 걸 잊어서는 안 된다. 특히, 보좌관이라면 더 철저하게 마음속에 못질하듯 단단히 박아둬야 한다. 회사에 다니는 직장인들도 마찬가지다. '내가 없으면 잘 돌아가나 봐라!'는 자만은 버려야 한다. 당신이 그곳에 없어도 세상은 잘 돌아간다. 아니 당신이 없으면 세상은 더욱 잘 돌아갈 수 있다.

보좌관 2배의 법칙

의원실 내 보좌진들과의 소통과 화합을 위해서는 자신을 버려야 한다. '내가 보좌관인데', '내가 경력이 더 많은데', '내가 나이도 많은데'라는 생각을 가지는 순간 권위주의에 빠진다. 최근 들어 전문직 자격이 있는 보좌관들이 늘어나고 있다. 이들 대부분 전문직 대우를 받으며 5급 비서관이나 4급 보좌관으로 의원실에 채용된다. 보좌진 채용은 전적으로 의원의 절대적 권한인데 누가 뭐라고 하랴. 다만 스스로 '내가 전문직답게 최선을 다하고 있는가?'라는 고민은 한 번쯤 해봤으면 한다. 현재 우리 의원실에서 함께 일하는 비서관도 사법연수원 출신 변호사이다. 수많은 변호사 출신들과 함께 일했지만, 지금까지 내가 지켜본 변호사 출신 중에 최고라고 감히 평가한다. 나이는 어리지만, 타인에 대한 배려심과 업무 능력, 맡은 소임에 대한 성실함을 갖췄다. 무엇보다 국회 경력은 없지만 모르는 업무에 대해서는 나뿐만 아니라, 동료 비서에게 물어서 해결하려고 한다. 배우려는 모습이 나에게 큰 감동으로 다가왔다. 일은 경력자에게 물어서 결과물을 만들면 되지만, 그 과정에서 자신이 전문직이라는 자부심과 자존감을 버리지 못하고 혼자 해결하려고 하는 이들이 있다. 일부 전문직 출신 중에는 '이 의원실 아니어도 내가 움직이면 쉽게 들어갈 의원실이 많다.'라는 착각에 빠지기도 한다. 자부심은 본인의 능력에서 만들어낸 성과라고 치자, 자존심은 쓸데없는 소유물이다. 버려야 한다. 조직은 함께하는 것이기 때문이다. 내 앞의 일만 보고 주변을 돌아보지 않으면 자기만의 영역에서 결코 벗어날 수 없다. 보좌진 업무는 수도 없이 많을 정도로 다양해서 혼자만의 영역이 따로 있을 수 없다. 특히 의원실 업무는 보좌진들 전부 다 함께 도우면서 영역을 넓혀나가야 한다. 수많은 의원실 업무 중에 자기가 맡은 한 가지 일만 하겠다고 고집한다면, 스스로 혼자만의 세상에 고립되고 만다는 사실을 알아야 한다. 그래도 자존심을 버리지 못하겠다면 혼자만의 세상을 누릴 수 있는 개인 사무실을 개업하는 게 적성에 맞지 않을까? 이 글을 보고 오해는 없기를 바란다. 전문직이 아닌 국회 경력자도 분명 자존심을 내세우는 이들도 있다. 단지 내가 말하고 싶은 것은 의원실에 몸담는 동안에는 쓸데없는 자존심은 버리자는 거다. 아울러 자신만의 영역에서 벗어나 다 함께 즐거운 마음으로 일할 수 있는 분위기를 스스로 만들었으면 하는 바람이다. 나 또한 부족하다. 하지만 국회 보좌진이라면 2배의 노력과 배려가 필요하다. 내가 조금 손해를 보더라도 서로에게 2배의 배려를 베풀자.

〈한책협〉 김태광 대표의 저서 『150억 부자의 부의 추월차선』에 나오는 한 대목이다.

"당신은 2배의 법칙을 실천하고 있는가? 나는 일과 관계, 투자 등에서 2배의 법칙을 실천하고 있다. 2배의 법칙은 과거 집안 배경이나 스펙 등 어느 것 하나 내세울 것이 없었던 내가 지금처럼 경제적인 자유를 이룰 수 있었던 비결이다. 살아오면서 많은 실패를 경험했던 내게 하나님께서는 음성으로 이렇게 깨달음을 주셨다. '태광아, 그동안 넌 남들보다 몇 배로 노력했다. 하지만 크게 나아지지 않은 데는 이유가 있다. 적게 투입해서 많은 것을 얻으려고 해선 안 된다. 이제부터는 2배의 법칙을 실천해서 백배로 크게 성취하는 삶을 살아야 한다.'"

그는 내가 이 책을 쓰게 만든 장본인이다. 김태광 대표는 어려운 환경을 극복하고, 2배의 법칙을 실천해 150억 부자가 되었다고 한다. 무엇보다 많은 사람을 얻을 수 있었다고 한다. 당장 부자가 될 수는 없지만 내 주변에 많은 사람이 머물게 할 수 있지 않을까? 늦었지만 나 자신부터 2

배의 법칙을 실천해야겠다.

  국정감사 준비로 눈코 뜰 새 없이 바쁠 때였다. 어느 공기업 국회 담당 협력관이 새로 부임 받아 인사차 의원실에 왔다. 서로 명함을 주고받고 인사를 했다. 그는 처음 맡은 국회 업무라 많이 긴장하는 것 같았다. 내가 요구한 자료가 오지 않아 협력관에게 전화했다. 금방이라도 한강에 뛰어들 것처럼 다 죽어가는 목소리로 전화를 받았다. 이유를 물으니, 모 의원실 보좌관이 자료를 주지 않는다며, 문 앞에 1시간 넘도록 서 있다고 했다. 또 다른 의원실에서는 나이가 어린 비서가 '이런 식으로 자료를 주면 어떡하냐'며 의원실 출입금지령도 내렸다고 한다. 한참을 지나서야 협력관이 의원실로 찾아왔다. 그의 얼굴은 국회 업무를 맡은 지 며칠되지도 않았는데 처음 봤을 때보다 반쪽이 되어 있었다. 영문을 모른 나는 "자료 오늘까지 안 주면 알아서 하세요"라고 말했다. 그 협력관은 "죄송합니다. 담당 부서에 얘기해서 자료를 빨리 보내 달라고 얘기해 놓겠습니다."라는 말만 되풀이했다. 그날 저녁, 다른 의원실 보좌관인 친구와 함께 저녁을 하기 위해 국회 앞 식당으로 들어갔다. 가게에는 그 협력관을 포함한 각 기관의 협력관들이 6~7명이 모여 한쪽 구석진 곳에서 저녁을 하고 있었다. 우리 일행은 모른 척 간단하게 식사를 끝내고 가게를 나왔다. 나는 사장에게 협력관들이 식사한 것까지 계산해 달라고 했다. 아내로부터 매달 받는 용돈으로 계산했다. 가게를 나와 다시 의원회관으로 들어가려고 건널목 앞에 서 있는데, 새로 왔다는 협력관이 편의점 앞에 쪼그리고 앉아 고개를 숙인 채 담배를 피우고 있었다. 나는 그의 옆으로 가서 두 손으로 어깨를 주물러 줬다. 협력관은 깜짝 놀라 일어나 거의 90도로 인사를 한다. 그렇게까지 할 필요가 없는데, 주눅이 많이 들어 있었다. 나는 그에게 조심스럽게 위로를 해줬다.

"많이 힘들죠? 그렇다고 나쁜 사람들은 아니니까, 협력관님이 조금만 더 이해해 주세요. 시간이 지나면 금방 적응할 겁니다. 나중에 국정감사 끝나고 술 한잔해요. 비싼 건 못 사주지만, 맛있는 건 내가 살게요. 조금만 더 힘냅시다."

나는 위로인 듯 아닌 듯 말하고 의원실로 들어왔다. 국정감사가 끝나고 협력관들과 저녁 식사 자리를 가졌다. 그 협력관이 갑자기 울먹이며 지난번 자신에게 해준 따뜻한 위로 한마디가 큰 힘이 되었다고 한다. 국회 협력관을 한 지는 얼마 되지 않았지만, 그 누구도 그런 얘기를 해준 이가 없다고 했다. 나도 잘 해줘서 고맙다고 했다. 맞은편에 앉은 다른 기관 협력관은 지금까지 국회 출입하는지 2년 동안 보좌관한테 밥 얻어먹기는 그날이 처음이라고 한다. '설마 그럴까?'라고 얘기했지만, 또 다른 협력관은 3년 동안 두 번 정도 식사를 계산한 게 전부라고 했다. 나는 꼭 그렇지 않을 거라고 얘기했다. 식사 가격이 비싸면 보좌관 처지에서 많이 부담되었을 수도 있다. 나 또한, 부담되기도 했다. 큰 부담이 안 되는 선에서 식사 정도는 계산할 수 있다고 설명했다. 순수한 인간애가 때로 사람을 힘나게도 하는 법이다.

인턴 시절부터 보좌관이 된 지금까지 습관처럼 하는 행동이 있다. 바로 성실함을 바탕으로 하루하루 부지런한 삶을 사는 것이다. 나는 2배의 법칙을 실천한다. '가장 일찍 출근하고 가장 늦게 퇴근'하는 게 습관이 되었다. 내가 조금만 게을러지면 또 다른 습관이 된다. 나 자신을 경계하며 마음가짐이 흐트러지지 않기 위해 최선을 다한다. 내가 게을러지면 나를 믿고 일하는 보좌진들에게 피해가 갈 수 있기 때문이다. 조금이라도 더 노력하고 솔선수범하는 모습을 보여야 서로 의지할 수 있다는 생각에 습관처럼 부지런한 하루를 설계한다.

그런데 지금은 '가장 일찍, 가장 늦게'라는 말이 무색해지고 있다. 함께 일하는 의원실 보좌진 중 비서관이 가장 일찍 출근해서 자리에 앉아 있다. 또 다른 비서는 가장 늦게 퇴근한다. 나는 항상 2등에 머물러 있다. 둘 다 미혼이라 애 아빠인 내가 감히 근접할 수도 없다. 나도 미혼일 때 그들처럼 그렇게 해 왔다. 이런 방식이 정답일 수는 없다. 다만, 내가 부족하다고 생각될 때 평소보다 2배 이상으로 노력해야 성장할 수 있다. 나는 그렇게 믿어 왔고, 지금도 그렇게 노력하고 있다.

나는 일이 잘 풀리지 않을 때 2배의 법칙을 자주 실천한다. 내가 부족하다고 생각되는 것은 2배 더 노력해야 다른 보좌관들의 실력에 근접할 수 있기 때문이다. 보좌관은 책임감과 사명감도 중요하지만 아무 노력 없이 경험으로만 전문성을 갖추기란 더욱더 어렵다. 상임위 소관 기관의 담당자와 업무와 관련해 문의라도 하려면 어느 정도의 수준을 갖춰야 말이 통한다. 내가 알아야 문제점을 찾아낼 수 있다. 그 분야의 전문가인 공무원에게 어설프게 덤볐다가는 오히려 내가 설득을 당한다.

오래 전의 일이다. 사업의 진행 상황을 파악하기 위해 해당 기관에 자료를 요구했다. 며칠 후 담당 공무원이 내가 보낸 자료에 관해 설명하겠다며 의원실로 찾아왔다. 자료에 대한 공무원의 설명이 이어졌다. 현행대로 잘 진행되고 있고, 예산 처리 기간이 아직 남아있기 때문에 지원금을 신청한 중소기업에 연말까지 지급하면 올해 예산안은 차질 없이 마무리될 수 있다는 얘기다. 담당 공무원의 말을 들어보니 일리가 있어 보였다. 자료만 받아 자료 파일에 꽂아두고 잊고 있었다. 바쁘기도 했지만 다른 할 일이 쌓여서 자료를 다시 꺼내 볼 엄두가 없었다. 그런데 다른 의원실에서 '부실 사업 논란'이라는 제목의 보도자료가 나왔고, 주요 신문사의 지면을 장식했다. '혹시'라는 생각에 자료를 꺼내 봤다. 그래픽으로 처리된 표의 통계가 수치 하나 틀리지 않고 똑같았다. 내가 먼저 선점한 내용을 다른 의원실에 빼긴 것이다. 아니 정확하게 말하면 나는 공부가 부족해 담당 공무원에게 설득을 당했지만, 그 의원실 보좌관은 사업 내용을 알고 접근해 문제점을 알아낸 것이었다. 나는 이슈를 눈앞에서 놓친 우스운 꼴을 경험하게 되었다. 그 이후로 자료를 허투루 보지 않으려고 많은 시간과 노력을 기울였다. 그리고 담당 공무원이 얘기하는 자료 설명에 대해서도 항상 문제점이나 이해가 되지 않는 부분에 대해 꼼꼼하게 질문하게 되었다. 어떨 때는 공무원의 사소한 말과 행동 하나도 허투루 지나치지 않는다. 그들을 의심하는 게 아니라, 내가 그들에게 설득을 당하지 않기 위해 노력하는 것이다. 내가 그들보다 2배를 노력해야 최고가 될 수 있기 때문이다. 보좌관 2배의 법칙은 내가 이 업을 그만둘 때까지 계속될 것이다.

2

국회 보좌관으로 산다는 것

01

보좌관은 나의 운명

누군가 내게 묻는다.

"왜 이리 힘든 일을 열심히 하세요?"
"제가 좋아서 하는 일이니까요."
"그렇다면 당신이 얻는 게 뭐죠?"
"……."

나는 더는 아무 말 하지 못했다. 내가 좋아서 하는 일은 맞지만, 내가
얻는 게 뭔지를 생각하지 않았다. 무조건 앞만 보고 달려왔던 결과의 답

이다. 내가 얻는 건 없지만, 잃은 것도 없다. 다만, 대한민국 정치 중심에 내가 있다는 것에 자부심을 느낀다. 밤새워 일하고 정신없이 쫓아다닐 때는 힘이 들지만, 내가 만든 법안으로 인해 국민에게 긍정적인 영향을 미칠 때는 큰 힘이 된다. 내가 작성한 질의서를 통해 의원이 질문하고 장관이 답변하는 모습, 보도자료가 언론에 기사화되고 내가 기획한 토론회가 성황리에 마무리가 되면 보좌관이라는 직업에 자부심을 느낀다. 나는 '국민을 위해 최선을 다한다.'라는 이 말이 가장 싫었다. 그냥 '의원을 위해 일한다.'라는 말이 더 맞지 않을까.

보좌진들은 무슨 문제가 생기면 그 일을 해결하기 위한 판단력과 능력이 뛰어나다. 몸에 배어있다. 의원이 갑자기 일을 시키면 보좌관은 즉각 움직인다. 지나가다 흘린 말도 그냥 지나치지 않는다. 의원의 입에서 뱉은 말은 빨리 해치워야 마음이 편하다. 미리 준비해놔야 나중에 의원이 찾더라도 바로바로 보고할 수 있다. 의원이 얘기한 부분을 한쪽 귀로 흘린다면 보좌관으로서의 자질이 부족하다는 방증이다. 나 또한 사람이다 보니 의원의 지시를 엉겁결에 놓친 적도 물론 있었다. 하지만 의원이 추진하고자 하는 부분에 대해서는 일단 시작하려고 노력하는 편이다. 의원의 지시라고 해서 맹목적으로 복종부터 해야 한다는 얘기가 아니다. 현명한 보좌진이라면 충분한 숙고를 통해 사리판단을 할 줄 알아야 하지만, 그것은 오로지 성실을 바탕으로 깔고 있을 때만 설득력을 갖는다. 준비하는 성실성과 실천력이 겹겹이 쌓이면 순발력은 자연스럽게 터득된다. 언젠가 행정가 출신 의원이 기관장 재임 시절을 회상하며 내게 했던 말이 생각난다.

"국회 보좌진들은 짧은 시간에 일 처리를 마무리하는 마법을 지녔다."

보좌진들 사기진작 차원에서 했던 말이기는 하나, 나는 그 말이 과장이 아니라는 걸 잘 안다. 의원이 기관장 재임 당시에 수백 명이 넘는 공무원들을 거느리고 있으면서, 별거 아닌 내용도 자신의 손에 오기까지 많은 시간이 걸렸다고 했다. '빨리 빨리' 해달라고 닦달도 해보고 소리도 쳤지만 크게 달라지지 않았다고 한다. 이유를 들어보니, 기관장이 국장에게 지시하면, 국장은 담당 과장에게, 과장은 사무관에게, 사무관과 주무관이 함께 보고사항을 작성하면 다시 과장이 검토해서 국장에게 올리면, 다시 국장이 검토해서 기관장에게 보고되기 때문이란다.

의원이 재미 삼아 한 얘기지만 그만큼 기관의 결재 시스템이 불필요한 단계가 많다고 한 것이다. 그런데 의원실은 9명의 인원으로, 3명은 지역구에 2명은 수행비서와 행정 비서를 제외하면 4명밖에 되지 않는데 어떻게 해서든 빠른 결과물을 내놓는다고 했다. 무엇보다 의원이 '갑자기' 지시를 해도 일사천리로 해내는 게 신기할 정도라고 한다.

어느 일요일 아침이었다. 8시가 채 되지 않았다. 책상 위에 핸드폰 진동 소리가 요동쳤다. 의원으로부터 걸려온 전화였다.

"임 보좌관. 정말 미안한데, 교섭단체 구성과 관련해서 보고서 좀 만들어서 오늘 오후까지 내 책상에 올려줘. 지역에서 4시에 비행기 타고 올라가면 국회까지 저녁 6시 이전까지는 들어갈 거야."
"네. 의원님."
"대표님께 보고할 자료니까, 꼼꼼하게 빨리 만들어야 해."

전화를 끊고 한숨을 쉬었다. '네.'라고 대답했지만, 고등어 중간 토막을 뺀 대가리와 꼬리만 얘기해주고 뭘 어떻게 만들라는 건지 막막했다. 교섭단체는 20명 이상의 소속 의원이 속해 있는 정당을 말한다. 무소속이더라도 교섭단체 구성에 등록하면 20명 이상의 의원으로 따로 교섭단체를 구성할 수 있도록 법으로 정해져 있다. 당시에는 100명의 의원이 넘는 정당이 교섭단체를 하면서 양당 체제가 유지되고 있을 때였다. 나는 씻는 둥 마는 둥 사무실로 나갔다. 관련 기사부터 검색했다. 국회 사무처에서 발간한 국회법과 국회 선례집을 꼼꼼히 살폈다. 3시간에 걸쳐 자료만 찾아다녔다. 점심도 거른 채 목차를 정하고 빈 여백에 옮겨 쓰기 시작했다. 교섭단체 구성 요건과 비교섭단체 운영의 문제점, 교섭단체 구성의 필요성, 연대를 통한 교섭단체 구성 사례, 계획 및 협의 사항 등 목차에 따른 꼭지만 20개나 되었다. 다른 보좌진들이 있었다면 서로 나눠서 하면 그리 오래 걸리지 않았을 건데, 휴일에 쉬는데 괜히 부르기가 미안했다. 드디어 완성되었다. 아직 의원은 도착하지 않았다. 완성된 보고서가 오타나 잘못된 내용이 있는지 여러 번 확인했다. 투명 비닐 파일에 넣어 의원의 책상 위에 올려놨다. 책상에 앉아 기지개를 켜고 집에 갈 준비를 하는데, 의원이 사무실로 들어왔다.

"보고서는 다 됐어?"
"네. 의원님. 책상 위에 올려놨습니다."
"그래. 5부만 준비해서 대표님 방에 갑시다."
"네? 자료는 한번 보셔야죠."
"괜찮아. 가면서 보면 되지. 지금 머뭇거릴 시간 없어. 빨리 따라와."

대표님과 얘기하고 나온 의원은 흡족한 표정으로 내게 말했다.

"다음 주부터 공동교섭단체 협상 진행하니까 잘 준비하고, 비교섭단체 의원들에게 보낼 친전과 합의문도 준비해놔요."
"네. 의원님."

너무 빠른 결정이었다. 이후 며칠 동안 비교섭단체 두 정당이 줄다리기 협상을 주고받은 끝에 교섭단체 구성이 완성되었다. 맨땅에 헤딩한다고 생각했지만, 긍정적인 결과를 만들어 낼 수 있어 기분은 좋았다.

국회 시계는 퇴근 시간이 정해져 있지는 않지만, 저녁 6시가 되면 왠지 모를 편안함이 느껴진다. 항상 그 시간만 되면 일을 시키는 의원이 있었다. 성격도 급해서 일을 시킬 때 '1시간, 2시간'이라고 말하며 그 시간 안에 끝내라고 말한다. 혼자보다 둘이, 둘보다 셋이 역할 분담을 해서 일을 진행하면 훨씬 수월하다. 오래전의 일이다. 저녁 8시가 다 되어서 의원이 들어왔다. 저녁 식사를 한 것 같았다. 당시 의원실에는 나와 인턴 비서가 토론회 준비로 남아있었다. 의원은 바로 나가야 하니 30분 내로 '5·18 망언'과 관련해서 성명서를 작성해서 달라고 했다. 또 갑자기 일을 던졌다. 그것도 1시간 이내에 달라고 한다. 식사 자리에서 함께 배석한 누군가의 말을 듣고 지시하는 것처럼 느껴졌다. 나는 의원에게 수위 조절을 어느 정도 할 건지부터 물어봤다. 의원은 "무조건 세게 써."라고 주문했다. 인턴 비서에게 언론 내용과 잘 나온 사설 위주로 자료를 찾아달라고 했다. 나는 한글 파일 빈 여백에 뼈대를 잡았다. 맨 처음 사건이 일어난 배경을 타이핑하고 어떤 행사에서 누가 그런 발언을 했는지, 역사적 사실, 유가족의 아픔, 재발 방지 대책 등 정신없이 써 내려갔다. 다행히 5·18에 관한 내용을 잘 알았기 때문에 기본적인 틀을 금세 작성했지만, 모르는 내용이었더라면 자료를 찾고 글을 쓰는 데 2시간 이상은 족히 걸렸을 거다. 그나마 인턴 비서의 도움이 없었다면 더 오래 걸렸을 것이다. 성명서는 의원 손에 쥐어졌고 간단한 수정과 함께 블로그와 페이스북에 올렸다. 그리고 지방 기자들 메일과 문자로 성명서 내용을 보냈다. 다음날 인터넷 뉴스에만 나왔을 뿐 신문 지면으로부터는 외면당했다. 너무 늦은 시간에 보낸 이유도 있었지만, 의원과 기자와의 관계가 그다지 좋지 않으면 일부러 써주지 않는 경우도 있다. 다만, 보좌관과의 관계가 좋은 기자들은 기사화해주려고 노력은 하는 편이다. 자주 얼굴을 대하고 격의 없는 대화로 안면을 터놓으면 간절하고 아쉬울 때 톡톡히 덕을 보게 된다.

 나는 국회에서 일하면서 의원실 선배 보좌관들에게 많이 배우기도 하고, 많이 깨지기도 했다. 모든 게 '빨리빨리'라는 습관이 배어 있었다. 내 성격은 꼼꼼해서 뭘 하나 하더라도 신중하게 거의 완벽한 수준이 된 이후에 검토를 받는 편이다. 그런 성격 탓에 업무지시가 떨어지면 항상 꼼꼼하게 준비했었다. 그런데 국회에서는 '게을러터진 사람'으로 취급받는다. 의원이 갑자기 일을 시키고 갑자기 떨어진 일을 보좌관은 어떻게 해서든 결과물을 만들어 내야 하기 때문이다. 그것도 모자라 몇 시간 내에 보고하라면 정말 미칠 노릇이다. 내가 바뀌지 않으면 국회에서 살아남기 힘들다는 생각이 들었다. 이후로는 의원이나 선임보좌관이 "이 일은 누가 할래?"라고 물어보면, 나는 고민도 없이 손을 들어 하는 편이다. 아는 내용은 더 쉽게 할 수 있고, 안 해본 내용도 다뤄봐야 나중에 쉽게 처리할 수 있기 때문이다. 한 번 해본 경험이 있으면 분명 똑같은 일이 내게 주어질 수 있다. 그렇다고 '꼼꼼하면 안 된다.'라는 뜻이 아니다. 꼼꼼하면서 신속하게 처리해야 한다는 말이다. 앞뒤가 안 맞는 표현일 수 있지만, 국회 보좌관이라면 가능한 표현이다.

국회 보좌진 생활 22년의 경력을 지닌 이진수 보좌관은 저서 『보좌의 정치학』에서 보좌관들의 문제 해결 능력이 좋다고 했다. 나는 선배 보좌관의 표현을 내 책에 그대로 옮겨 적는다.

"보좌진들은 정말 일을 잘한다. 보좌진이 10명 정도 모이면, 못 할 일이 없다고 보면 된다. 어떤 문제가 발생하면 웬만해선 두셋이 모여 해결하고, 좀 난감하면 대여섯이 모이고, 진짜 골칫거리면 전체가 모인다. 그러면 대개 20분이면 대책이 나오고, 1시간이면 속속 파악된 대안들이 보고된다. 보좌관들은 문제 해결 능력이 좋다. 먼 미래를 내다보는 예측력에 기반한 거대한 프로젝트를 기획하는 능력이나, 숫자를 보고 분석해서 투자의 방향을 결정하는 경영 능력 같은 건 잘 모르겠다. 하지만 갑자기 주어진 과제나 당장 닥친 문제 해결에서는 타의 추종을 불허한다고 필자는 확신한다. 왜 그럴까? 보좌진들이 국회에서 하는 일이 대개 갑자기, 닥쳐서 주어진 것을 빨리 해치워야 하기 때문이다. ……(중략) 늘, 갑자기 닥쳐 재빨리 대처해야 하기에 사람을 아침부터 한밤중까지 긴장시키는 것이 바로 비서 업무이기 때문이다."

이 모든 게 가능한 것은, 혼자만 똑똑하고 잘난 사람이 있어서가 아니다. 보좌진 모두가 함께하기 때문에 가능한 것이다. 다 함께하면 고민도 줄어들고 더 좋은 아이디어도 나오기 마련이다. 웅덩이를 흐리게 만드는 한 마리의 미꾸라지가 되지 않도록 자신을 스스로 경계해야 한다. 보좌관은 나의 운명이니까.

02

내 목숨은 내 것이 아니다

누군가 내게 "보좌관의 임기는 어떻게 되나요?"라고 묻는다. 나는 0.1 초 만에 "파리 목숨입니다."라고 말한다. 보좌관의 임면권이 의원에게 있으니, 단연 '파리 목숨'에 비유할 수밖에 없는 것 아니겠나. 보좌관이 능력도 없는데 눈치까지 없으면 의원의 눈 밖에 날 수밖에 없다. 의원이 면직 요청서에 등록 인장을 찍어 사무처에 제출하면 그는 바로 그 자리에서 해고가 된다. 우유처럼 유통기한이라도 있으면 좋겠지만, 보좌관의 운명은 의원의 결정에 따라 유통기한 없이 바로 처분된다. 의원이 정하기 나름이니까.

최근 대선을 앞두고 씁쓸한 언론 보도를 접했다. 언론에는 "추석 앞두고 실업자 신세, 의원직 사퇴에 보좌진 날벼락"이라는 기사가 등장했다. 남의 일이 아니라는 생각이 들었다. 기사 내용을 요약하면 대통령에 나선 현직 의원들이 의원직을 사퇴하면서 덩달아 보좌진들이 날벼락을 맞았다는 것이다. 의원이 사퇴하면 함께 일한 보좌진들은 자동으로 면직되기 때문이다. 추석 연휴가 코앞인데 졸지에 실업자 신세가 된 것이다. 의원 한 명이 채용할 수 있는 보좌진은 모두 9명. 이들은 각자 살길을 찾아야 한다. 다른 무엇보다 추석 연휴 직전에 의원직 사퇴서가 본회의에서 처리되면 며칠 남지 않은 기간이지만 추석 상여금까지 받지 못한다. 특히 국정감사 기간에는 다른 의원실에 들어가기란 쉽지 않은 상황이다. 국정감사 이후에는 채용공고가 나온다고는 하나, 이마저도 그들을 뽑는다는 보장은 없다. 이 때문에 흔히 '파리 목숨'으로 불리는 국회 보좌진의 고용 시스템을 개선해야 한다는 지적이 제기되기도 한다. 어제오늘의 문제가 아니다. 어떤 정치 전문가는 "국회 보좌진을 의원실 소속이 아니라 국회 사무처 소속으로 변경해 신분을 보장해야 한다."라고 주장한다. 늘 불안정한 신분의 보좌진 입장에서야 눈이 번쩍 뜨이고 귀가 쫑긋할 얘기지만, 그렇게 신분이 바뀌고도 과연 지금처럼 말도 안 되는 일처리 속도가 유지될 수 있을까? 솔직하게 말하면 자신 없다. 안정과 야성은 동전의 양면 같기도 하다.

보좌진들끼리 모이면 다른 의원실에 대한 소문이나 의원의 성향이 어떤지 정보를 자주 주고받는다. 특히 의원의 성향을 알아뒀다가 나중에라도 참고해서 이력서라도 넣어볼까 하는 마음에서다. 그중에서도 보좌진이 수시로 바뀌는 의원실은 '기피 대상 1호'에 해당한다. 보좌진 업의 특성상 의원과 보좌진이 잘 맞지 않으면 함께 일하기 힘들어서 보좌진 채용이 잦을 수밖에 없다. 또 본인 스스로 나가는 경우가 있으나, 의원의 결정에 따라 짐을 싸는 경우가 대부분이다. 보좌진들이 자주 바뀌는 의원실을 두고 '보좌진 양성소', '보좌진 체험실'이라고 부른다.

의원의 의지와 달리 3일 만에 그만둔 보좌관도 있었다. 말 그대로 3일만 등록한 셈이다. 국회 경력이 없던 그는 지역에서 당직자로 일하면서 의원과 인연이 되었다고 한다. 그의 측면에서 보면 당연히 그럴 수 있겠다는 생각이 들었다. 막상 국회 보좌관으로 등록을 하고 보니 의원실에서 어떤 역할을 해야 할지, 얼마 남지 않은 국정감사는 어떻게 준비해야 할지 막막했을 수도 있었을 것이다. 그는 병원 치료를 목적으로 보좌관을 그만두고 의원실을 떠났다. 자의적으로 떠났지만, 의원실 보좌진 채용에 기록으로 남는다.

어떨 때는 새 국회 개원 이전, 준비도 없이 실업자가 되는 예도 있다. 후배 보좌관은 의원이 낙선하면서 바로 그만두라고 했다고 한다. 후배는 어쩔 수 없이 그만두고 당선자 의원실 수십 곳에 이력서를 넣었다. 나에게도 부탁해 왔지만, 도움이 되질 못 했다. 때마침 후배의 이력에 관심을 가졌던 당선자와 면접을 하고는 함께 일하기로 했다고 한다. 국회 개원 이전에 사무실 구조나 필요한 물품, 아직 미채용된 보좌진 구성 등 좀 더 구체적인 안을 만들어 오면 다시 만나서 얘기하기로 했다며 후배는 기뻐 했다. 국회 개원을 얼마 남겨두지 않은 시점이었다. 나는 회관 앞 벤치에 앉아 있는 그를 발견하고는 '의원실 세팅은 잘 되고 있냐'고 물었지만, 고 개를 좌우로 돌리며 '다른 의원실 알아보러 왔다'고 했다. 이유를 물으니 면접을 본 이후 며칠 뒤에 당선자와 함께 배석했던 예비 보좌관으로부터 연락이 와 함께 일하기 어렵겠다는 얘기를 들었단다. 예비 보좌관이 구 체적인 이유는 말하지 않았다고 했다. 후배가 상심이 많이 컸을 거란 생 각이 들었다. 나는 진심 어린 위로와 함께 뒤돌아섰다. 파리 목숨보다 못 한 신세라는 생각마저 들었다. 보좌관의 목숨은 본인 것이 아니었다.

내가 아는 친구는 아이 셋을 둔 다둥이 아빠였다. 국회 경력은 나보 다 5년이 부족하지만, 보좌관은 훨씬 빨리 달았다. 그 친구는 교섭단체 와 비교섭단체를 모두 경험하기도 했다. '기피 대상 1호' 의원실에서도 일 했던 경험이 있었다. '국회 그랜드슬램'을 달성한 보좌관이라고 농담으 로 이야기도 했다. 성격도 좋아 온순하고 일에 대한 능력도 있었다. 그러 나 그에게는 일에 대한 열정이 없어 아쉬웠다. 의원에게 자주 불려 가기 도 했다. 어느 날 의원과 선임보좌관이 집무실에서 한참을 이야기하더니 그 친구를 불렀다. 그리 오래되지 않아 집무실을 나온 친구는 표정이 좋지 않아 보였다. 의원이 어느 정도의 기간을 두고 의원실을 그만두라고 한 것이다. 내가 도움 줄 수 있는 게 없었다. '애를 셋이나 키우는 가장이 실업자가 되면 안 되는데….'라는 걱정만 했다. 그런데 불과 1시간도 되질 않아 다른 의원실에 들어간다고 했다. 대학 선배가 보좌관으로 있는 의원실이라 한다. 그런데 보좌관이 아닌 비서관으로 일하게 되었다. 친구는 쉬는 공백없이 일할 수 있어 다행이라고 했다. 아쉽지만 나 또한 그의 선택을 응원했다. 보좌진 중에는 기존의 직급보다 한 단계 낮춰서 의원실에 들어가는 경우가 많다. 자존심이 문제가 아니라 생계가 달려 있기 때문이다. 선거가 끝나고 의석수를 많이 차지한 정당의 경우 보좌진들에 대한 구직의 선택 폭이 넓어지고 직급 상승을 노려보지만, 의석수가 적은 정당 출신의 보좌진들은 직급을 낮춰서라도 일만 하게 해달라고 매달린다. 여기에 더해 다른 정당 출신 보좌진 채용 시에 철저한 검증을 알리는 이른바 '보좌진 구성 가이드라인' 탓에 채용 문턱은 높은 벽처럼 느껴졌다. 나 또한 세 번의 직급 변경이 있었다. 그때마다 자존심보다 생계를 먼저 생각했다. 그렇다고 자존심 상했던 일이 없었겠나. 오래전 내가 비서관일 때 인턴 비서로 일했던 후배가 다른 의원실 보좌관으로 있을 때 당시 나는 6급 비서로 있었다. 그리고 비서관은 나보다 나이가 서너 살 어렸었다. 친하게 지냈지만, 매일 좋은 관계가 될 수는 없었다. 화나는 일이 있어도 나를 의원실에 소개해준 선배를 위해서라도 묵묵히 참고 일했다. 선배에 대한 예의였기 때문이다.

국회는 민원인들로부터 전화가 많이 걸려온다. 의원이 실수라도 하면 언론 보도와 앞서거니 뒤서거니 민원인의 항의 전화가 빗발친다. 업무가 마비될 정도로 걸려오는 전화 탓에 아예 응대를 안 할 때도 있었다. 어떨 때는 의원의 후원 계좌를 통해 '18원' 후원금을 보내며 야유를 하는 사람도 있다. 다시 돌려보낼 수도 없고 후원금 영수증을 끊어줘야 하는 회계 책임자만 울상이 된다. 다른 의원실 보좌관인 친구는 민원인 전화로 인해 다음날 면직 처리가 되었다. 한 사람으로부터 여러 번에 걸쳐 의원실로 전화가 와서 화가 난 친구는 끝내 넘지 말아야 할 선을 넘었다. '한 번만 더 전화하면 가만두지 않겠다'고 화를 내자, 민원인은 약을 올리는 듯한 말투로 '한번 해보라'고 노골적으로 부채질을 했다. 친구는 더 화를 냈고, 민원인은 녹취한 내용을 제보해 언론에 공개까지 했었다. 친구는 '아차' 싶었지만, 너무 늦었다. 언론 보도가 나오자 그는 어쩔 수 없이 의원실을 나와야 했다. 의원실로 걸려오는 악성 민원전화로 인해 여비서들의 울음이 잦을 날이 없었다. 자신의 채무를 탕감해 달라는 생계형 민원에서부터 '몇 년 후에 지구가 멸망하니 정부가 대책을 내놔야 한다.'라는 식의 막무가내 민원, 원색적이고 모독적인 욕설은 기본이고, 성희롱 발언까지 악성 민원의 종류도 정말 다양하다. 의원실에서 발의한 법안 내용에 대해 반대 의견이나 불만을 표출하는 것은 점잖은 축에 속한다. '가는 말이 고와야 오는 말이 곱다.'라고 했는데, 보좌진도 사람인지라 오는 말이 욕설이면 가는 말이 고울 수 있겠나. 하지만 보좌진은 웬만해선 참고 받아준다. 특히 지역 주민이 막말하면 언제나 '네. 죄송합니다.'라고 마무리한다. 민원 전화를 어떻게 받느냐에 따라 내 목숨이 '파리 목숨'이 될 수 있기 때문이다.

어느 토요일 오전이었다. 혼자 의원실을 지키고 있을 무렵 전화벨이 울렸다. 항상 주말에 의원실로 걸려오는 전화는 대부분 민원전화라 피하고 싶었다. 혹시나 하는 생각에 수화기를 들었다. 전화를 받자마자 누군지 밝히지 않고 반말의 연속이다.

"어. 난데. 의원 있어?"

"지금 지역구에 가셨습니다. 그런데 누구신지요?"

"내가 누군지 몰라? 비서 자질이 없구먼."

"죄송합니다. 저는 보좌관입니다만, 제가 어르신 목소리를 처음 들어봐서 말입니다."

"보좌관이면 똑바로 알아들어야 할 것 아니야. 의원이 어떻게 가르친 거야. 이것들이 예의도 없이…."

내가 뭘 잘못한 것일까? 게임을 한 건가? 자신의 목소리만 듣고 누구를 맞추는 게임. 그런 것도 의원이 가르쳐야 하나? 말 그대로 모르는 사람에게 뒤통수를 한 대 맞은 것 같았다. 얼마 지나지 않아 의원실 전화가 다시 울렸다. 의원의 전화번호가 찍혔다. '아. 그 어르신이 의원한테 말했구나.'라는 생각이 들었다. 의원은 전화를 어떻게 받았냐며 짜증 섞인 투로 물었다. 나는 억울한 마음을 억누르고 차근차근 설명했다. 의원은 약간 미안한 목소리를 하며 "그래, 알았어. 그분이 원래 그러니 이해해."라며 앞으로 그 어르신에게 전화가 오면 더욱더 친절하게 대응하라고 당부했다. 얼마나 더 친절하게 대응해야 만족하시려나. 그 어르신은 전직 4선 국회의원을 지낸 분이었고, 나의 아버지가 좋아했던 정치인이었다. 내가 조금만 불친절하게 했더라면, 나도 친구처럼 면직 처리될 뻔했다. 아마도 그 어르신의 눈에는 보좌관이 과거의 '가방모찌'로 인식되었을 수 있겠다는 생각이 들었다. 나 자신도 '관노비', '일용직 공무원'이라고 자조 섞인 말을 입에 담을 때가 많다. 힘들게 일하며 보람도 많이 느끼지만 절대 화려하지만 않은 직업이 바로 보좌관이다. 내 목숨이 내 것이 되는 그날이 곧 올 거라고 믿으며 생업을 이어 나가는 것이 국회 보좌진의 질긴 운명이다.

03

보좌관, 꽃길은 없다

보좌관이 되려는 사람이 많다. 밤을 새우며 힘들게 일을 해도, 언제 잘 릴지 모를 불안정한 직업인데도 보좌관을 하려는 사람이 줄을 섰다. 재 선이나 다선 의원들은 처음부터 함께 동고동락한 보좌관이나 정치적 동 지 위치에 있는 보좌관과 계속해서 일한다. 의리가 있는 의원은 보좌관 을 제외한 보좌진들을 갓 당선된 초선 의원에게 부탁해 직급을 올려 옮 겨주기도 한다. 초선 의원의 경우, 지인들이나 선거 때 도왔던 지역구 주 민들이 보좌관과 보좌진으로 채용해 달라는 '취업 청탁'도 많이 들어온 다. 초선의원으로서 이러한 청탁이 달갑지만은 않다. 청탁을 들어주지 않으면 '내가 도와줘서 국회의원 되지 않았냐?'부터 '다음에 재선 못 할 줄 알아라.'라며 협박성 발언도 서슴지 않는다. 그렇다고 국회 경력도 없는 사람들로 의원실에 앉혀 놓을 수는 없지 않겠나. 국회 업무가 처음인 초선의원 관점에서 국민에게 인정받고 싶고 수준 높은 의정활동을 기대하기 때문에 경력이 전혀 없는 지역 사람을 보좌진들로 가득 채울 수 없다. 설사 채운다고 하더라도 얼마 못 가 의원 스스로 버티지 못할 것이다. 다만, 국회 경력이 오래되었더라도 말 그대로 '허당'이거나 '기피 대상 1호' 보좌관도 많다. 이들 대부분 '인맥'을 통해 채용되는 경우가 많다. 정말 실력 있는 보좌관은 인맥이 아닌, 소문으로 의원실에 들어간다.

내가 아는 선배 보좌관은 의원들 사이에서 일 잘하기로 소문이 났다. 그는 의원이 선거에서 낙선해도 남들처럼 수십 통의 이력서를 쓰지 않아도 될 정도로 인정받았다. 때가 되면 의원들이 그를 서로 모셔가려고 한다. 표현이 좀 그렇긴 하지만 그 선배로서는 전문성과 의원 성향에 맞게 골라서 간다고 해도 과언이 아니다. 흔히 재수 없는 소리로 들리겠지만, 부러운 건 어쩔 수 없다. 이와 반대로 인맥으로만 의원실을 옮겨 다니는 보좌관들이 있다. 오래전부터 잘 알고 지낸 선배 보좌관의 이야기다. 나는 그를 '허당 보좌관'이라고 불렀다. 국회에서 온갖 나쁜 소문은 다 그에게서 나올 정도였다. 보좌관들 사이에서는 '국회 보좌관 전체를 욕 먹이는 탁월한 기술이 있다.'라는 말까지 나왔다. 국회의원 선거가 끝나고 의원실에 들어갈 취업 문이 좁아 보좌진들이 실업자가 많아질 때였다. 나도 마찬가지지만 국회에 일자리 한파가 몰아친 것이다. 새 국회가 개원했지만 어디 한 곳 불러주는 곳이 없었다. 그런데 국회에서 '허당 보좌관'으로 알려진 그 선배를 의원회관에서 봤다는 얘기가 내 귀에 전해졌다. 국회 앱을 통해 의원실을 검색해 보니, 아니나 다를까 보좌관 란에 이름이 올려져 있었다. 내가 관여할 바는 아니지만, 정말 신기할 정도였다. 보좌관 중 웬만해서 그의 행태를 모르는 이가 없을 건데, 잘도 자리를 꿰차고 앉아 있었다. 다들 혀를 내두를 정도였다. '도대체 어떤 인맥을 가졌길래 이처럼 잘 들어가는 걸까?' 항상 꽃길만 걸었던 그에게 밥이라도 한 끼 대접하면서 진지하게 물어보고 싶었다. 아니 그런 기술을 배우고 싶었다. 그러나 몇 개월 지나지 않아 의원실에서 면직 처리되었다. 본인은 쉬고 싶어서 그만뒀다는데, 의원실 보좌진들은 의원이 그만두라고 했단다. 한마디로 말하면 잘린 것이다. 미안한 생각은 들었지만, 지난날의 그의 행태를 보면 전혀 동정하고 싶지는 않았다. 다만, 나에게 없는 그의 꽃길이 언제쯤 다시 시작될지 궁금하다.

보좌관들은 자신의 직업을 두고 '겉만 우아한 사람들'이라고 표현한다. 외부에서 보좌관을 바라보는 시선은 부러움의 대상이다. 최근 종영된 드라마 〈보좌관〉이 방영되고 나서 그런 생각을 하는 사람들이 많은 것 같다. 고향에 내려가면 내 주변의 사람들도 '국회의원 보좌관'이라고 하면, 의외로 많은 관심을 가지고 부러운 눈빛을 보낸다. 그러나 단 한 사람은

'기피 업종'이라고 말한다. 항상 내 곁에서 나를 지켜보고 있는 아내가 하는 소리다. "맨날 밤새워서 일하냐?"부터 시작해서 "다음 생애에는 보좌관 일을 하는 사람하고는 상종을 안 한다."는 한 맺힌 어조로 기어코 비수를 내 가슴에 꽂는다. 어쩔 수 없지 않나. 보좌관이 하는 일은 '갑자기'라는 말이 일상화되어 있다. 평소에야 정해진 일을 차근차근 정리하면 되지만, 의원이 갑자기 던져주고 서둘러 하라고 하면 밤을 새울 수밖에 없다. 새벽녘이라도 끝나면 감사할 일이다.

보좌진들이 공통으로 고민하는 게 있다. 언제 잘릴지 모를 불안감이 늘 있고 미래가 불투명하다는 것이다. 일할 때만큼은 자부심을 느끼고 열정을 다해 일한다. 모시는 의원과 함께 입법을 진행할 때면 '국민의 삶'을 먼저 걱정하며 그야말로 심혈을 기울인다. 우리가 만든 법안이 국회 본회의를 통과될 때 가장 큰 보람을 느낀다. 밤새 분석한 자료가 보도자료를 통해 신문 지면에 실리거나 방송 뉴스에 방영될 때도 보람을 느낀다. 하지만 그 모든 게 보좌관의 몫이 아닌, 의원의 성과로 기록된다. 그렇다고 '내 것'이라고 나서서 말하지 않는다. 보좌관으로 인해 의원이 높은 평가를 받는다는 것은 곧 보좌관이 좋은 평가를 받는 것과 다를 바 없기 때문이다.

지방선거 지원을 위해 지역에 파견을 나갔을 때 일이다. 우리 당 소속 지방선거 출마자들을 위해 지역 정책공약과 선거 메뉴얼, 의원의 지원 유세 일정을 기획하고 있었다. 점심도 거른 채 많은 양의 자료를 만들고 있었다. 다들 퇴근하고 혼자 지역사무실에 앉아 있는데 전화가 왔다. 지역 당협 사무소 노인회장이라고 말했다. 나는 누군지 몰랐다. 나에게 대뜸 '다른 사람들은 근조기를 다 보냈는데 의원 거는 설치가 안 되었다.'라며 빨리 보내라고 했다. 나는 하던 일을 멈추고 사무실 책장 위에 올려져 있던 근조기를 들고 노인회장이 알려준 의료원 장례식장으로 갔다. 저녁 시간이라 조문객이 많았다. 나는 입구에서 근조기를 조립해 들고 들어갔다. 가방과 핸드폰을 입구 옆에 놔두고, 근조기를 제단 바로 옆에 세웠다. 나는 그냥 나가려고 했으나, 상주 분위기로 봐서 고인에 대한 예의는 갖추고 가야 할 것 같았다. 고인의 영정에 헌화한 뒤 제단을 향해 묵념했다. 돌아서서 상주에게 맞절하는 순간, 핸드폰 벨 소리가 크게 울렸다. 로이 킴의 〈봄봄봄〉 노래가 장례식장 분위기를 확 바꿨다. '아차' 내 핸드폰이었다. 나는 상주에게 의원이 밤늦게 조문을 온다고 말하고 급히 나와 핸드폰의 무음 기능을 눌렀다. 조문객들이 예의가 없다는 듯이 나를 노려봤다. '죄송합니다.'라는 말과 함께 허리 숙인 인사를 하고 급하게 밖으로 나왔다. 아니나 다를까 내 예상대로 의원이 내게 전화했다. 자정이었다. 의원은 조심성이 없다며 잔소리를 늘어놓았다. 앞으로 조심하겠다는 말밖에는 할 말이 없었다. 조기 설치는 사무국장이나 당직을 맡은 지역 사람이 대부분 처리한다. 그날은 정말 재수가 없었던 것 같다. 노인회장의 전화만 안 받았어도 예의 없는 사람으로 취급당하지 않았을 건데….

2009년 구정 설이었다. 나는 추운 겨울 난방이 멈춘 사무실에 혼자 앉아 정치자금과 후원금 회계 정리하느라 머리를 싸매고 계산기를 두드리고 있었다. 국회의원은 선거관리위원회에 회계 보고를 하도록 법으로 정하고 있다. 이때 정치자금은 매년 1월 31일까지 보고하고 후원금은 매년 1월 31일과 7월 31일까지 보고하도록 하고 있다. 나는 회계 보고가 끝나면 설 연휴 동안 고향에 가지 못한 보상으로 일주일 휴가를 받았다. 곧 떠날 휴가 생각에 들뜬 기분을 억제하며 회계서류를 정리하고 있었다. 영수증을 순서에 맞게 정리하고 A4용지 빈 여백에 영수증을 붙이려는데, 선임보좌관으로부터 전화가 왔다.

"임 비서관. 회계 정리는 차질없이 다 됐어?"

"네. 보좌관님. 회계 입력은 다 끝났고, 영수증만 붙이면 됩니다."

"그래. 의원님이 임 비서관을 내일 당장 보궐선거 파견 보내라고 하시네. 조직은 잘 돌아가고 있는데, 캠프 안에서 책임지고 실무를 맡을 사람이 없는가 봐."

"며칠이나 가 있어야 할까요?"

"1~2주 정도면 될 거야. 이곳 선거에 맞게 매뉴얼 좀 작성해주고 서울로 올라오면 될 것 같은데….."

"네. 그렇게 하겠습니다. 내일 선관위에 회계 보고하고 바로 내려가겠습니다."

또 파견이다. 이러다가 선거 기간만 되면 무조건 파견 나갈 운명이 될 것 같은 기분이 들었다. 말 그대로 생고생할 생각을 하니 잠이 오지 않았다. 서둘러 회계 보고 자료를 밤늦은 시간까지 마무리하고 이후 내려갈 지역 특성을 미리 검색해 봤다. 필요한 자료들을 프린트하고 컴퓨터에 저장된 파일들을 USB에 부지런히 담았다. 1~2주만 도와주고 오면 된다는 생각에 조금은 홀가분했다.

다음 날 아침 일찍 선관위에 회계 보고를 하고 고속버스 시간에 맞춰 강남터미널로 향했다. 당시 그 지역은 KTX가 다니지 않는 곳이었다. 거의 5시간이 소요되었다. 캠프에 도착해 후보자와 인사를 하고 캠프에서 마련해 준 내 책상에 앉아 자료를 정리했다. 나는 빨리 마무리하고 단 하루라도 편히 쉬고 싶었다. 내가 만든 보고서와 선거자료들은 후보자가 일정을 마치고 사무실에 들어오는 시간에 맞춰 직접 보고했다. 끝나는 일정이 정해진 건 아니지만 대략 밤 10시 정도면 마무리되었다. 나는 선거 일정에 맞춰 관련된 기획안을 만들고 마무리 단계에 있었다. 늦게까지 서두르면 끝낼 수 있었다. 나는 서둘러 마무리하고 후보자 일정에 맞춰 기다렸다가 마지막 보고를 드렸다. 내가 캠프에 온 지 5일이 지났을 무렵이다. 후보자는 전직 국회의원답게 내가 만든 100페이지가 넘는 자료를 꼼꼼하게 살펴봤다. 후보자는 내게 많은 것을 물어봤다. 거의 2시간이 지났다.

"그래요. 고생했어요. 이대로만 하면 사무실은 신경 안 써도 되겠네요."

"네. 의원님. 더 필요한 사항이 있으시면 담당 실무자가 제게 전화해 주시면 바로 처리하도록 하겠습니다."

나는 후보자에게 '꼭 당선되시라'고 인사를 하고 캠프 근처 숙소인 모텔로 들어갔다. 다음 날 아침이었다. 의원이 전화했다. 방금 후보자에게 전화가 왔었다며 선거가 끝날 때까지 나를 데리고 있으면 안 되냐고 말했다고 한다. 보궐선거까지는 아직 3개월이나 남았다. 그렇다고 의원의 말을 거절할 수도 없었다. 어쩔 수 없이 아무 연고도 없는 곳에서 또 선거를 위해 긴 시간을 보냈다. 결과는 낙선이었다. 정말 내 선거처럼 최선을 다했지만 당선되기까지는 역부족이었다. 무엇보다 의원에게 죄송한 마음이 들었다. 정들었던 캠프 사람들에게 인사를 하고 버스터미널로 향했다. 나에게 주어진 꽃길은 없었다. 그저 땅에 떨어진 벚꽃만이 내가 가는 길에 흩어져 있었다.

04

보좌관의 그늘

국회의원 선거가 끝나면 국회 의원회관 분위기는 삭막할 정도로 조용하다. 당선된 의원실은 웃음꽃이 가득하지만, 반대로 낙선한 의원실은 당장 일자리 걱정부터 해야 한다. 이들 보좌진은 새로 국회에 입성할 당선자들의 부름을 기다린다. 당선자는 미리 내정된 보좌관과 함께 좋은 인재를 찾기 위해 의원회관을 비롯해 소통관, 인근의 커피숍에 앉아 알음알음 들어온 이력서를 살펴보거나 보좌진 채용을 위해 약속 장소에서 면접하기도 한다. 미리 내정된 보좌관 대부분 본인의 선거에서 도와준 지역 사람이거나, 전·현직 의원의 부탁 때문에 함께 일하기로 사전에 약속된 경우가 많다.

모셨던 의원이 선거에서 낙선하면서 나 역시 이력서가 당선자들 손에 쥐어질 수 있도록 그동안 쌓은 모든 인맥을 총동원하기도 했다. 그 결과 21대 국회 개원까지 40여 일 동안 다섯 번의 면접 기회가 주어졌지만 두 번의 면접만 볼 수밖에 없었다. 당시 아버지가 병환으로 위중했던 시기라 남아있는 모든 면접은 포기할 수밖에 없었다. 나는 두 번의 면접이 수포로 끝나면서 3개월 동안 실업급여를 받아 근근이 생활했다. 국회 재입성에 실패한 보좌진들은 나와 다를 바 없었을 것이다. 나는 그동안 세 번의 실업급여를 신청해 받았으니까.

12년 전에 알고 지낸 후배가 있었다. 16대 국회 당시 의원의 비서로 재직하다가 공기업으로 자리를 옮겼다. 나보다는 두 살이 어렸지만, 평소 인품이 뛰어나고 남에 대한 배려심이 많았고, 가끔 술 한 잔을 기울이면서 허심탄회하게 이야기 나눌 만큼 진솔한 동생이었다. 어느 날 의원의 지시로 국회의원 보궐선거 캠프에 파견을 나갔다. 그런데 캠프에서 그 동생이 나를 반겨주는 것이다.

"어. 너 왜 여기 있어?"
"회사 그만두고 여기로 왔어요."

나는 동생이 걱정스럽고 안쓰러워서 한마디 했다.

"아이고. 이놈아. 그냥 회사나 열심히 다니지, 왜 이런 험한 선거판에 들어왔어?"

내 말에 그는 웃기만 한다. 보궐선거가 끝이 나고 동생이 도왔던 후보가 당선되었다. 그리고 의원 보좌관으로 국회에 재입성했다. 이후 도지사 보좌관을 거쳐 이번 21대 국회의원에 당선됐다. 보좌관 시절의 경력이 그에게 큰 무기로 장착되어서 일 잘하는 국회의원으로 자리를 잡으면서 동료 의원들에게 칭송을 받고 있다. 보좌진들 사이에서도 인정받고 있다. 내가 아끼던 동생이었지만, 의원이 된 이후부터는 나도 존대를 한다. 동생은 예전과 같이 항상 예의가 바른 행동을 잃지 않는다.

사마천의 『사기(史記)』에는 마치 보좌관을 연상시키는 '부기미'가 등장한다.

"파리가 날아봐야 열 걸음 거리에 불과하지만, 천리마의 꼬리에 붙으면 천 리를 갈 수 있다. 천리마의 꼬리에 붙으면 천 리를 갈 수 있고, 큰 기러기의 깃털에 올라가면 사해를 날 수 있다."

하루 온종일 날아봐야 사방 열 걸음을 벗어나지 못하는 파리가 천 리를 하루 저녁에 내달릴 수 있는 것은 천리마 꼬리에 달라붙었기 때문일 것이다. 사마천은 이를 '부기미(附驥尾)'라 했다. 보좌관도 의원에게 인정을 받거나 그에게 힘을 빌려 능력을 발휘하면 출세의 추월차선에 올라탈 수 있다는 비유를 에둘러 해본다. 이번 21대 국회에 입성한 보좌관 출신 의원은 20여 명이 넘는다. 전직 의원까지 합산하면 족히 50여 명은 될 것이다. 이 의원 중에는 국회의원을 거쳐 장관과 부총리를 역임한 보좌관 출신도 있다. 나는 보좌관 출신 의원들을 부기미에 비유한다. '보좌관은 여의도 국회에 입성하여 의원이란 준마 꼬리에 붙어 천 리를 달리고, 실세 의원의 깃털에 올라 또 다른 천 리를 날아간다.' 하지만 준마의 꼬리에 붙어 천 리를 달려왔지만, 의원이 낙선하면 날아봐야 열 걸음 거리에도 도달하지 못한다. 재빨리 갈아타야지만 다시 천 리를 가기 위해 날갯짓이라도 할 수 있다. 이마저도 놓친다면 실업급여 신청 대상자에 포함될 수밖에 없다.

오래전 다른 의원실 인턴 비서와 함께 지방을 내려갔다. 이 지역도 국회의원 보궐선거가 확정된 곳이다. 당시 모시던 의원과 친분이 두터웠던 분이 먼 지방에서 출마를 준비하고 있었다. 함께 간 인턴 비서 동생과 KTX를 타고 내려갔다. 그리고 다시 새마을호 기차를 환승해 목적지인 캠프에 도착했다. 우리 둘은 그때부터 고생의 길을 걷기 시작했다. 서울에서 왔다는 이유로 색안경을 끼고 바라보고, 기본 정보조차 공유하지 않았다. 식사도 눈치를 보면서 먹어야 했고, 같이 식사를 하러 갈 때마다 항상 내가 밥값을 치렀다. 이해할 수 없는 상황이 많았지만, 의원의 체면을 생각해서라도 욱하는 감정을 표현할 수 없었다. 우리 둘은 2개월이라는 시간을 함께 지내면서 서로에게 의지하고 버텨왔다. 선거 결과는 낙선…. 질 수밖에 없었던 선거였다. 얼마 후 우리는 가져온 짐을 싸서 서울행 KTX에 올랐다. 동생에게 물었다.

"너는 계속 국회에서 일할 거니?"
"네. 하는 데까지 해보고 국회의원 선거에 도전해보려고요."
"오우~. 멋진데. 국회의원 되면 이 형이 보좌관 할 거니까, 꼭 시켜줘야 해."
"형. 하는 거 봐서요. (웃음)"

늦은 밤 서울역에 도착한 우리는 각자의 길을 향했다. 당시 인턴 비서였던 그 동생은 얼마 지나지 않아 다른 의원 비서관으로 다시 들어왔다. 그리고 얼마 지나지 않아 청와대 행정관으로 자리를 옮겼다. 지난 시간 KTX에서 동생이 했던 말이 생각난다. 국회의원이 되겠다고 한 말이 생생하게 들렸다. 그 꿈이 점점 다가오고 있다는 생각이 들었다. 그 동생도 21대 국회의원 선거 준비를 위해 당 후보 경선에 나섰다. 그의 친구들은 자기 일처럼 밤낮없이 뛰어다녔다. 주변에서 부러울 만큼 끈끈한 정으로 선거를 돕고 있었다. 그러나 너무나 아쉬운 경선 탈락이었다. 나는 미안한 마음에 따뜻한 위로 한마디 전하지 못했다.

보좌관이라면 누구나 국회의원 선거나 지방선거에 나가 당선되었으면 하는 희망을 한 번쯤은 가져봤을 것이다. 나 또한 아직 그런 생각을 가지고 살아간다. 하지만 쉽게 결정을 하지 못하는 이유 중의 하나는 내 안의 두려움이다. '과연 내가 당선될 수 있을까?' '몇 표나 받을 수 있을까?' '선거에 쓸 돈은 얼마나 있어야 했나?' '내 가족들은 반대하지 않을까?' 그런 두려움이 내 마음보다 앞서가기 때문에 선뜻 용기가 나질 않는다. 내 주위의 보좌관들이 국회의원이 된 사연보다는 국회의원에 낙선된 그들의 모습이 더 크게 떠오르기도 한다. 내가 아무리 당선될 확률이 높다고 하더라도 운이 맞지 않으면 어렵고, 나를 태워 천 리를 달려줄 수 있는 사람이 없으면 그 꿈은 내 가슴속에만 영원히 간직해야 한다. 아무리 뛰어난 능력을 갖춘 호인이라 하더라도 부기미 하지 않으면, 자신의 능력을 높게 발휘하거나 그 이름을 세상에 널리 알리기 어려운 것이 지금 내가 살아가는 세상의 이치이기 때문이다. 나를 정치의 세계로 이끌어줄 큰 기러기를 만나지 못했다면 그 꿈은 영원히 가슴속에 묻어두기로 다짐한다.

최근에 청와대가 비서관 인사를 단행하면서 1급 상당의 직급인 청년비서관에 만 25세의 젊은 청년을 발탁했다. 이를 두고 야당의 보좌진협의회는 성명을 내고 "파격이 아닌 코미디다. 청년의 마음을 얻는 게 아니라 분노만 살 뿐이다."라고 비판했다. 열심히 공부해도 변변한 회사에 취직하기도 힘이 드는데, 청와대 고위직 공무원 자리를 취직 준비 대신 정당 활동만 해왔던 사람을 뽑은 것에 대한 비판이다. 한마디로 청와대가 청년들의 상대적 박탈감을 오히려 조장했다는 것이다. 그런데 문제는 당시 청와대 정무수석이 국회 보좌관을 끌어들인 것이다. 그는 보좌진협의회의 성명에 대해 '정치적 의도'라면서 "'너희는 시험으로 뽑았냐'라는 생각이 들더라."라고 발언했다. 또 "제가 보좌관 출신이지 않나. 보좌관은 시험으로 뽑는 게 아니고 그냥 의원이 마음에 들면 쓰는 것이다."라며, "근데 특정 정당의 보좌진협의회에 있는 친구들이 '왜 비서관을 그런 식으로 뽑느냐?'고 얘기하길래 속으로 '너희들은 뭐냐. 도대체.' 이런 생각을 했다."라고 정면 반박했다. 맞는 말이다. 다만, 품격 있는 말로 표현했으면 어땠을까 하는 아쉬움이 남는다. 경험치가 없는 사람도 아니다. 그도 보좌관 출신이다.

보좌관의 그늘을 그 누구보다 잘 알고 있으면서 국회의원까지 지냈다. 의원 시절 의정활동을 하면서도 다른 의원들에 비해 잘했다는 평가도 받아 왔던 사람이다. 나도 그분의 의원 시절에 해왔던 활동들에 대해 높이 평가하고 존경했었다. 며칠 전에도 의원회관 입구에서 서로 안부를 묻곤 했었다. 그런 그가 보좌관 업을 깎아내린 것에 실망감이 들었다. 마치 나를 포함한 모든 보좌진이 이른바 능력도 없으면서 아무나 하는 무능력자들의 집합체인 듯 호도된 것 같아 마음이 무거웠다.

그의 말처럼 보좌관과 보좌진은 시험으로 뽑는 게 아니다. 보좌진을 뽑고 안 뽑고는 전적으로 임명권자인 의원의 손에 달렸다. 그리고 의원이 마음에 들지 않으면 파리채 휘두르듯이 바로 면직 처리된다. 하지만 보좌관이 되기까지의 과정이 쉬운 것만이 아니다. 인맥을 통해 쉽게 보좌관이 되는 일도 있지만, 대부분 국회 홈페이지 채용공고란을 통해 해당 의원실 메일로 서류를 접수한다. 이후 서류전형을 거쳐 의원실 입맛에 맞는 지원자를 선별해서 평판 조회가 이루어진다. 평판 조회라고 해서 수준이 높은 조회라기보다는, 지원자가 보좌관 경력자이면 전에 함께 일했던 의원실 보좌진들과 지원자를 알만한 사람들에게 물어보는 정도이다. 이후 선별자를 대상으로 면접한다. 어떤 의원실은 주제를 주고 그 주제에 맞는 자기 생각을 작성해 제출하는 곳도 있다. 이처럼 보좌관에 채용되기까지 일이 쉽게 되는 것이 아니다. 의원실에 맞는 절차에 의해 채용이 된다. 나는 인턴에서 4급 보좌관이 되기까지 18년이라는 시간 동안 의원실 채용공고에 300여 통이 넘는 이력서를 메일로 보냈던 것 같다. 아니 더 많이 보냈을 거다. 내가 이 자리까지 오기 위해 그 긴 세월 동안 온갖 수모를 겪으면서도 끝까지 참고 버텼기 때문이다. 하지만, 지금 의원이 내게 '당장 나가라'고 하면 아무 말 없이 짐을 싸야 한다. 오늘도 많은 보좌관이 의원회관에 들어왔다가 소리소문 없이 사라진다. 보좌관은 매일매일 '파리 목숨' 구걸하듯이 언제 잘릴지 모를 불안감을 안고 살아간다. 그런 보좌관의 삶은 조금이라도 이해해줬으면 하는 바람이다. 나는 생계형 보좌관이다.

05

지금은 새벽 2시, 아직 신혼인데

"12시 전에 집에 간 적이 없어서, 제가 또 신혼인데….."

새벽 2시쯤이었을까? 다음날 있을 '최순실 국정농단 진상조사 규명 2차 청문회' 준비로 한창 바쁜 시간이었다. 기자는 청문회를 준비하는 의원실과 청문회 밖 풍경을 취재하기 위해 취재에 나섰다. 의원실 불이 환하게 켜져 있고, 집에 갈 엄두를 내지 못했다. 최순실 빠진 청문회라는 비난이 있었지만, 준비하는 의원실 입장에서는 소홀할 수가 없었다. 그때 의원실로 카메라가 들어왔다. 기자는 의원의 인터뷰를 했다. 나와 기자는 청문회 관련해서 이런저런 이야기를 나눴다. 그런데 서로 주고받은 많은 말 중에 '신혼인데….' 멘트만 따서 뉴스가 방영됐다. 뉴스가 보도되고 이를 본 아내가 장난스러운 말투로 전화를 했다.

"우리 신혼 맞나요? 집에도 안 들어오는데, 별거 아닌가요?"

서로 어이가 없어 헛웃음만 남기고 전화를 끊었다. 틀린 말이 아니다. 정말 신혼인데, 집에도 가지 못하고 밤새 일을 하고 있으니 별거라는 말이 맞을 것 같았다. 아내의 논리대로라면 아마도 국회 보좌진들은 집에 퇴근하지 않는 이상 대부분 별거 상태라고 해도 지나친 말이 아니다. 국정감사는 기본이고, 국정조사는 상황에 따라 덤으로 가져가야 하는 보좌진의 운명이다. 그리고 쟁점 법안과 예산안 처리를 놓고 여야 간 대치 상황이 발생하면 항시 대기 상태인 '뻗치기'가 시작된다. 이렇게 되면 자연스럽게 아내와 별거에 들어갈 수밖에 없다. 국회 보좌진 업을 가진 자의 현실이다.

내가 모시던 의원이 선거에서 낙선하면서 다음 국회가 개원하기 전까지 다른 의원실을 가기 위해 이력서를 여러 차례 넣었다. 아무 연락이 없었다. 아내는 편하게 마음먹고 준비하라고 위로해 줬다. 아내의 말에 조금은 위안이 되었지만, 마냥 기다릴 수만은 없었다. 하지만 내 뜻대로 의원실을 들어가기는 쉽지 않았다. 나약해지는 나의 모습을 바라지 않았다. 나는 평소처럼 새벽 5시에 일어나 신문을 봤다. 6시가 되면 간단하게 세면을 하고 국회 운동장으로 향했다. 국회 동호회 회원들과 함께 축구를 하고 9시쯤 집에 도착하자마자 소파에 앉아 책을 봤다. 일주일에 두 번은 서점에 들러 읽고 싶은 책을 2~3권은 항상 샀다. 이런 생활이 두 달여 정도 이어졌다. 국회 개원 이후 시간이 지나면서 의원실 채용공고도 뜸해지기 시작했다. 내 마음도 초조해졌다. 아내도 나와 비슷한 마음이었다고 한다. 결혼한 지 1년도 채 되지 않아 남편이 실업자가 되었으니 오죽하랴.

늦은 오후 시간이었다. 의원실 여비서에게 전화가 왔다. 일주일 전에 넣은 이력서가 의원 손에 쥐어진 모양이다. 여비서는 '내일 오전 10시에 의원 면접을 보러 의원실로 방문하라'고 했다. 나는 다음날 정장을 차려 입고 의원실로 향했다. 의원과의 면접은 30분 정도 진행되었다. 면접이 끝나고 편안한 마음으로 의원실을 나왔다. 분위기는 나쁘지 않았다. 이틀의 시간이 지났다. 운동하고 집에 도착해 책을 읽고 있었다. 오전 11시쯤 되었나? 휴대전화에 모르는 번호가 울렸다. 나는 이틀 전에 면접을 봤던 의원실에서 연락이 왔을 거라는 생각에 망설임 없이 전화를 받았다.

"여보세요."

"임현 씨 되시죠?"

"네. 누구시죠?"

"○○○의원실 보좌관입니다. 저희 의원님께서 임현 씨 하고 오늘 점심을 하자고 하시는데, 시간 괜찮으세요?"

"네. 괜찮습니다."

"그럼. 12시까지 KBS 본관 정문 앞으로 올 수 있나요?"

"네. 늦지 않게 바로 가겠습니다."

며칠 전에 면접을 봤던 의원실이 아니었다. 국회 개원 이전에 지원했던 의원실이었다. 두 달이 넘었다. 그런데 이제 연락이 왔다. 그리고 보좌관과의 통화 목소리에서 다급함이 느껴졌다. 나는 간편한 복장을 하고 급히 약속 장소로 향했다. 식당에는 의원과 의원실 보좌진들이 함께 있었다. 의원 맞은편에 내 자리를 일부러 비워둔 것 같았다. 식사하면서 의원은 나에게 여러 가지를 물어봤다. 어려운 질문은 없었다. 대부분 내 신상에 관한 질문이었다. 밥이 어디로 들어가는지 모를 정도였다. 그렇게 식사가 끝이 나고 커피를 마시러 갔다. 나는 그때까지도 무슨 상황인지 잘 몰랐다. 모두 손에 커피를 들고 의원회관으로 향했다. 인사를 하고 빠져나갈 수 있는 분위기가 아니었다. 나도 덩달아 의원실 입구에 도착했다. 의원은 의원실을 두리번거리더니 보좌관에게 말했다.

"저기 빈자리야?"

"네. 제자리 바로 앞입니다."

"그래. 저기 앉으면 되겠네."

의원은 그 말 한마디만 남기고 집무실 문을 닫고 들어갔다. '뭐지?' 나는 속으로 '채용된 건가?'라는 의문이 들었다. 사전 예고도 없이 바로 채용이라니…. 기분은 나쁘지 않았다. 나는 자리에 앉아 보좌진 등록 서류와 상임위 관련 자료들을 훑어봤다. 준비할 서류가 많아 오후 4시쯤 자리를 뜨려는데, 선임보좌관이 서류는 내일 준비하고 오늘은 첫날이니 6시 이후에 퇴근하라고 한다. 나는 처음 해보는 상임위 분위기도 익힐 겸 지난 회의록과 관련 기사를 검색했다. 저녁 7시가 다 되어서야 의원이 들어왔다. 그런데, 내일 본회의 때 5분 발언을 할 테니 준비하라고 지시했다. 다들 나만 바라봤다. 선임보좌관이 나에게 말했다.

"의원님 성향을 알아야 하니, 임 비서관이 준비해봐요."

"아. 네. 알겠습니다."

나는 얼떨결에 대답하고 자료를 찾기 시작했다. 5분 발언은 대정부질문과 달리 정해진 시간 내에 원고 분량을 맞추지 않으면 시간이 남거나 시간 초과로 마이크가 꺼진다. 나는 열심히 자료를 찾고 5분 분량에 맞게 작성했다. 여러 번 읽어보면서 발언 시간까지 확인했다. 1시간 30분이 걸렸던 것 같다. 의원에게 보고했더니, 1분도 채 지나지 않아 부르더니 본인이 원하는 방향과 꼭 들어가야 할 필요한 내용을 얘기했다. 30분 이상 받아 적었다. 다시 책상에 앉아 의원이 주문한 내용을 빠짐없이 넣고 작성했다. 그런데 2장 정도면 충분한데, 5장의 분량이 되었다. 의원이 보고 '불필요한 부분은 첨삭하겠지.'라고 생각하고 의원에게 전달했다. 의원은 고개를 갸웃거렸다.

"이 정도 분량이면 대정부 질문을 해도 될 분량 아니야."

"의원님이 지시하신 내용을 다 포함했고, 보시고 불필요한 부분 말씀해 주시면 다시 수정하겠습니다."

"내가 언제까지 보고 있을 거야. 다시 보고 5분 시간에 맞춰줘."

"네. 의원님."

의원 집무실 문을 닫고 나왔다. 한숨을 쉬고 시계를 쳐다보니, 밤 11시 30분이다. '첫날부터 뭐 하는 거지' 의원이 바로 나오면서 '내일 아침까지 준비하라'고 지시하고 퇴근한다. 다른 보좌진들도 퇴근하고 의원실에 나 혼자만 남겨졌다. 정식으로 등록하지 않아 출입증도 없다. 아내에게 전화해서 내일 입을 정장과 구두를 가져다 달라고 부탁했다. 첫날이라 아직 의원이 어떤 성향이고 어떤 방향으로 발언할지 몰라 3가지 안으로 작성했다. 그리고 시간을 점검하면서 수십 번을 읽었다. 5분 분량에 맞게 글씨 크기와 줄 간격도 2장으로 맞췄다. 의원 책상 위에 올려놓은 시간은 새벽 4시였다. 나는 이직 첫날에도 예전과 변함없이 책상에 엎드려 쪽잠을 자야 했다. 어쩔 수 없이 별거가 된 또 다른 하루였다.

국회 보좌관들의 주된 고민의 공통점은 불안정한 고용과 보이지 않는 미래다. 국회의원의 임기는 4년이다. 4년마다 선거를 통해 당선되느냐 낙선되느냐에 따라 보좌관의 운명도 덩달아 좌지우지된다. 의원이 낙선하면 보좌관의 계약도 끝이 난다. 그렇다고 의원이 당선된다고 한들 보좌관의 운명이 의원의 임기와 맞아떨어지는 건 아니다. 보좌관의 계약 여부는 전적으로 의원의 뜻에 달렸기 때문이다. 의원과 성향이 맞지 않거나 일을 제대로 못 하거나 여러 이유로 하루아침에 해고되는 예도 비일비재하다. 특히 국정감사 시즌이 끝나고 나면 짐을 싸는 보좌관이 많다. 국정감사 기간에 보좌진들은 좋은 정책과 이슈를 선점해 의원 홍보에 나선다. 의원이 여론의 중심에 설 수 있도록 최선을 다한다. 하지만 의원이 언론에 잘 노출되지 않거나 의원 마음에 들지 않으면 보좌관들은 조용히 사라진다. 보좌관의 운명은 곧 의원의 '선택'이다.

국정감사 마지막 날인 종합감사가 있는 날이었다. 다른 의원실 후배 보좌관에게 자료 부탁을 하기 위해 의원실을 찾았다. 의원실 문 앞을 기웃거리다 여비서에게 '보좌관 어디 갔냐?'고 묻자, 돌아오는 말은 '3일 전에 그만뒀다.'라는 대답이었다. 국정감사 첫째 날 상임위 회의장에서 만나 서로 웃으며 인사까지 했었는데, 불과 며칠 사이에 그만뒀다고 한다. 조금 당황스러웠지만, 이런 일은 허다하다. 나중에 들은 얘기지만, 후배가 평소에 근태가 좋지 않아 의원 눈 밖에 나 있었다고 한다. 그러던 중 전날 술을 많이 마셔 늦게 출근했다고 한다. 국정감사 기간에 근태 불량을 했으니, 의원이 가만 놔둘 리 없다. 국정감사를 위해 밤새 준비하고 고생했던 대가를 해고로 돌려받았으니, 후배 처지에서 억울하다고 생각했을 것이다. 하지만 한창 전쟁이 벌어지고 있는 난리 통에 술 냄새를 풍긴 것도 모자라, 늦게 출근한 것은 스스로 반성해야 할 일이다. 또한, 의원 기분에 따라 의원실 분위기가 하루에도 수십 번 바뀌는데, 본인 때문에 다른 보좌진들에게까지 피해를 주는 행동은 삼가해야 한다.

국회 보좌관이 되고자 한다면, 본인에게는 평소보다 냉정해야 한다. 특히 국정감사 등 중요한 일정을 앞두고 있을 때는 냉정함을 떠나, 그 순간만큼은 나 자신을 버려야 할 때가 있다. 국회 보좌관이라면 그런 각오로 일해야 한다. '그렇게까지 할 필요가 있어? 일만 잘하면 되는 거 아니야?'라고 말하는 사람은 내 기준에서 보자면 보좌관 자격이 없는 사람이다. 혹시 지금 그런 사람이 의원실 보좌관이라면 당신의 생각과 행동을 바꾸던지, 아니면 면직 요청서를 제출하고 조용히 의원실을 떠나는 게 의원과 보좌진들에게 큰 선물을 주는 것이다.

서동식 작가의 저서 『하루 선물』에서는 노력에 대해 이렇게 말했다.

"노력하세요. 적당히 노력하는 것이 아니라 혼신의 힘을 다해야 합니다. 혼신을 다한 노력은 결코 우리를 배신하지 않습니다. 가장 기본적인 것이 가장 중요한 것입니다. 기본을 온전히 지키세요."

이 글에 나오는 노력의 의미처럼, 보좌관은 적당히 노력하는 것이 아니라 있는 힘껏 혼신의 힘을 다할 때가 가장 멋있어 보인다.

06

보좌관은 외롭다

　국정감사가 시작되면 법률소비자연맹에서 '국정감사 NGO 모니터단'을 구성해 각 상임위 회의장에 앉아 의원 질의에 대해 모니터링을 한다. 국정감사 이후에는 의원을 평가하기 위해 의원실별 국정감사 성과 자료를 요구한다. 이를 정리하는 것도 만만치 않다. 상을 받지 않겠다면 굳이 정리해서 제출할 필요는 없지만, 상을 마다할 의원은 없다. 다만, 수상자가 60여 명이 넘는 국회의원 중에 자신의 이름만 빠져 있으면 그 기분이 어떨까? 본인 스스로는 잘했다고 생각할지 모르지만, 단체에서의 평가는 그 이하일 수도 있고, 그 이상이더라도 단체가 어떻게 평가하느냐에 따라 다를 수 있어서 정답은 없다. 달리 해석하면, 명단에 포함되지 않은 의원의 보좌진들 기분은 어떨까? 의원이 제대로 못 해서 받지 못한 상을 보좌진 탓으로 돌리는 일도 있다. 말 그대로 그 의원실 보좌진들은 며칠 동안 가시방석에 앉아 의원 눈치만 보고 있을 것이다. 나는 솔직히 국정감사 NGO 모니터단의 평가 기준을 잘 모르겠다. 선정된 의원 중에는 정말 잘해서 평가받는 의원들도 있으나, '글쎄.'라고 생각되는 의원들도 다수 포함되어 있다. 평가하는 사람에 따라 다를 수 있다. 하지만 도저히 이해할 수 없는 의원이 우수의원으로 선정되는 걸 보면 '그건 좀 아니올시다.'라고 말하고 싶다. 사회단체로서 국민을 대신해 세금이 제대로 쓰이는지, 국리민복을 위해 공정 적법하게 업무를 처리했는지 등에 대해 국회와 정부를 감시하고 평가하는 건 당연한 책무라는 점에서는 이견이 없다. 다만, 국정감사 이후의 수고를 보좌진들에게 떠넘기지 말았으면 한다. 쉽게 말해 정말 공정하고 형평성 있게 평가하려면 국정감사 현장에서 의원의 질의 내용과 태도 등에 대한 부분을 바로 평가해줬으면 하는 바람이다. 그래야지 의원의 자질과 능력에 대한 평가가 제대로 이루어질 것이다. 국정감사가 끝난 이후에 수백 페이지가 넘는 분량의 자료를 제출받아 그 자료를 토대로 평가하는 것은 보좌진에 대한 평가 아니겠나. 그리고 국회의원 300명 중 60여 명이 넘는 의원을 국정감사 우수의원으로 선정하게 되면, 선정되지 못한 의원의 보좌진들은 무슨 면목으로 자리를 유지할 수 있겠나. 국정감사가 끝이 나면 보좌진들의 면직이 많아지는 이유 중 NGO 모니터단과 모 언론사의 국정감사 별표 평가도 한몫한다는 것을 알아줬으면 좋겠다.

국정감사가 끝나고 NGO 모니터단에 보낼 자료를 정리하고 있을 때였다. 국정감사가 기간 의원에 한 모 언론사의 평가가 좋은 편이라 '국정감사 우수의원'에 선정되기를 내심 기대하고 있었다. 수백 페이지 분량의 국정감사 질의서와 언론에 보도된 내용, PPT 자료 등 총 3권으로 엮어 자료집 형태로 제본해 제출했다. 심지어 우편으로 부치면 늦을까 봐 다른 보좌진에게 퇴근길에 인편으로 직접 전달하기까지 했다. 시간이 지나 언론 보도에 선정된 의원의 이름이 기사화되고 의원실마다 '국정감사 우수의원 선정'을 알리는 보도자료가 쏟아지기 시작했다. 시상식이 있는 날이면 국회 의원회관 대강당에는 많은 사람으로 북적인다. 그 광경을 본 의원은 서운한지 한마디 던진다.

"저기 저 의원은 어떻게 우수의원이 됐지. 내가 그렇게 못했나? 국정감사 자료는 그쪽에 보내줬지?"
"네. 의원님. 내년에는 확실하게 준비해서 꼭 선정되도록 하겠습니다."
"다음에 못 받으면 짐을 쌀 준비들 해."

보좌관이 뭘 잘못한 것일까? 왜 우리가 짐을 싸야 하나. 의원이 농담으로 말했지만, 모른 척 지나치기에는 마음이 무거웠다. 당연히 보좌관도 잘해야겠지만 의원이 어떻게 하느냐에 따라 상황이 수시로 바뀌는 게 아닌가. 어떤 의원은 모 언론사 평가에서 별을 많이 받아 맨 위 상단에 있으면 본인의 실력이고, 하단에 있으면 보좌진의 역량 부족을 탓한다. 국정감사가 끝이 나도 보좌관과 보좌진의 마음은 며칠째 불편하고 당분간 의원의 눈치를 보며 가시방석에 앉아 있을 수밖에 없다. 보좌관은 늘 외롭다.

의정 보고회는 한 해 동안 있었던 의원의 의정활동 성과를 지역 주민들에게 홍보하기 위한 수단으로 활용된다. 일정에 맞춰 동별로 개최하기도 하고 전체 지역민을 모아 한 번에 개최하기도 한다. 대부분 각 지역의 주민센터나 노인복지관, 경로당, 마을회관, 아파트 회의실에서 진행된다. 의정 보고회가 열리는 날에는 지역에서 1박을 계획하고 의원실 보좌진들이 총출동하기도 한다. 미리 준비한 의정 보고서와 의원 홍보영상, PPT 홍보자료 등 지역민들에게 홍보한다. 의정 보고회가 성황리에 끝이 나면 지역사무실 직원들과 친목 도모를 위해 저녁 식사를 함께하기도 한다. 서로 잦은 교류가 없어 서먹한 관계를 조금이나마 풀기 위해서다. 의원실마다 분위기가 다를 수는 있지만 내가 지금까지 겪었거나 주변에서 들었던 이야기를 종합해보면, 서울과 지역 보좌진들 간의 관계가 좋다고 말한 의원실이 한곳도 없었다. 한마디로 서로 섞일 수 없는 물과 기름 관계라고나 할까. 서로의 관계 개선을 위해 선임보좌관이 아무리 노력해도 끼리끼리 뭉칠 뿐 오히려 역효과만 생길 수 있다. 특히 선거 기간이 되면 더 심해진다. 지역 보좌진들은 서울 보좌진들에게 '너희가 지역을 알아?' 라고 말하고 서울 보좌진들은 '너희가 정책을 알아?'라며 서로 무시한다. 나 또한 그런 말을 많이 들었다. 지역 보좌진은 물론, 지역의 유지들로부 터 '지역 정서도 모르면서 나대지 마라'는 말까지 들었다. 선거란 지역 사 람들 중심으로 치러지는 게 맞지만, 문제가 생기면 책임은 지지 않고 모 른척할 때도 있다. 한 표가 아쉬운 의원 입장에서는 지역 사람들에게 심 하게 말하지 못한다. 오히려 서울에서 파견 나온 보좌진들이 의원의 화 풀이 대상이 될 때가 많다.

오래전 지방선거 파견 나갔을 때의 일이다. 중앙당에서 나온 공약집을 바탕으로 우리 지역에 맞게 정리하고 동별 공약을 구상하고 있었다. 해 당 지역 시·도의원들과 시청 공무원에게 필요한 자료를 받거나 지역사 무실에 접수된 민원을 중심으로 지방선거 공약에 반영할 수 있는지 꼼 꼼히 챙겼다. 정리된 공약 자료를 의원이 급히 찾아 의원 집으로 가져갔 다. 의원이 보더니, 기자회견하기 전까지는 '보안'을 유지하라고 당부했 다. 나는 의원의 지시를 받고 곧장 사무실에 들어와 시청 홍보과 공무원 과 기자회견 일정을 조율하고 있었다. 그때 지역사무실 간사 비서가 나 에게 오더니, 조직국장이 내 자리에서 뭔가를 프린트해 갔다고 말했다. 컴퓨터 모니터 바탕에는 의원에게 보고한 자료가 그대로 올라와 있었다.

급하게 나가면서 공약 파일을 켜놓았던 것 같았다. 간사 비서는 서울 보좌진들의 서류는 중요한 비밀문서라고 생각하는 순진한 성격이다. 단점이라면 겁이 많아 사소한 일도 의원에게 모두 보고하면서 의원실 내부에 분란이 된 일이 가끔 생기기도 한다. 그런 그의 성격에 조직국장의 행동을 모른척할 리 없었다. 나는 간사에게 고맙다고 얘기하고 조직국장에게 전화를 걸었다.

"국장님. 사무실 다녀가셨다면서요? 안 그래도 기자회견 때문에 상의 드릴 일이 있는데, 언제쯤 들어오시나요?"

"어디 좀 들렀다가 바로 들어갈게."

"참. 혹시 제 자리에서 공약 정리된 파일 프린트하셨나요?"

"아니. 사무실에 좀 앉아 있다가 바로 나왔는데….."

"아. 네. 알겠습니다. 의원님이 기자회견 때까지는 나가면 안 된다고 해서요. 조금 있다 뵙고 말씀드리겠습니다."

나는 '별일 있겠나'라는 생각에 전화를 끊었다. 다음 날 이른 아침부터 문자가 울렸다. 의원이 보낸 문자다. '8시 사무실 회의'라는 짧은 문자였다. 서둘러 준비하고 사무실로 향했다. 사무실 입구에 들어서는 순간 분위기가 심상치 않았다. 시·도의원들과 사무국장, 조직국장, 간사 등 10여 명이 모여 있었다. 의원 책상 위에는 내가 정리한 공약 자료 문건이 올라와 있었다. 의원이 나를 부르더니 "어제 나한테 보여준 자료가 이게 맞아?"라며 다그쳤다. 나는 자료를 몇 장 넘겨보고 내가 만든 자료라는 걸 알았다. 그런데 컴퓨터에서 바로 프린트한 자료라기보다 여러 번 복사해서인지 깔끔하지가 않았다. 의원이 대뜸 다그치듯이 물었다.

"이 자료 누구한테 줬어?"
"네? 저는 준 적이 없습니다."
"그런데 왜 이 자료가 저쪽 후보에게 들어간 거지?"
"그건 제가 잘 모르겠습니다."
"아니, 본인이 작성해놓고 이게 어디로 흘러갔는지 모르는 게 말이 돼? 이런 식으로 일하면 내가 누굴 믿고 일하겠어."

나는 순간 조직국장을 쳐다봤다. 그는 아무것도 모른 체하며 핸드폰만 만지작거리고 있었다. 의심은 가지만 명확한 물증이 없고, 내가 관리를 잘못한 것이 문제였다. 한바탕 소동이 끝나고 나는 짐을 싸기로 마음먹었다. 다만, 의원에게 다른 의원실 자리를 구하기까지 한두 달의 말미를 부탁하기로 했다. 간사가 내게 와서는 어제 있었던 일을 의원에게 다 얘기했다고 한다. 나는 '왜 그런 걸 의원한테 말했냐'며 퉁명스럽게 말했다. 잠시 후 의원에게서 전화가 왔다. 뜬금없이 '짐은 잘 싸고 있냐'고 말했다. 간사가 그런 얘기까지 한 것 같았다. 의원이 내게 "네가 안 했다는 거 알고 있어. 다들 조심하라고 일부러 얘기한 거니까 맘 상한 거 풀어. 그렇다고 내가 지역 사람들한테 뭐라고 얘기하면 삐져서 도와주겠냐. 앞으로 파일은 조심해서 관리하고 저쪽 후보가 하는 것보다 빨리 기자회견을 할 수 있도록 준비해줘."라고 말했다. 나는 바보가 된 기분이었다. 내가 잘못 관리한 부분도 있지만, 표 때문에 도둑질을 한 사람을 그대로 두는 것은 좀 아니지 않나. 나는 조용한 카페에 앉아 얼음이 가득 담긴 커피를 마시며 불난 마음을 식혔다. 그날따라 유리에 비친 내 모습이 더 처량하게 보였다.

07

보좌관, 슬퍼할 시간도 없다

새의 날개는 남이 달아주는 것이 아니다. 날개는 자기 몸을 뚫고 스스로 나오는 것이다. 나는 나 스스로 날개를 달기 위해 그동안 치열하게 싸워왔고, 오늘도 치열하게 싸운다. 나는 요즘 힘이 들 때마다 가수 이지상이 부른 〈새의 날개는 대신 달아주지 않는다〉는 노래를 들으며 위안을 삼는다. 내 마음을 위로해주는 것 같은 가사 내용이 조금이나마 상처를 아물게 해주는 것 같았다.

새의 날개는 누가 대신 달아주지 않는다는 걸 기억해주게 친구여
어린 새의 몸뚱이를 비집고 나와 스스로 자라난

그런 날개여야만 그런 날개여야만 아름다운 비상을 꿈꿀 수 있다는 걸
그런 날개여야만 그런 날개여야만
길 없는 길을 날아 새 길을 만든다는 걸 꼭 기억해주게 친구여

우리 마음속에 희망의 날개가 펼칠 준비를 하고 있다. 머뭇거리지 말
자. 날개를 활짝 펴고 더 큰 희망을 위해 날아가자. 그동안 치열하게 싸
워준 나 자신에게 항상 감사하자. 앞으로 더 치열하게 잘 싸워달라고 부
탁하자. 실수도 하고 잘못도 할 수 있다. 우리는 인간인지라 충분히 그럴
만한 자격이 있다. 이런 나를 자책하고 슬퍼하기보다 '내가 실수했구나.
내가 정말 잘못했구나. 앞으로 이런 실수 없이 더 잘해야지.'라고 긍정적
으로 생각하자. 과거의 잘못을 떠올려 봐야 되돌릴 수 없으니 후회하거
나 자책하지 말고 앞으로, 더 큰 걸음으로 나아가자.

2.43kg. 내 첫아이가 태어났다. 국정감사를 앞둔 추석 연휴 중이었다.
인큐베이터 안에 아이가 두 눈을 말똥거리며 초점 없이 눈동자를 돌리고
있었다. 신생아실에 옮겨진 내 아기 옆에 나란히 뉘인 다른 아기들도 저
마다 작은 손발을 바둥거렸다. 네임택에 적혀 있는 다른 아기들의 몸무
게는 대부분 3kg 이상이었다. 내 아기는 너무 작았다. 나중에는 크게 자
란다고 하나, 걱정이 많았다. 아내는 병실에 옮겨져 그동안 힘들었던 싸
움을 이겨내고 눈을 떴다. 함께 눈물을 흘렸다. 두 손을 꼭 잡고 서로에

게 '정말 고생 많았다.'라고 위로했다. 잠시 후 처제가 병원에 도착하자마자, 나는 아내에게 '고맙다.'라는 말만 하고 국정감사 준비를 위해 다시 의원실로 향했다. 어찌 보면 비정한 남편이 아닐 수 없다. 아내가 산후조리원에 있을 때도 예결위 준비로 나는 곁에 머물 수 없었다. 아내 혼자 힘든 과정을 버텨냈다. 지금이라도 아내의 짐을 덜어주고 싶지만 내가 이 직업을 버리지 않는 이상은 별 도움이 되지 못했다.

어느 날 새벽이었다. 사무실에 앉아 질의서를 쓰고 있는데, 아내에게서 연락이 왔다. 아기가 열이 42도나 된다고 했다. 나는 일손을 멈추고 집으로 가 아기를 데리고 병원 응급실로 달려갔다. 한참 뒤에야 안정을 되찾고서야 집으로 돌아왔다. 아내의 눈물이 멈추지 않았다. 나는 아내를 달래고 의원실에 다시 들어와 멈췄던 질의서를 써나갔다. 아기와 아내 걱정에 일이 손에 잡히지 않았지만, 책임감으로 마무리했다. 아내에게 아기가 어떠냐고 묻고 싶었지만 잠을 설친 탓에 잠자고 있을 것이라는 생각에 꾹 참고 전화기를 내려놓았다. 아기가 태어날 때부터 저체중이었고 신장 기능이 좋지 않다는 의사 소견에 아내와 나는 매일 눈물로 보냈었다. 수시로 병원에 다녔지만, 의사는 원인을 모르겠다고 했다. 검사를 위해 5개월도 안 된 아기의 발목에 여러 번 주삿바늘을 찔러 찾은 혈관에서 피를 억지로 짜낼 때는 왠지 모를 죄책감에 눈물을 흘리곤 했었다. 검사 결과가 나온 날 의사가 '이제 안전하다.'라고 말했을 때 아내와 나는 꼭 껴안고 의사 앞에서 바보처럼 펑펑 울었다. 그날도 아내와 아기를 뒤로하고 의원실로 향했다.

보좌관은 의원의 그림자가 아니라 의원이 험한 길을 가더라도 언제나 동행하는 동반자다. 나는 그렇게 생각한다. 의원 생각은 어떨까? 서로 주고받는다는 뜻으로 '기브 앤 테이크'라는 말이 있다. 관계로 치자면 서로 공평하게 거래하는 것이다. 그렇다면 의원과 보좌관의 관계는 어떨까? 서로 공평한 것처럼 보이지만, 실제로는 그렇지 않다. 의원실에 채용되는 순간부터 의원은 고용주가 되고 보좌관은 피고용자가 된다. 고용주의 사전적 의미는 '일정한 대가를 주고 다른 사람을 부리는 사람'을 뜻한다. 그런데 의원이 보좌관을 고용만 할 뿐 일정한 대가는 국민이 세금으로 준다. 그렇다고 피고용자인 보좌관이 고용주에게 함부로 말할 수 있는 건 아니다. 결과론적으로는 나를 고용한 사람은 바로 의원이기 때문이다. 항상 고맙게 생각하고 묵묵히 일할 뿐이다. 다른 후배 보좌진들에게 '의원의 장점이나 언제가 가장 고마웠냐'고 물어봤다. 다들 잘 모르겠다고 한다. 후배 한 명이 "저를 의원실 보좌진으로 채용해 줬을 때가 가장 고맙죠."라는 대답이 돌아온다. 또 다른 후배는 "명절날 의원님이 용돈 챙겨주실 때와 본인은 집으로 선물이 많이 들어온다며 의원실에 들어온 선물을 보좌진들 다 나눠주실 때가 좋아요."라고 말했다. 웃어야 할지 슬퍼해야 할지 모르겠다. 나도 곰곰이 생각을 해봤다. '의원이 가장 고

마울 때가 언젠지를….' 음. 그냥 많았다고 해두자.

　최고가 되기 위해서는 최고를 만나, 최고에게 일을 배우라고 했다. 최고에게 배우면 최고의 아래 단계까지 갈 수 있고 중간에게 배우면 중간 단계까지, 하수에게 배우면 맨 밑바닥 단계에서 머물게 된다. 최고의 보좌관은 갑자기 일이 떨어졌어도 자신의 노하우를 바탕으로 깔끔하게 처리하고, 실력이 중간인 보좌관은 자신의 얇은 지식으로 대충 처리한다. 하수 보좌관은 다른 보좌진에게 일을 미룬다. 그 일을 몰라서, 처리할 능력이 안 되는 이유에서다. 다른 보좌진에게 물어서 하면 될 일이지만 쓸데없는 자존심 때문에 무조건 던지고 본다. 어느 날 아내와 함께 해돋이를 보기 위해 전날 동해로 향했다. 후배가 도저히 갈 시간이 안 된다고 해서 내게 호텔 숙박권을 보내줬다. 미시령 터널을 지나자 저 멀리 설악산 울산바위가 웅장한 모습으로 버티고 있었다. 그때쯤 보좌관에게서 전화가 왔다. 며칠 전에 의정 보고서 내용을 정리해 기획사에 넘겼던 디자인 초안이 나온 걸 보고 의원이 몇 가지 추가하라고 지시했단다. 나는 운전 중이어서 핸드폰 스피커 기능을 켜고 옆에서 듣던 아내가 메모했다. 메모에 적힌 대로 기획사 담당자에게 전달했다. 다시 수정안이 오면 보좌관에게 넘겨줬다. 그런데 보좌관이 또 전화가 왔다. 계속 반복되는 상황이 여러 차례 이어졌다.

　나는 기획사 담당자 전화번호를 줄 테니 필요한 요구 사항을 직접 하는 게 더 빠르겠다고 말하고 연락처를 남겨줬다. 당분간 전화가 오지 않았다. 아내와 늦은 점심을 먹고 숙소로 향하는데, 이번에는 기획사 담당자가 전화해 왔다.

"보좌관님. 일 못 하겠습니다. 그 보좌관이 무슨 말을 하는지도 모르겠고, 카피 문구와 페이지에 나온 순서를 바꿔달라고 하는데 페이지 내용과 전혀 맞지 않아요. 이건 좀 아닌 것 같다고 얘기했더니, 화를 내시는데 어떻게 하죠? 아마도 처음 해보시는 것 같습니다. 이거 때문에 다른 일을 못 하고 있습니다."

"네. 죄송합니다. 아마, 의원님이 지시한 것을 그대로 전달하다 보니 제대로 전달이 안 된 것 같습니다. 제가 보좌관한테 전화해 볼게요."

나는 보좌관에게 전화해 무슨 문제인지 물어봤다. 보좌관은 "왜 그런 기획사에 일을 맡겼어? 내가 경력이 몇 년인데 나를 가르치려고 들어?"라고 다짜고짜 짜증을 냈다. 서울로 오면 안 되냐고 말했다. 지금 갈 수 있는 상황이 아니니 내가 기획사와 잘 얘기해보겠다고 타일렀다. 그리고 '다음에는 다른 기획사에 맡기겠다.'라고 말하고 전화를 끊었다. 의원이 한 지시라는 보좌관 말에 의원에게 직접 전화를 걸었다. 의원이 생각하는 방향이 무엇인지 정확하게 파악하기 위해서였다. 의원은 오히려 '크게 신경을 쓰지 말라'면서, '올해 확정된 사업 예산 중 빠진 부분만 추가하고

법안 관련 페이지에 나온 카피 문구만 다시 수정해서 바로 진행해라'고
말했다. 의원의 설명은 짧고 명확했다. 보좌관에게 들은 내용은 말하지
않았다. 기획사 담당자에게 전화해 설명하고 수정안을 받아 본 후 바로
인쇄하라고 얘기했다. 그들과 가진 4시간의 통화, 당장 서울로 유턴하라
는 보좌관의 요청. 별것도 아닌 일 때문에 아내와의 여행은 말 그대로 엉
망진창이 되었다. 이제 화가 나 있는 아내를 달래야 했다. 나에겐 슬퍼할
시간도 없었다.

수개월 전 주말에 있었던 일이다. 출근하려는데 아내가 몸이 좀 이상
하다고 했다. 나는 대수롭지 않게 생각하고 사무실로 향했다. 오후 시간
무렵 아내에게서 전화가 왔다.

"여보. 임신이래요."
"이제 둘째가 생기는 거네. 고마워. 조심해서 다녀요."

나는 아내에게 표현은 안 했지만 정말 고맙고 기뻤다. 당장 집으로 가
아내와 함께 가족끼리 조촐하게 파티를 하고 싶었지만, 그날도 밤 10시
가 넘어 퇴근했다. 그래도 아내에게 최대한 배려를 하려고 노력했다. 며
칠이 지났는데 아내는 이상하다며 혼자 다시 병원을 찾았다. 그런데 의
사가 유산이라고 말했다. 아내는 울먹이며 내게 전화를 했고, 나는 안타

까운 마음을 삼키고 아내를 위로했다. 하지만 아내의 마음처럼 내 마음도 슬펐다. 임신한 아내 혼자 육아를 책임지게 한 것은 아닌지 정말 미안했다. 남편이 매일 늦다 보니, 혼자서 맞벌이에 육아까지 모든 걸 책임지게 했다. 죄스러운 마음에 나 자신을 원망하기도 했다. 힘들어할 아내를 위로하기 위해 일찍 마무리하고 집으로 향했다. 평소와 달리 집으로 가는 길이 멀게만 느껴졌다. 운전하는 내내 좋은 생각만 하자고 마음을 다잡아 보지만, 슬픈 마음은 여전히 남아 있었다.

08

못 해 먹겠네, 그만둘 거야

국회 보좌진 업을 두고 일을 하면서 '못 해 먹겠다, 그만둘 거야'라는 말을 수십 번 수백 번도 넘게 내뱉는 보좌관이 많다. 나도 그들 중 한 명이다. 하지만, 오늘도 어쩔 수 없이 책상에 앉아 있다. 많은 보좌진이 그런 마음으로 하루를 시작한다. 의원실의 업무 강도, 살얼음판을 걷는 의원의 행보, 의원의 실수로 인한 여론의 뭇매, 의원 개인 업무지시, 부당한 대우 등 못 해 먹겠다는 이유는 수도 없이 많다. 그렇다고 당장 그만두지 못하는 이유도 수십 가지나 된다. 그중에서도 무엇보다 가족을 먹여 살릴 생계가 가장 큰 걸림돌이다. 당장 백수가 되면 밥벌이부터 찾아야 하는데, 취업이 빨리 되면 다행이지만 그마저도 어렵다. 그리되면 백수로 머무는 기간은 길어질 수밖에 없다. 집에서는 아내의 눈치만 봐야 하고 아이가 놀고 있는 아빠를 어떤 눈으로 바라볼지 알기에 창피하다. 그렇다고 실업급여로 연명하기에는 식구들 먹여 살리는 데 한계가 있고, 그마저도 시간이 지나면 끊기게 될 것이다.

나는 '못 해 먹겠네. 그만둘 거야'하고 의원실을 그만둔 적이 있다. 결혼하기 한참 전이라 직장을 그만두는 것에 대해 두려움은 없었다. 당시 국회의원 선거를 앞두고 여기저기에서 선거캠프를 꾸리고 있었다. 내가 그만둔 의원실도 캠프 준비로 한창 바쁠 때였다. 우리 의원실 보좌관과 보좌진들은 선거 경험이 없는 직원들이 대부분이었다. 의원이 국회의원에 당선되면서 아는 지인이나 제자 등 외부 사람들로 채워졌다고 했다. 처음부터 내가 있었던 건 아니지만 왠지 어수선한 분위기가 들었고 직원들 간에 소통도 잘 안되는 느낌이었다. 나도 마찬가지다. 이와 반대로 의원의 인품이나 보좌진을 대하는 모습은 다른 의원과 비교될 수 없을 만큼 좋으신 분이었다. 근무하면서 차츰 느꼈지만, 의원이 외부에서 영입한 선임보좌관을 극도로 신뢰하고 있었다. 아니 신뢰라기보다 국회 경험이 없는 보좌관이 의원의 결정을 좌지우지하는 듯했다. 심하게 표현하자면 '가스라이팅' 수준이었다. 며칠 전 의원이 지시한 업무도 다른 방향으로 바꾼 사람도, 이제는 건들지 못하게 손을 놓게 만드는 사람도 그 보좌관이었다. 의원의 지시를 무조건 따라야 하는 보좌진이 그동안 준비한 자료들이 휴지조각이 될 때가 한두 번이 아니었다.

어느 날 선임보좌관이 나에게 할 말이 있다며, 흡연실로 데리고 갔다. 당시 국회 의원회관은 신관이 확장되기 이전까지 구관 각 층 모퉁이에 흡연실이 설치되어 있었다. 선임보좌관이 심각한 표정으로 담배 연기를 연신 내뿜으며 말한다.

"임 비서관은 선거 경험이 많으니, 의원님이 어디 지역으로 출마하시는 게 좋을 것 같아?"

"글쎄요. 의원님 고향이나, 현 거주지, 연고가 깊었던 지역, 상대 정당의 의원 지역구 등 여러 가지 있지 않겠어요. 의원님께 여쭤보고 결정해야지요."

"근데 문제는 지금 의원실 보좌진들 가지고는 선거를 치르기가 힘들 것 같아. ○○○, ○○○ 두 사람은 이번 달까지 정리하려고 하는데, 어떻게 생각해?"

"보좌진 인사권은 의원님한테 있는 것인데, 보좌관님이 어떻게 하실 수 있나요."

"의원님은 내 말이면 다 오케이 하셔."

이게 무슨 궤변인가? 의원실에 들어온 지 일주일도 안 된 나에게 다른 보좌진들 해고 문제를 의논하는 게 맞는 논리인가? 소문만 듣던 선임보좌관의 행태가 드러나기 시작했다. 언젠가는 나에 대한 해고 문제도 다른 사람과 상의할 거라는 생각마저 들었다. 이런 사람과 어떻게 의원실에서 지내야 할지 시작부터 막막했다. 의원실에서 일한 지 수개월이 흘렀지만, 처음 생각했던 나의 예상은 빗나가지 않았다. 보좌진들 사이를 이간질하고 의원이 듣기 좋아할 말만 보고하는 행태가 끊이질 않았다. 나는 고민하지 않고 집안에 일이 있어 그만둔다고 핑계를 댔다. '당신 때문에 의원실 나간다.'라고 말하고 싶었지만, 내 마음속으로만 소리쳤다. 내가 그만둔 이후 선배 보좌관도 아프다는 핑계를 대고 그만뒀다고 한다.

나는 의원실을 그만두고 다른 후보의 선거캠프에 합류해 도왔지만 아쉽게 낙선하고 말았다. 다시 실업자가 되었다. 종일 국회 홈페이지 채용공고란을 뚫어지게 쳐다보는 신세가 되었다. 나에게 맞는 채용공고가 올라오면 이력서를 메일로 보내고, 해당 의원실에 아는 보좌관이 있는지 확인부터 한다. 그리고 의원실과 연관이 있을 만한 선배들에게 전화해 잘 좀 얘기해 달라고 부탁을 한다. 하지만 보좌관을 잘 안다고 해서 바로 채용되는 게 아니다. 직급이 높을수록 보좌관 권한이 작을 수밖에 없다. 다만, 결정권자인 의원 면접까지 볼 수 있도록 배려는 해준다. 최종 면접은 의원이 직접 면접을 보고 결정한다. 나는 현 직급에 맞춰서 이력서를 수십 군데 넣어보았지만, 의원실을 들어가기란 여간 어려운 일이 아니었다. 수개월의 시간이 흐르자, 모아둔 생활비는 떨어져 가고 자존감마저 사라지는 것 같았다. '내가 이러면 안 되겠구나.' 하는 생각에 자존심 버리고 직급을 낮춰 6급 비서도 마다하지 않고 지원했다. 이후 많은 의원실에서 면접 제안이 들어오기 시작했다. 내가 선택한 곳은, 친형처럼 따뜻하게 대해 준 선배가 보좌관으로 있는 의원실이었다. 이후 그리 오래되지 않아 5급 비서관으로 승진했다. 이러한 과정을 겪으면서 나 스스로 반성하게 됐다. 쓸데없는 자신감과 건방진 자만심이 앞섰던 게 후회스러웠다. 앞으로 겸손하고 또 겸손해야겠다고 다짐했다. 그래도 '못 해 먹겠다.'라는 생각이 든다면, '차근차근 내가 옮겨갈 안식처를 먼저 찾은 이후에 의원실을 떠나자'고 스스로 약속하곤 했다.

아내와 결혼한 지 얼마 되지 않았을 때의 일이다. 신혼집은 서울이었지만, 아내 직장은 부산이었던 관계로 결혼 이후 당분간 떨어져 지냈다. 아내가 인사발령을 받아 서울에 올라왔을 때는 국회의원 선거 준비 때문에 내가 지방에 내려가 있었다. 신혼여행을 갔다 온 이후 선거가 끝날 때까지 5개월을 떨어져 지냈다. 어느 토요일 오후였다. 아내가 연락도 없이 선거캠프에 왔다. 그날은 선거사무소 개소식 행사가 열려 많은 인파가 몰려 행사장 안은 발 디딜 틈이 없었다. 나는 아내의 두 손을 꼭 잡고 '먼 길 오느라 고생했다'는 짧은 인사를 건네고 행사 준비를 위해 분주하게 움직였다. 개회식은 성황리에 잘 마무리되었다. 선임보좌관과 캠프 식구들에게 얘기하고 캠프를 나왔다. 비가 내리기 시작했다. 나는 아내와 함께 산 중턱에 자리한 커피숍으로 향했다. 차의 지붕 위로 떨어지는 빗소리를 들으며 꼬불꼬불한 길을 따라 올라가는 도중 핸드폰이 울렸다. 의원으로부터 걸려온 전화다. "네. 의원님." 의원이 다짜고짜 큰소리로 화부터 낸다.

"이거 왜 이렇게 엉망이야. 다 틀리잖아. 이런 식으로 일할 거야?"
"의원님. 제가 잘 모르는 일인데, 어떤 내용인지부터 말씀을 해주셔야 제가 말씀드릴 게 아닙니까?"
"아까 나한테 준 전화번호가 맞는 게 없잖아. 내가 무슨 일을 시키겠어. 당장 사무실로 들어와!"

나는 영문도 모른 채 한숨을 쉬며 다시 사무실로 차를 돌렸다. '아차!' 전화기 너머로 새어 나오는 의원의 막말을 조수석에 앉아 있는 아내가 다 들었다. 아내는 아무 말 없이 눈물을 흘렸다. '괜찮아.'라고 위로했지만, 흐르는 눈물은 멈추지 않았다. 사무실 주차장에 도착한 나는 '못 해 먹겠으니까, 그만둘 거야!'라는 말을 하고 나와야겠다는 생각으로 차에서 내리려는 순간 아내가 내 손을 꽉 잡는다. "참아요. 이제 혼자가 아니잖아. 난 괜찮으니까, 조금만 더 참으면 돼요." 나는 아내에게 무슨 말을 더

해야 할지 망설였다. 내가 어떤 생각을 하고 있을지, 아내는 알고 있었다. 나는 알겠다는 짧은 말을 하고 사무실로 향했다. 엘리베이터 입구에 다다랐을 때부터 의원이 소리치는 목소리가 들리기 시작했다. 사무실 안에는 전 직원이 모여 있었고, 선임보좌관이 의원을 진정시키고 있었다. 내가 사무실 안으로 들어서자 다들 '아내랑 좋은 시간 보내고 있을 네가 왜 왔어?'라는 눈으로 쳐다봤다. 전후 사정을 들어보니, 지역의 여비서가 엑셀 작업을 하면서 이름과 전화번호 항목이 서로 맞지 않은 자료를 의원에게 보고했다고 한다. 그리고 나뿐만 아니라, 보좌관도 야단쳤다고 한다. 야단맞을 정도로 크게 잘못한 일인지 이해가 되지 않았지만, 나는 아무 말도 하지 않았다. 좀 황당했지만, 꾹 참고 사무실을 나왔다.

의원의 그림자 역할을 하는 보좌관은 자신이 모시는 의원이 아무 생각 없이 던진 말 한마디에도 즉각 반응한다. 의원이 화를 내고 막말을 하면, 그 말을 들은 보좌관은 주눅이 들거나 의원이 하는 일에 사사건건 불만을 가질 수밖에 없다. 반대로 의원이 작은 실수를 감싸주고 '너는 내 식구!'라는 인식을 심어주면 그 보좌관은 보좌진들과 똘똘 뭉쳐 의원을 위해 더 열심히 일할 것이다. '칭찬은 고래도 춤추게 한다.'라고 했다. 칭찬과 인간 사이의 관계가 그러하듯 의원과 보좌관의 관계 그리고 보좌관과 보좌진의 관계가 크게 다르지 않다. 의원이 자신을 위해 열심히 일하고 말 잘 듣는 보좌관과 함께 일하기를 원한다면, 상대방에 대한 배려와 관심, 격려, 칭찬을 아끼지 말아야 한다. 보좌관은 의원의 칭찬을 먹고 산다는 것을 일찍 깨달았으면 하는 바람이다.

3

오늘의 이슈를 먼저 선점하라

01

벽돌 훔쳐 간 사람을 찾아라

내가 생각하는 보좌관은 국회의원을 도와 '벽돌 훔쳐 간 사람'을 찾는 직업이다. 정부가 추진 중인 사업이나 예산편성이 문제가 있다고 판단되면 해당 기관에 자료를 요구하고 파헤치기 시작한다. 사업에 별문제가 없더라도 앞으로 발생할 수 있는 개연성에 중점을 두고 접근하기도 한다. 기존사업의 경우에는 그동안 지속해서 해 왔던 사업이라 진행되는 과정에서의 문제점을 지적하면 되지만, 신규 사업은 앞으로 어떻게 진행될지를 잘 판단하고 의문이 가는 것은 꼼꼼하게 지적해야 한다. 예산이 적은 사업이라도 다음에는 계속해서 진행될 사업으로 추진될 가능성이 있기 때문이다. 특히 사업 추진이 잘못된 방향으로 흘러가면 예산 낭비로 이어질 가능성이 크다. 이러한 사소한 것부터 막지 못하면 더 큰 손해를 입기 때문에 보좌진의 역할이 중요하다.

서양에 재미있는 우화가 하나 있다. 어느 날, 집 울타리 벽돌 하나가 없어졌다. 아버지는 아들에게 누가 그랬느냐고 물었다. 아들은 "아버지, 별것 아닙니다."라고 대답했다.

며칠 뒤, 울타리 안 뒤뜰에 있던 쟁기가 없어졌다. 아버지는 아들에게 물었다. 이번에도 아들은 별것 아니라고 대답했다. 다시 며칠 후, 이번에는 방 안에 있던 금고가 털렸다. 아버지는 아들에게 버럭 호통을 쳤다.

"지난번에 벽돌 빼간 사람을 당장 잡아 오거라!"

왜 아버지는 아들에게 금고 훔쳐 간 도둑을 잡아 오라고 하지 않고, 첫날 없어진 벽돌 훔쳐 간 사람을 잡아 오라고 했을까? 작은 잘못을 고치지 않으면 더 큰 화가 일어날 수 있어서가 아닐까? 모든 일은 작은 것에서부터 시작된다. 다른 예로 물을 가둬 둔 둑에 작은 구멍이 뚫렸다면 그 댐은 계속해서 물이 샐 것이다. 바로 수리해야 한다. 시간이 지날수록 구멍이 더 커지고 결국 둑이 무너질 수밖에 없다. 작은 잘못을 덮으려 하다 보면 더 큰 잘못이 따르게 된다.

오래전 국회 예산결산특별위원회 예산안 심사가 있던 날이다. 위원회 소속 의원들은 25명씩 2개 조로 1차와 2차로 나뉘어 질의에 나섰다. 간사 간 합의에 따라서 대정부 질문처럼 의원의 주 질의 시간은 국무총리 등 국무 위원들의 답변을 제외하고 10분, 보충질의는 답변 포함 5분, 추가 질의는 3분이 주어졌다. 의원들의 질의가 후반부에 들 무렵, 지역구 중진 의원이 질의에 나섰다. 질의 내용 전부가 본인의 지역구에 필요한 예산을 해달라는 것이다. 이어 질문하는 의원도 지역구 사업의 필요성을 어필하고 있었다. 문제는 국회에 제출된 예산안 목록에 나와 있지도 않은 예산도 있었다는 것이었다. 의원들이 얘기한 지역구 사업 대부분에 교육관 및 전시관 설립과 도로 확장, 철도건설 사업들이 포함되어 있었다. 이들 의원은 예산안 협의에 직접 나서는 여야 간사 의원들과 소위원회 소속 의원들이었다. 예산안 심사가 모두 끝나고 여야가 예산안을 놓고 극한 대립을 하며 밀고 당기는 식의 줄다리기가 이어졌다. 아니 협상이 난항을 겪는 줄로만 알았다. 이들 의원과 정당의 대표 의원 지역구 예산이 다 포함된 것이다. 겉으로는 극한 대립을 주고받았으나 뒤에서는 여야 구분 없이 제 잇속 챙기기에 나선 것이었다. 다음 선거에서 표를 다지기 위해 안간힘을 쓰는 건 이해가 되지만 예산안에 없는 사업까지 올려 통과시킨 것은 문제가 있어 보였다. 이들 사업이 잘 진행되면 좋겠으나, 교육관이나 전시관들은 건립 이후 적자 운영으로 인해 문을 닫아야 하는 위기에 처해 있다고 한다. 이처럼 무조건 사업 예산을 따내기만 하면 된다는 논리는 곧 국민의 혈세를 고스란히 버리겠다는 의미가 된다. 그러면서 '교육관 예산 ○○억 원 확보'라고 쓰여있는 현수막을 지역구 거리에 도배한다. 과거의 잘못된 결정이 현재의 수난이 될 수 있다. 한마디로 담장 벽돌을 빼간 사람이 누구인지 밝혀내야 할 의원이 오히려 금고를 훔쳐 간 도둑이 된 격이다. 지역 주민들의 뜻이라고 얘기하지만, 정작 지역 주민들은 내 주변의 불편한 점을 해소해 주기를 더 바랄 뿐이다. 아마도 일부 이해관계자들이 적극적으로 원하는 사업 아닐까.

국정감사나 상임위 회의가 열리면 회의장은 분주하면서도 어수선한 분위기가 연출된다. 의원 뒤에 배치된 보좌진석에 자리가 부족해 여러 명이 서 있기도 하고, 취재 나온 기자들은 여야 의원들 질의에 맞춰 위원장 자리를 중심으로 좌우로 정신없이 다닌다. 위원장의 개회 선언에 이어 의사진행 발언이 끝나면 의원들의 주 질의가 시작된다. 장관과 기관장이 충분한 설명을 할 수 있도록 배려하는 의원도 있고, 문제점에 대한 지적에만 치중하고 언성을 높이는 의원이 있다. 여당 의원과 야당 의원의 질의하는 방식이 서로 다르다고 볼 수 있다. 그런데 질의하는 방식만 다를 뿐, 공통된 점을 발견할 수 있다. 상식적으로 의원의 질문 내용에 대한 장관이나 기관장이 답변하는 시간을 주는 게 맞지만, 질의 시간이 정해져 있어 의원의 일방적인 질문만 이어가는 경우가 많다. 어느 의원은 본인의 말만 속사포처럼 말하고 끝낼 때도 있다. 이럴 때는 의원 질의가 다 끝나고 위원장이 답변의 기회를 주기도 하지만, 위원장이 여당과 야당 소속에 따라 답변 기회를 주고 안 주고는 달라진다. 어느 의원은 관심법을 구사하기도 한다.

"장관, ○○문제에 대해 어떻게 생각하세요? 대책이 있어야 하는 것 아닙니까?"

"의원님, 그 문제는 저희 부처에서 관계 기관과 잘….'

"장관, 잘 들었고요. 제 질의 시간이 없어서 거기까지만 들을게요. 답변이 부족하면 제 질의 시간이 다 끝나고 나서 한꺼번에 정리해서 답변해주세요."

도대체 뭘 잘 들었다는 건지 이해가 되질 않는다. 의원이 사람의 마음을 꿰뚫는 관심법이라도 가지고 있는 것일까. 상임위 회의나 국정감사에서 가장 많이 볼 수 있는 장면이다. 그나마 이 정도면 다행이다. 한 성격하는 의원과 한마디도 지지 않으려는 장관이나 기관장이 맞붙으면 온갖 고성이 오가고 여야 의원들 간의 말싸움으로 번지면서 회의장은 아수라장이 된다. 이때 위원장의 회의 진행 여부에 따라 잘 정리되거나 잠시 정지하거나 정회한 이후에 다시 속개하기도 한다. 물론, 의견 충돌이 심할 때는 회의가 파행되기도 한다. 이렇게 되면 벽돌 훔쳐 간 사람은 찾을 수가 없다. 행정부를 감사해야 할 국회가 담장의 벽돌을 걷어 차버리는 것이다. 의원의 질의에 장관의 긍정적인 답변이 나오기를 바라고 보도자료를 준비했다가 놓치고 만다. 왜 이런 일은 꼭 우리 의원 질의하기 전에 일어나는 걸까. 보좌관은 벽돌을 빼간 사람을 찾기는커녕, 다시 벽돌을 쌓아 담장을 만드는 신세가 된다.

대통령 선거 이후 긴 시간을 실업자 생활을 하고 있을 때였다. 당시 캠프에서 알게 된 전직 국회의원으로부터 연락이 왔다. 간단한 안부 인사와 함께 여의도에서 만나자고 했다. 나는 국회 앞 오피스텔에서 지내고 있어 바로 가겠다고 했다. 여의도 빌딩 숲을 가로질러 들뜬 마음으로 약속한 장소에 올라갔다. 의원은 나와 짧게 인사를 나누고 회의실로 안내했다. 회의실에는 20여 명이 모여 있었다. 나는 영문도 모르고 의원 옆에 앉았다. 의원이 나를 소개하기를 "앞으로 선거를 도와줄 보좌관입니다. 지금은 잠시 쉬고 있어서 오라고 했습니다. 선거 전문가니까 큰 도움이 될 겁니다."라며 내 의사도 물어보지 않고 끌어들인 것이다. 내가 좋아했던 의원이라 아무 말을 하지 못하고 자리를 지키고 있었다. 그런데 의원 본인의 선거가 아니라 중진 의원보다 더 굵직한 정치인의 보궐선거를 준비하고 있었다. 1시간 정도 이어진 회의가 마무리되고 의원은 나에게 회의 분위기를 물어봤다. 나는 있는 그대로 솔직하게 말했다.

"중심이 없고 뭔가 어수선합니다. 아직 사람들의 성향은 제가 잘 모르겠지만 다들 의견을 제시할 때 '내가 전에 뭘 할 때'라는 말이나 '전에 내가 다 했었는데'라는 말을 하시는 걸 보니 자기 과시와 포장이 심한 것 같습니다."

"잘 봤네. 나도 그리 오래 본 사람들은 아닌데, 나하고 손발을 맞춰서 일할 사람이 없어. 그래서 말인데, 후보님께 보고할 내용을 정리해서 보내주고 캠프를 어떻게 꾸려나갈지에 대한 계획서를 보고서 형식으로 만들어줘."

나는 그렇게 다시 캠프에 합류했다. 매일 아침 회의 때 의원이 주재할 회의 자료를 꼼꼼하게 챙기고 후보자에게 보고할 1일 동향 보고서를 만들어 저녁에 의원이 보고할 수 있도록 준비했다. 캠프 내에서는 의원과 나의 관계를 탐탁지 않게 생각하는 사람이 많았다. 내가 다른 사람의 지시를 받지 않고 의원과 후보자의 지시만 따른다는 거였다. 지금에서야 밝히지만 내가 만든 보고서에는 그 사람들이 알면 안 되는 내용도 들어 있었고, 그걸 본다고 한들 이해하는 사람도 없었다. 선거에 필요한 필수적인 내용도 있지만, 캠프 내부의 문제점과 개개인의 잘못된 행동들 하나하나가 정리되어 있는 대외비 성격의 분석 자료도 있었다. 보고서의 공통적인 내용은 다들 입으로만 일한다는 거였다. 어떤 사람은 '옛날에 수천 명 오는 전당대회도 혼자서 다 준비했는데….'라고 말하는 허풍의 대가였고, '나는 남들 눈에 띄면 안 되니 내가 알아서 일할 거니까 간섭

하지 마라'고 말하는 국가정보원 비밀 요원 같은 사람도 있었다. 그렇다고 그런 내용을 적었겠나. 캠프 전반에 관한 내용을 중심으로 작성했다. 누가 보면 고자질한다고 생각하겠지만, 고자질이 아닌 내부 단속에서부터 철저하게 하자는 문건이라고 보는 게 맞을 것 같다. 선거 당일 언론에서 예상하기를 30% 이상 이기는 것으로 나왔다. 개표가 시작되자 언론의 예상대로 앞서가기 시작했고, 개표 70% 이상 진행되고 있을 때 압승을 확인하고 개표가 완료되기도 전에 혼자 집으로 향했다. 만일 지고 있었다면 끝까지 남아 사무실 정리를 했겠지만, 당선이 확실할 때가 되면 내가 없어도 후보자 주변에 수많은 사람이 '내가 1등 공신'이라고 얼굴을 내밀고 다닐 게 불을 보듯 뻔했다. 나는 집으로 가는 버스 안에서 이런 생각을 했다. '담장 벽돌 빼간 사람이 많아도 뼈대만으로도 잘 버텼구나!' 어떻게 이길 수 있었는지 신기하다는 생각이 들었다. 다행히 금고는 그들로부터 지킬 수 있었다.

02

반복되는 일상, 기록은 나의 힘

국회 보좌관은 매일 글을 쓰는 사람이다. 의원실마다 각자 맡은 역할과 업무가 구분되지만, 행정비서와 지역 담당 보좌진을 제외하고는 대부분 글 쓰는 일에 매진한다.

선임보좌관인 나도 다른 보좌진들과 다를 바 없다. 국회 회의 일정이 정해지면 해당 상임위에 맞는 질의서를 쓰고, 상황에 따라 보도자료도 써야 한다. 기고문에서부터 각종 기획안, 축사와 보고서, 법률안, 결의안, SNS, 블로그 및 홈페이지, 의정 보고서 등 수많은 글을 기계처럼 찍어 낸다. 어떤 방식으로든 결과물을 내야 한다. 어느 날 동창회 모임에 참석했다. 오랜만에 만난 친구가 내게 묻는다.

"너는 서울에서 어떤 일을 해?"

"응. 나 매일 글을 써."

"혹시 기자? 아니면 작가?"

"기자는 무슨, 둘 다 아니야!"

"작가도, 기자도 아니면서 왜 매일 글을 써? 그런 직업이 있나?"

"국회의원 보좌관이야."

"왜 보좌관이 매일 글을 써?"

친구가 놀란다. 왜 글을 써야 하는지 설명해주면 그제야 이해를 한다.

나는 국회 보좌진을 '글 쓰는 기계'로 표현한다. 글 쓰는 기계는 1년 365일 동안 기름칠도 없이 수많은 글을 찍어 낸다. 국회의 1년 일정은 크게 변함이 없다. 바뀐 게 있다면 상시 국회를 추진하겠다며 일정이 2월부터 8월까지 상시 국회 체제로 바뀐 것이다. 9월은 정상적으로 정기국회가 들어선다. 기존에는 2월과 4월, 6월 임시회, 그리고 9월 정기국회가 시작되었다.

최근에 바뀐 국회 일정을 정리하면, 상임위 활동으로 매월 법률안 등 안건 심사가 이루어지고, 이 중 7월과 8월에는 결산 심사가 포함된다. 9월 정기국회 기간에는 상임위별로 예산안 심사가 이루어지고, 예산결산특별위원회 예산안 심사가 시작된다. 국정감사는 지금까지 9월 정기국회 기간에 교섭단체 합의에 따라 일정이 정해졌다. 바뀐 일정에 따르면 6월에 국정감사를 하게 되어 있으나, 현재까지는 그럴 기미가 보이질 않는다. 본회의의 경우 2월부터 6월까지, 8월과 9월 정기국회 기간에 개최한다. 4월, 6월, 9월에는 대정부 질문이 있는 달이다. 이때 정치 · 외교 · 통일 · 안보 분야와 경제 분야, 교육 · 사회 · 문화 분야로 나뉘어 대정부 질문이 이루어진다. 정기국회 기간에 국정감사를 앞두고 대정부 질문을 준비하는 의원실 보좌진들은 죽을 맛이다. 여기에 더해 예산결산특별위원회와 비상설위원회 회의가 열리기라도 하면 퇴근이라는 말이 사라진다. 이처럼 국회는 회의의 연속이고, 보좌진은 회의 준비를 위해 자료를 분석하고 질의서를 작성해야 한다. 법률안 심사와 결산 심사, 예산안 심사를 위한 상임위 회의가 열리더라도 각종 현안은 물론, 지역구 챙기기 현안 질의서도 준비해야 한다. 국회는 특별한 현안과 사고가 발생하지 않는다면, 매년 쳇바퀴 돌아가듯 일정한 패턴이 유지된다. 하지만 기록을 하지 않으면 '작년 이맘때 뭘 어떻게 준비했지?'라며 새로운 일을 하는 것처럼 느껴진다. 이때 기록은 큰 힘이 된다.

나는 매년 12월이면 지난 1년간 메모해 둔 업무수첩을 꼼꼼히 살펴본다. 그중 필요한 메모는 매년 추가해서 종합판 형식으로 한글 파일을 정리한다. 정리된 자료는 의원이 한 해 동안 어떤 의정활동을 할지에 대한 내용으로 매뉴얼을 만들어 보고해 왔다. 어느 의원은 책상 유리판 사이에 끼워 넣고 필요한 시점에 맞춰 업무를 지시하기도 했다. 오래전 함께 일했던 선배 보좌관과 보좌진은 매년 1월만 되면 내가 만든 자료를 공유해달라는 부탁을 해오기도 한다. 나는 거절하지 않는다. 내가 만든 자료를 공유하고, 부족한 부분은 그들에게서 정보를 얻는 편이다. 의원실은 다르지만 오랜 세월을 국회에서 함께 일할 수 있기를 바라는 마음에서 비롯된 행동이다.

내가 그동안 기록한 메모는 선거 때가 되면 더 큰 힘을 발휘한다. 그렇다고 전략적인 내용은 아니다. 만일 선거에 출마하는 후보자가 수십 권이 넘는 선거전략 서적을 전부 읽고 또 읽었다고 가정해 보자. 과연 당선되었을까? 전혀 그렇지 않다. 필요한 내용을 참고만 할 뿐 관련 책들을 읽었다고 해서 당선되는 건 아니다. 내가 기록한 메모는 후보자가 선거운동에만 집중할 수 있도록 실무자 중심으로 기록한 내용이다. 후보자를 돕는 참모들이 선거와 관련된 내용을 업무별로 제때 맞춰 잘 준비한다면 후보자는 이것저것 신경을 쓰지 않아도 된다. 한마디로 지역을 돌며 유권자를 만나 표밭 다지는 데에만 힘을 쏟으면 된다.

전국 지방선거가 눈앞에 다가온 시점이었다. 의원실 보좌진들은 같은 당 소속 단체장 및 광역, 기초의원 후보자들을 지원하기 위해 대부분 지역에 파견을 나간다. 나 또한 파견을 나갔을 때의 일이다. 나는 서둘러 우리 후보자 캠프에서 필요한 선거자료를 작성했다. 선거공보와 명함, 현수막 등 각종 인쇄물 준비 일정을 어떻게 잡을지부터 시작해 디자인 시안, 유세차량 제작, 선거 토론회 준비, 연설문, 선관위 신고 서류, 정치 자금, 선거 조직표, 개소식 준비, 선거 일정 등 선거 준비를 위해 필요한 내용을 만들었다. 한마디로 선거 준비 매뉴얼을 작성해 각 후보자 캠프 사무장이나 회계책임자를 통해 전달한 것이다. 각 캠프 담당자들은 정치 자금 회계 운영과 개소식 준비를 어떻게 해야 할지에 대해 많은 어려움을 호소했다. 나는 선거 때마다 각 캠프의 회계담당 책임자를 대상으로 회계 운영과 처리 방식에 대해 교육을 해왔다. 개소식 준비와 회계 처리를 도와주기도 하고, 선거 이후에는 선관위에 신고해야 할 정치자금 회계 정리를 함께 처리하기도 했다. 이 모든 일이 가능한 것은 그간의 경험도 중요하지만, 무엇보다 항상 기록하는 습관이 큰 힘이 되었기 때문이다. 선거는 대통령 선거와 국회의원 선거, 지방 선거, 보궐 선거 심지어 당 대표·교육감·조합장 선거 등 매년 치른다고 보면 된다. 국회 보좌진 업을 그만둘 게 아니라면, 선거는 피할 수 없는 중요한 업무이다. 그리고 선거를 제대로 배우고 싶다면, 정치 자금 회계책임자 업무를 적극적으로 추천한다. 선거와 관련된 모든 비용이 회계책임자를 통해 지출되기 때문에 선거 전반에 관한 내용을 꿰뚫어 볼 수가 있다.

오래전 보궐 선거 지원을 위해 선거캠프로 파견을 나간 일이 있었다.

그런데 바깥에서 한 표라도 더 얻기 위해 선거 운동에 전념해야 할 후보자가 매일 반나절 이상 되는 시간을 캠프에 앉아 있었다. 후보자는 사무실 내부에서 일어나는 모든 일이 불만인 것 같았다. 사소한 일까지 지나칠 정도로 챙기고 있었다. 이유를 물었더니 자신을 돕는 참모들이 미리미리 준비하지 못하고 있다는 이유에서였다. 심지어 사무실 내부에 부착할 포스터 위치까지 지정해 주었다. 후보자의 성격인 탓도 있겠지만, 일을 믿고 맡길 만한 사람이 없었을 수도 있다. 그렇다고 후보자가 모든 걸 챙길 수는 없다. 아무리 선거 조직이 '당나라 군대' 조직이라고는 하나, 각자의 역할이 있기 마련이다. 그들을 믿고 맡기는 것도 후보자가 반드시 지켜야 할 선거운동의 일환이라는 것을 명심해야 한다. 그리고 참모는 후보자가 마음 편하게 선거운동에만 전념할 수 있도록 자신만의 매뉴얼을 작성해 미리 준비해야 한다. 선거는 매년 반복된다. 경험과 기록이 쌓이면 나만의 큰 무기가 된다.

어느 날 의원이 나를 부르더니 "이번 대정부 질문을 어떤 내용으로 할까?"라고 물었다. 그런데 대정부 질문 일정은 잡히지도 않았고 언제 할지도 모르는 상황이었다. 의원은 대정부 질문 일정이 나오면 무조건 신청하라고 했다. 아마 ○○대 국회의원 중에 대정부 질문을 가장 많이 했던 의원으로 기억한다. 오죽하면 본회의장에 의원을 전담하는 의사과 직원이 '그만 좀 하시면 안 되냐?'고 농담 섞인 말을 하기도 했다. 의원은 본회의가 열리면 대정부 질문은 물론, 5분 발언도 무조건 본인이 해야 직성이 풀리는 듯했다. 당시 초선 의원이 본회의장 단상에 많이 설 수 있었던 이유는 교섭단체였지만 의원의 의석수가 40명이 안 되는 소수 정당이었고, 대부분 중진 의원들이라 잘나서지 않았기 때문이다. 나는 의원실에 들어간 지 2주일밖에 되지 않았을 무렵이었다. 의원이 얘기하는 내용을 받아쓰기 위해 업무수첩을 폈다. 의원은 그 모습을 보고 "간단하니까 받아 쓸 필요까지는 없다"고 말했다. 업무수첩을 덮고 의원의 말에 귀기울였다. 의원이 얘기하기 시작했다. '잠깐이겠지.' 생각하고 최대한 집중해서 들었다. 10분이 지나고 30분이 지났다. 업무수첩을 다시 펴야 하나? 눈치가 보였다. 급기야 의원이 얘기하는 속도가 빠를뿐더러, 사투리가 심해 무슨 말인지 알아들을 수가 없었다. 특히 의원의 쉿소리와 특유의 억양이 섞인 목소리가 나를 점점 미궁에 빠트렸다. 의원은 대학생 시절부터 지금까지 30년을 서울에서 생활했다는데, 사투리는 전혀 바뀌지 않았다. 나는 책상에 앉아 의원이 얘기한 내용을 기억을 더듬어 빈 여백을 채우기 시작했다. 큰일이다. 도저히 물리적으로 끼워 맞출 수가 없었다. 나는 기억나는 것만 정리해서 초안을 만들었다. 의원이 얘기한 부분이 많이 빠져 있었다. 아니나 다를까 의원에게 호되게 혼이 났다.

나는 의원실 회의를 진행할 때마다 주요 내용에 대해서는 보좌진 중한 명에게 회의록 형식의 '회의 일지'를 작성하게 한다. 정리된 일지는 파일철에 꽂아 의원이 쉽게 볼 수 있는 집무실 옆에 올려놓는다. 회의가 있을 때마다 회의록 형태는 항상 갖추도록 한다. 이렇게하면 회의를 진행했을 때 첫 논의는 이전의 회의록을 보고 어떤 논의가 있었는지 파악할 수 있고, 아직 진행되지 않았거나 앞으로 해야 할 일은 놓치지 않고 챙긴다. 모든 것을 기억할 수 있는 것은 기록뿐이다. 회의는 말로 하는 게 아니라 기록으로 남기는 것이다. 절대 잊어서는 안 된다. 기록을 게을리하면 내 밑천도 떨어진다. 밑천 두둑한 사회생활을 위해 끊임없이 메모해야 한다. 습관을 형성하자. 성공한 사람은 끊임없이 기록한다. 앞으로 나만의 매뉴얼을 만들기 원한다면 평소에 꼼꼼하게 기록하는 습관을 길러야 한다.

03

질문하는 보좌관, 방어하는 공무원

입법부인 국회가 가지는 권력은 어마어마하다. 국정감사나 상임위 회의 일정이 아닐 때도 의원실 보좌진은 행정부에 아무 때나 자료를 요구할 수 있다. 그것도 권력이다. 일반 국민이 근접할 수 없는 정부의 자료들을 책상 옆에 쌓아 놓고 볼 수 있기 때문이다. 행정부로부터 받은 자료를 분석해 질의서를 작성해 국회의원에게 보고하면, 의원의 힘을 통해 장관이나 기관장에게 질문할 수 있는 것 자체가 큰 권력이다. 특히 보좌관은 행정부 소속 사무관이나 서기관, 국장을 쉽게 만날 수 있다. 그 또한, 권력이다. 보좌관은 권력의 중심인 국회에서 일하고 있다. 이러한 행사가 가능한 것은 보좌관이 의원을 대신해 법률안 발의와 행정부 감시,

정부 예산 · 결산 · 추경 심사, 국정감사 조사 등 총체적인 업무를 전담하고 있기 때문이다.

국회의원의 의정활동 중 가장 국회의원다운 순간은 뭐니 뭐니 해도 국정감사일 것이다. 국정감사가 되면 20일간 창과 방패의 싸움이 시작된다. 의원이 창이면 장관은 방패가 된다. 의원이 현안에 대한 문제점을 지적하면 장관은 준비한 논리로 방어막을 친다. 의원이 들고 있는 창의 끝은 보좌진들이 밤새 갈고닦은 결과물이라면, 장관의 방패는 부처 공무원들이 밤새 망치질해가며 튼튼하게 만든 결과물일 것이다. 이러한 상황이 전개되기 이전까지는 모든 게 준비 기간 과정에서 이루어진다. 보좌진들은 국정감사를 위해 관련 기관에 자료 요구를 하고 부족한 내용에 대해서는 재차 자료를 요구한다. 보좌관은 보좌진들과 함께 기관에 요청한 자료를 점검하고 어떤 내용으로 접근할지 고민하고 또 고민한다. 중요한 현안에 대해서는 받은 자료를 바탕으로 질의서에 옮긴다. 문제가 있다고 판단되면 해당 기관의 담당자를 불러 대면 보고를 받는다. 이때 보좌진들이 자료를 분석하면서 나타난 문제점이나 의문점을 날카롭게 지적하면, 공무원들은 기관의 입장만 고수한다. 그러다 보면 서로의 입장 차만 확연히 드러낼 뿐이다.

최근에 있었던 일이다. 사업을 준비하고 있는 선배로부터 민원성 제보

전화가 왔다. 정부가 한창 추진 중인 중소기업 지원 기금사업이 소급적용하는 과정에서 선배 회사가 평가대상에서 탈락했다고 한다. 상세한 자료를 받고 검토한 결과, 분명 수행기관에서 일 처리를 잘못한 것으로 판단됐다. 나는 이 분야의 전문가인 보좌관과 변호사 출신 비서관과 함께 이 문제를 다루기로 했다. 국회 업무망을 통해 해당 기관에 자료 요구를 하고, 받은 자료를 분석해 보도자료를 기자들 메일로 발송했다. 관련 기사가 보도되자 해당 기관의 실장과 본부장이 급히 의원실을 찾아왔다.

"보좌관님. 이 지원 사업 공모는 아무런 문제가 없었습니다."
"그런데 왜 피해 기업이 생긴 거죠?"
"저희가 기금사업 관리지침에 따라 이들 기업에 사전에 다 통보했습니다."
"방금 하신 말씀에 책임지실 수 있습니까?"
"보좌관님. 저희는 지침에 따라 열심히 했습니다."
"그러니까. 방금 하신 말씀에 책임질 수 있냐고요?"
"……"

그들은 아무 말도 하지 못했다.

"저는 이번 건에 대해 정식으로 감사원 감사를 청구할 거니까 그렇게들 알고 계세요."

나는 마지막으로 한마디 더 하고 회의실을 나갔다. 기관 담당자는 며칠 후 다시 의원실을 찾아와 그제야 잘못되었다는 것을 인정하고 '대책을 마련하겠다'고 약속했다. 그들도 상대가 찌르는 창을 막기 위해서는 최대한 방어 태세를 갖출 수밖에 없다. 하지만 보좌관이 정부 기관의 불성실한 답변과 자료 제출 건에 대해 문제 삼아 보아도 세계 어느 나라 정부도 의회가 요구하는 답변이나 자료를 순순히 내놓지 않는다. 일부러 답변을 피하거나 부실한 내용 자료를 내놓기도 하고 제출기한을 한참 넘겨 제출하는 경우가 허다하다. 관건은 보좌관의 자질과 적극적인 태도, 문제의 핵심 접근, 자료 분석 능력, 신속한 판단 등을 통해 기관으로부터 자료를 얼마나 신속하게 받아낼 수 있느냐다. 그러나 기관에서 끝까지 주지 않는다면 아무리 뛰어난 보좌관인들 받아낼 재간이 없다. 이럴 때 최후의 수단은 회의가 열리면 의사진행 발언을 통해 의원이 직접 장관에게 자료를 요구하는 것이다. 의원들의 의사 진행 발언은 주요 현안이나 여야 의견 충돌 상황에서 이루어질 때도 있지만 대부분 해당 기관에서 부실한 자료를 제출했거나 자료를 제출하지 않았을 때 주 질의 시간 이전에 이루어지곤 한다.

3년 차 인턴 비서 당시 재정경제위원회 소속 의원실에 있으면서 국정감사 준비를 위해 자료 요구를 하고 미리 받은 자료에 대해서는 질의서를 작성하기 시작했다. 그런데 내가 요구했던 자료 중의 하나가 모 기관

내부에서 논란이 된 적이 있었다. '현재 본청 및 지방청별 전체 직원현황 및 직원 중 버블세븐 지역 부동산 보유현황'을 요구하면서, 친절하게 표까지 작성해 보내줬다. 당시 정부가 부동산 가격에 거품이 많이 끼었다고 지목한 강남과 서초, 송파, 목동, 분당, 용인, 평촌 등 7개 지역이 집값의 단기간 상승 폭이 높게 나타나면서 집 없는 서민들의 상대적 박탈감을 불러일으키면서 사회적 논란이 되기도 했다. 나는 이 기관이 다른 기관에 비해 부동산 정보가 빠를 것이라는 생각에 자료를 요구한 것이다. 그런데 며칠이 지났는데도 해당 자료는 내 손에 쥐어지지 않았고, 담당 공무원은 내가 요구한 자료가 '도의에 맞지 않는다.'라고 하거나 '파악하기도 어렵고, 제출할 수 있는 자료가 아니다.'라는 말만 되풀이했다. 나는 그 자료를 받기 위해 담당 공무원과 이틀에 걸쳐 수십 통의 전화 통화만 주고받았을 뿐 자료 제출은 감감무소식이었다. 오히려 내가 인턴 비서라 나를 우습게 보고 가지고 논다는 느낌마저 들었다. 보좌관에게 자료에 관해 설명하고 '기관에서 자료를 줄 수 없다고 한다.'라고 사실대로 얘기했다. 보좌관은 언론에서 좋아할 자료라면서 본인이 직접 받아내겠다며 담당 공무원과 전화를 한다. 그런데 보좌관도 쉽지 않은 모양이다. 점점 전화 통화가 상급자에게로 넘어간다. 담당 국장이 최종 주자로 나섰다. 새벽 4시, 국장과의 통화가 4시간을 넘어갔고, 보좌관은 끈질기게 물고 늘어졌다. 전화 통화 과정에서 격한 말이 오가기도 하고, 의원회관이 떠나갈 듯 서로 고성을 주고받았다. 보좌관은 "국장님. 그 자료 안 주시면

전화 절대 못 끊습니다."라며, "알아서 하세요. 누가 이기나 봅시다."라는
말을 여러 차례 내뱉었다. 한참이 지났을 무렵, 마침 전화 수화기가 내려
놓아졌다.

"임 비서. 전 직원을 전수조사하면 시간이 오래 걸린다고 해서 국장급
이상 대상자만 빨리 파악해서 주기로 했어. 괜찮겠지?"
"네. 알겠습니다. 보좌관님 시키는 대로 해야죠."

다음날 바로 자료가 들어왔다. 4급 국장급 이상만 조사한 자료라 큰 만
족은 할 수 없었지만, 내 예상대로 대부분 버블세븐 지역에 부동산을 소
유하고 있었다. 나는 보도자료와 질의서를 작성해 보좌관과 함께 의원에
게 보고했고, 의원도 좋은 자료라며 그대로 진행하자고 한다. 그런데 밤
새 만든 버블세븐 질의서는 휴지통으로 직행하고 말았다. 기관장이 의원
실에 불시에 찾아와 의원과 면담했다. 이후 의원은 "여당이 정부를 공격
하는 게 모양새가 좋지 않다."라는 의견을 말했다. 나는 화가 난 나머지,
자료를 바로 휴지통에 집어넣었다.

국정감사 기간이면 국회 본청 각 층의 상임위 회의장 앞은 해당 기관
에서 나온 공무원들이 회의장 복도를 가득 메운다. 이들 공무원은 모니
터 앞자리를 미리 선점하기 위해 국감 전날부터 대기하기도 한다. 국정

감사가 시작되면 의원과 장관이나 기관장 간에 주고받는 질의응답 내용을 한마디라도 놓칠세라 귀를 쫑긋 세우고 집중한다. 질의응답 과정에서 의원들이 자료를 요구하면, 해당 기관에서 나온 공무원들은 핸드폰을 연신 눌러대거나 복사기에서 출력한 자료를 들고 복도를 정신없이 뛰어다닌다. 회의장 밖에서는 보좌진들이 회의장을 들락날락하며 해당 기관 협력관에게 자료를 요청하기도 한다. 한마디로 회의장 밖은 속칭 '도떼기시장'을 방불케 한다.

국정감사 기간은 국회의원들이 굳은 각오로 전쟁터에 출정하는 날이다. 장관과 기관장에게 날카로운 질문을 던지기 위해 만반의 태세를 갖추고 회의장으로 진격한다. 의원 측면에서 보면 큰 거 한방 터뜨려야 언론에 집중이 되고 이슈를 선점할 수 있다. 이와 반대로 장관과 기관장을 보좌하는 공무원들도 의원들의 질의에 답하기 위해 밤새 준비한 예상 답변서를 정성껏 챙겨온다. 회의 도중 의원이 하는 예상하지 않은 돌발 질문이 이어지면, 해당 기관 공무원들은 "빨리 자료 찾아봐!", "아니. 지난번에 정리한 자료 있잖아.", "빨리 프린트해서 회의장에 넣어!"라며 목소리가 높아진다. 의원 질의가 끝나면 어수선했던 분위기는 다시 차분해진다. 이런 과정을 수십 번은 거쳐야 1일 차 국정감사가 끝이 난다.

국정감사가 중반부를 치닫고 있을 무렵, 다른 의원실 보좌관 친구로부터 전화가 왔다.

"국감은 잘되고 있어?"

"뭐. 항상 똑같아."

"혹시 내일 ○○○기관 국감이지?"

"어. 내일 대전에서 현장 국감이야. 그건 왜?"

"아. 내 후배가 거기 사무관인데, 너희 의원실 질의서를 입수 못 해서 나한테 어렵게 부탁하네."

"알았어. 안 그래도 지금 마무리 중이야. 1시간 후에 줄 거라고 얘기해 줘."

"그래. 고마워. 부탁 좀 할게. 수고."

국정감사 기간이 되면 각 기관의 국회 협력관들이 질의서를 입수하기 위해 전날부터 회의 당일 새벽까지 의원실을 찾아다닌다. 질의서를 입수해야 담당자가 답변서를 작성해 기관장에게 미리 보고할 수 있다. 이때 기관장도 다음날 있을 국정감사 준비를 위해 밤새 공부를 하고 회의장에 출석한다. 여당 소속 의원실은 그나마 잘 주는 편이지만, 야당 소속 의원실은 중요한 내용의 질의서는 빼고 가벼운 내용만 주기도 하고, 질의서는커녕 의원실 출입 자체를 차단하는 곳도 있다. 의원이나 보좌관의 성향에 따라 다를 수는 있다. 줘도 되고 안 줘도 상관없다. 내 경우는 기관에 줄 질의서를 따로 정리해서 준비해둔다. 다만, 정말 중요하다고 생각되는 질의서는 주제만 정리해서 협력관에게 준다. 내가 기관에 질의서를 미리 주는 이유는 의원이 기관장에게 질의하면 기본적인 내용을 미리 알고 있어야 제대로 된 답변을 할 수 있다는 생각 때문이다. 기관장이 어떤 질문이 나올지 모르는 상황에서 돌발 질문이 이어지면 서로 엉뚱한 동문서답만을 주고받지 않겠나. 나는 여당일 때도, 야당 소속 보좌관일 때도 사전 질의서는 기관에 꼭 전달해주고 시작한다. 하지만 기관장 성향에 따라 의원의 질의에 대한 답변이 전혀 딴 방향으로 흘러가는 경우가 있다. 고분고분하게 답변을 이어가는 기관장이 있는가 하면, 무조건 자기 주장이 옳다고 우기는 기관장도 있다. 그나마 이 정도면 양호하다. 의원과 고성을 주고받으며 회의장 분위기를 한순간에 험악하게 만드는 기관장도 있다. 이럴 때면 질의한 의원과 보좌관은 속이 부글부글 끓는다. 마지막 종합 국감 때 질의서 공유는커녕 '걸리면 두고 보자.'라고 벼르기도 한다.

국가의 주요 정책과 국가 예산을 놓고 창과 방패가 되고, 때로는 함께 같은 길을 걷는 동반자로서 국회 공동체를 만들어가는 국회 보좌관들…. 보좌관은 중요한 시기가 되면 단순한 직업의 개념에서 완전히 벗어나 사명감을 가지고 일해야 한다. 의원실 업무가 보좌관을 중심으로 돌아가기 때문이다. 혹시라도 의원실을 움직이는 핵심인력, 보좌관들이 그 힘을 이용해 다른 생각을 하면 반드시 사단이 난다. 호가호위(狐假虎威)라는 말이 있다. 국회의원 개개인은 주권자인 국민을 대신하는 독립적인 헌법기관이기 때문에, 때로 그 힘이 막강하다. 자연스럽게 의원실 보좌진들의 위세도 커지게 마련이다. 동년배의 일반 직장인들이라면 상상조차 할 수 없는 위력이 생기기도 한다. 하지만 그것은 본인의 힘이 아니라 국회의원실이라는 배경에서 비롯되는 것이다. 그걸 자신의 힘으로 착각하는 것은 무척 위험하다.

주어진 힘은 어떤 순간에도 의원실 고유의 업무 수행을 위해서만 사용해야 한다. 탐욕이나 권력의 힘에 취하면 인생도 삶도 목표 지점에서 멀어진다. 보좌관은 철저하게 자신을 스스로 경계하며 살아가야 하는 존재들이다.

04

밤새도록 만든 질의서가 휴지통에 버려진다

7분, 5분, 3분…. 총 15분. 국정감사에서 해당 상임위 회의에 배석한 장관과 각 기관장 등을 비롯한 수많은 산하 단체장들에게 질문할 때 의원 1인에게 주어진 시간이다. 그마저도 서로 주고받는 질의응답을 포함한 시간이다. 이렇듯 짧은 시간에 쫓겨 보좌진이 준비한 내용을 한 꼭지도 내용도 제대로 소화하지 못하고 마이크가 꺼지는 경우가 대부분이다. 이러한데 정부 기관장들에게 긍정적인 답변을 끌어낸다는 건 큰 무리가 따르는 게 당연하다.

상임위별 의원 수에 따라 1~2분의 질의 시간이 늘어나거나 줄어들 수도 있지만, 대부분 15분이라는 주어진 시간에서 크게 벗어나지 않는다. 시간이 남으면 위원장의 권한에 따라 추가 질의 시간이 주어지기도 한다. 국감을 통해 자신의 존재감을 드러내야 하는 의원으로서는 하루 10시간을 줘도 모자랄 판에 달랑 15분이라니 기가 막힐 노릇이다.

국회가 행정부의 잘못된 정책 방향을 바로잡거나, 국민의 세금을 제대로 집행했는지를 따져 묻는 데에는 한계가 있을 수밖에 없다. 이 때문에 오래전부터 상시 국정감사 체제 도입의 중요성을 강조해 왔다. 20여 일 남짓한 짧은 국정감사 기간으로는 철저한 검증이 힘들다는 이유에서다. 다행히 지난해 12월에 '일하는 국회'를 만들겠다는 의지로 '국회법 일부개정법률안'이 국회 본회의를 통과했다. 기존에는 2·4·6월에 임시회를 집회하고, 9월부터 100일간 정기국회를 열었다. 이번 21대 국회부터는 법 개정으로 1월과 7월을 제외한 상시 국회 체제로 바뀌게 되었다.

보좌진 입장에서는 어떨까? 좋아할 이유가 없다. 오히려 회의만 더 늘어나면서 1년 내내 회의만 준비해야 하는 피로감에 시달리게 된다. 일하는 국회를 만들겠다는 취지에는 보좌진들도 대부분 공감한다. 하지만 회의만 늘린다고 해서 상시 국회가 완성되는 것도, 일하는 국회로 바뀌는 것도 아니다. 핵심은 결국 의지에 달려 있다는 게 내 개인적인 생각이다. 기존의 국회 일정 방식대로 운영하더라도 정해진 회의 일정을 잘 소화하고, 일정대로 제대로 일만 처리했더라면 상시 국회를 하자는 법안까지 등장하지는 않았을 것이다.

국회의원 보좌진들은 국정감사 기간 20일 전쟁을 준비하기 위해 빠르면 3개월, 늦어도 1개월 전부터 준비한다. 국정감사에 참고할 자료를 정리해 기관에 보내고, 상임위와 관련된 기사를 차곡차곡 모아 다시 자료 요구를 한다. 대부분 하소연에 가까운 민원이나 제보가 들어오지만, 그냥 지나칠 수 없다. 기관으로부터 제출받은 자료를 신속하게 분석하고 미흡하거나 더 추가할 자료에 대해서는 수시로 자료 요구를 하기도 한다. 자료가 어느 정도 갖춰지면 의원실 대 의원실, 여당 대 야당의 국정감사 전쟁이 시작된다. 보좌관을 비롯한 보좌진들은 다른 의원실보다 먼저 이슈를 선점하기 위해 보도자료를 작성해 기자 메일로 발송한다. 이후 언론 보도가 잘 나왔는지 수시로 지켜본다.

중요하다 싶은 자료에 대해서는 방송 뉴스나 메이저급 언론 소속 기자에게 단독 보도를 조건으로 취재 요청을 한다. 보도가 어렵다는 연락이 오면 중간급 언론, 그것마저 거절당하면 전체 기자 메일로 발송한다. 아마 대부분 의원실이 그런 방식으로 일을 할 것이다.

이러한 준비 과정을 거친 이후에는 주요 현안에 대해 질의서를 작성한다. 질의서를 국정감사 이전까지 미리 써서 준비하지만, 하루 사이에 굵직한 사건·사고가 쏟아지면 밤새도록 작성해 놓은 질의서는 후속 순위로 밀려나기도 한다.

국정감사 첫날 당일 아침에 있었던 일이다. 국정감사 준비로 밤을 새우고 졸린 눈 비벼가며 1층 체력단련실 샤워장으로 향했다. 옷을 벗고 샤워실로 들어가려는데 휴대전화 벨 소리가 그날따라 유난히 시끄럽게 들린다. 내 짐작대로 의원에게서 걸려 온 전화다.

"임 보좌관 어디야?"
"네, 의원님. 지금 1층 샤워장입니다."

의원은 내게 급한 목소리로 말했다.

"오늘 국감 첫날인데, 뭐 하고 있어. 빨리 올라와서 자료 보면서 질의서 하나만 작성해줘."

나는 억울한 마음에 '밤새도록 일하고 방금 씻으러 왔다고요!'라고 대꾸를 하고 싶었지만 차마 입 밖으로 내뱉지 못하고 "네, 알겠습니다. 지금 바로 올라가겠습니다."라는 짧은 대답을 하고 의원실로 향했다.

"의원님 부르셨습니까?"

"어제 준 질의서를 봤는데, 도무지 내용이 없어. 그렇게 없나?"

"의원님이 말씀하신 내용과 해당 부처와 관련된 주요 현안들을 정리해서 어제 질의서 드렸었는데요."

"주면 뭐해. 질문할 내용이 없잖아."

"의원님. 오늘 질의서만 10꼭지가 넘는데, 얼마나 더 준비하라는 건지…."

"이대로 준비한 내용대로 하면 언론에서 받아주겠어? 내가 단톡방에 기사 링크 걸어줄 거니까, 질의서 형식으로 만들고, 이 자료를 질의서로 빨리 만들어서 회의장으로 와!"

"네, 의원님. 바로 준비하겠습니다."

의원이 제대로 공부를 하지 않은 것 같았다. 목차만 훑어봤는지 질의서를 넘긴 흔적이 없다. 질의할 내용이 부족한 게 아니라, 의원 공부가 부족해서 일 수도 있고 자신있는 분야가 아니라서 그럴수 있다. 그렇다고 하기 싫은 내용을 억지로 하라고 강요할 수도 없다. 모든 게 의원 중심이기 때문에 보좌관은 의원 결정에 따를 수밖에 없다. 다만, 의원이 잘못된 방향으로 가려고 할 때는 분명하게 의견을 제시한다. 의원의 결정에 모두 'YES'만 한다면, 허수아비를 보좌관으로 앉히는 게 맞을지도 모른다. 의원실 단톡방에 의원이 올려 준 10여 개 되는 언론 기사가 올라왔다. 대부분 오늘 자 기사들이다. 보좌진 전부 망연자실한 표정으로 내 눈치만 보고 있다. "중복된 기사 제외하면 6개 정도밖에 안 되니, 힘들겠지만 2개씩 전담해서 서둘러 작성합시다." 의원실 보좌진들이 밤새 준비한 질의서가 휴지통에 들어가는 순간이다. 그런데 문제는 회의 시간 1시간도 채 남지 않은 시간 안에 마무리해야 한다는 것이다. 의원의 질의 순서가 후반부면 그나마 시간적 여유가 있지만, 앞쪽 순서에 배치되어 있으면 낭패다. 질의서야 어떻게든 관련 기사를 질의 형식으로 바꾸면 된다지만, 회의장에 띄울 PPT 자료와 손에 들 패널까지 함께 만들어야 하니 시간이 부족할 수밖에 없다. 그래도 어떻게 해서든 완성해서 회의장으로 총알같이 뛰어간다. 의원에게 자료를 전달했다는 톡 알림이 도착하면 그제야 한숨을 돌린다. 이런 급박한 상황이 회의가 있을 때마다 연출되다 보니, 다른 비서가 내게 하소연하곤 한다.

"보좌관님. 질의서를 미리 작성해놓지 말고, 당일 보도된 기사들 위주로 질의서를 쓰는 게 더 편할 것 같습니다."라고 말하는 이들도 있다. 솔직히 나도 그러고 싶다. 어떤 중진 의원은 신문 지면을 잘라와 그 기사를 참고해서 질의를 하기도 하고, 작은 포켓 수첩 빼곡히 메모해 둔 내용을 보면서 질의하는 의원도 있다. 해당 의원실 보좌진들은 의원이 지시한 자료나 기본적인 자료만 준비한다고 한다. 한마디로 국정감사 준비를 위해 밤을 새우면서까지 매달리지 않는다는 것이다. 아마도 국회의 모든 보좌진이 가장 모시고 싶어 하는 '의원상'이 아닐까?

상임위 회의장으로 달려갔던 비서로부터 전화가 왔다.

"보좌관님. 의원님께서 준비했다는 질의서를 급히 찾으십니다."
"기사 보고 급하게 만든 질의서 드렸잖아?"
"이 질의서 말고, 기존에 준비했던 질의서 달라고 하십니다."
"알았어. 내가 지금 가지고 회의장으로 빨리 갈게."

의원이 왜 그런지 짐작이 간다. 언론에 보도된 기사 내용에 대해 앞선 순서에 배치된 다른 의원들이 한마디씩 다 했던 모양이다. 언론에서 집중적으로 보도된 내용이나 주요 현안에 대해 의원들이 놓치는 법이 없다. 그러다 보니 의원마다 질의 내용이 중복될 수밖에 없다. A 의원이 질의한 내용을 B 의원, C 의원이 다시 질의하기도 하고, 야당 의원 전체가 한 가지 현안에 대해서만 집중해서 질의할 때도 있다. 그런데 다른 의원이 했던 질의 내용을 중복해서 질의하는 것을 싫어하는 의원도 있다. 그만큼 질의 순서가 앞쪽에 배정되면 다른 의원과 중복되는 내용을 피할 수 있어 선택의 폭이 넓어진다.

질의서는 의원의 요구 사항이나 수석보좌관 성향에 따라 질의 내용 꼭

지가 많아질 수도, 적어질 수도 있다. 의원실마다 다르겠으나, 의원이 한 분야만 집중하는 경우 해당하는 내용에 집중해서 준비하고, 혹시 모를 경우를 대비해 3~4개 정도 추가 질의서를 준비한다. 보통은 6~7개 정도 질의서를 준비해서 의원에게 미리 전달한다.

내가 있는 의원실은 국정감사 1일 평균 10~15개 정도의 질의 꼭지를 준비하는 편이다. 예전에 모셨던 의원이 다른 의원이 했던 질의를 본인이 다시 하는 것을 좋아하지 않았고, 내 성격에도 부족한 걸 싫어했던 터라 질의서는 지금도 여전히 많이 준비하고 있다. 밤새도록 만든 질의서가 서면질의서가 될지언정 휴지통에 버려지지 않도록 온 정성을 쏟는다. 나와 함께 일하는 보좌진들은 많이 힘들어할 수도 있다. 미안한 생각은 들지만, 총알이 많아야 전쟁터에서 유리하지 않겠나? 지금까지 불평불만 없이 나와 함께해준 의원실 식구들이 항상 고맙기만 하다.

05

모든 것에 질문을 던져라

무슨 일이든 대충대충 하면 문제가 생긴다. 아무리 지인의 부탁이라고 해도 의문을 가지고 접근해야 한다. 특히 민원에 대해서는 더욱 신중히 처리해야 한다. 국정감사 기간이 되면 수많은 민원과 제보가 들어온다. 하지만 10건 중 단 1건도 제대로 된 제보가 없을 때가 많다. 대부분 제보를 빙자한 개인의 민원일 뿐이다. 그렇다고 소홀할 수 없다. 수많은 민원 중 괜찮은 게 하나라도 걸리면 보좌관으로서는 '가뭄의 단비'가 된다. 누군가 제보를 하지 않더라도 우연찮은 장소에서 얻어걸릴 때가 있다.

오래전의 일이다. 지인들과 함께 서대문에 있는 단골 식당 홀에 앉아 술잔을 기울이고 있었다. 내 바로 뒷자리에 앉아 있던 3명의 손님이 '그 ××들 나쁜 놈들이야.'라고 말했다. 나는 모른 척 귀를 쫑긋 세우고 듣고 있었다. 그들은 경찰관인 것 같았다. 그 식당과 멀지 않은 곳에 경찰청이 자리를 잡고 있었다. 당시 정부가 추진 중인 사업 중 '지식산업센터'와 관련해 조사를 진행하고 있다고 했다. 지식산업센터에 입주하기 위해서는 까다로운 조건을 거쳐야 한다. 일반인이나 공무원은 전혀 들어갈 수 없고 실제 사업자 등록이 되어 있거나 등록을 해야 들어갈 수 있었다. 그런데, 정부의 지식산업센터 입주 기업에 대한 취득세, 재산세 감면 등 다양한 혜택을 미끼로 단기 차익을 노린 투기꾼들이 분양권을 대량 구매해 웃돈을 얹혀 되파는 수법을 쓰고 있다고 했다. 곧 정식 수사에 착수할 계획이라고 한다. 나는 다음날 바로 해당 기관에 자료를 요구하고 관련된 내용을 수집하기 시작했다. 그들이 서로 나눴던 이야기가 맞았다. 그 덕분에 국정감사에서 집중적으로 다룰 수 있었다.

어떨 때는 큰 문제가 있다고 판단해 많은 시간을 할애하며 집중하기도 한다. 큰 건을 잡았다 싶었지만, 진행 중에 해당 기관이 대책을 마련했다거나 알고 보니 별 내용이 아닐 수도 있다. 그럴 때는 과감하게 버려야 한다. 그동안 자료수집에 많은 시간을 할애한 수고는 어쩔 수 없지만 빨리 선택하는 것이 심적으로 도움이 된다. 아쉬운 마음에 억지로 짜낸다면 시간 낭비는 물론, 의미 없는 질의서가 된다. 다른 내용을 찾기 위해 빨리 단념하는 게 좋다. 질의서는 항상 예리한 비수가 되어야 한다. 날이 무뎌진 질의서로 예리한 질문을 던질 수 없다. 바둑판에 펼쳐지는 대결처럼, 상대의 다음 수를 예측하고 질의서를 작성해야 한다. 보좌진의 역할은 여기까지다. 예리한 칼날로 정확하게 상대방을 겨누는 역할은 전적으로 의원의 역량에 달려 있다. 칼 손잡이로 아무리 상대방을 겨눠봐야 겁을 먹게 만들 수도 없을뿐더러, 오히려 들고 있던 예리한 칼날에 자신의 손만 베이기 십상이다.

의원들은 항상 국정감사가 끝이 나면 스스로 평가하기를 "큰 각오로 주마가편(走馬加鞭) 하고자 했지만, 주마간산(走馬看山)이 되어버린 국감을 마치면서 아쉬움이 남고 부끄러움이 없을 수 없습니다."라는 표현을 많이 한다. 아마도 그럴 것이다. 짧은 질의 시간에 수많은 기관을 감사하는 데 한계가 있고, 이날을 위해 철저하게 준비한 내용을 소화하지 못한 자신의 반성이라 할 수 있다. 의원보다 밤새 고생하며 준비해온 보좌진의 마음이 더 아쉬울 것이다.

나는 이러한 문제를 조금이나마 해결하기 위해 국정감사나 상임위 질의서를 작성할 때 웬만하면 1꼭지당 2페이지 분량을 넘기지 않으려고 노력한다. 분량을 넘기더라도 추가하고 싶은 내용이나 참고사항은 중간중간에 네모 칸에 첨부하는 방식으로 작성하는 편이다. 내용이 많으면 핵

심적인 내용에서 벗어나 뭘 다루는지 모를 수 있기 때문이다. 또한, 질의 서를 쓸 때 어려운 전문용어를 섞어서 쓰면 의원과 본인 이외에 다른 사람들은 뭘 질문하는지 모를 수 있다. 어쩔 수 없는 용어 선택을 제외하고는 누구나 이해할 수 있게, 쉽게 써야 한다. 내가 지금까지 겪어 본 가장 훌륭한 질의서는 구구절절 추가 설명을 하지 않아도 누구나 한눈에 보고 이해할 수 있게 작성된 것이다. 즉 의원이 쉽게 이해하고 의원의 질의를 듣는 사람들이 바로 이해될 수 있도록 작성된 질의서라고 할 수 있다. 질의서를 읽는 의원이 작성한 보좌관보다 관련 내용에 대해 더 정통하기 힘들다. 글을 쓰는 작가나 기자들도 어떤 글이든 그 글을 읽는 사람 수준에 맞춰야 한다고 말한다. 한마디로 초등학생이 이해할 수 있게 쓰도록 권유한다. 질의서는 글이 아니라 말하기와 같다. 질의서는 서면 형식이 아닌 구두 형식으로 작성한다. 보좌관이 질의서를 작성할 때 의원의 어투와 행동을 상상하면서 쓴다. 그래서 어려운 용어와 외래어가 많을수록 의원의 입은 더 꼬일 수가 있다. 질의 도중 의원이 말을 더듬기라도 하면 얼마나 창피한 일인가.

『대통령의 말하기』의 저자 윤태영은 이렇게 말했다.

"기본은, 이해하기 쉬운 언어다. 물론 멋있는 표현이 있으면 좋을 것이다. 그만큼 전달력도 높아진다. 그러나 미사여구가 명문장의 요건은 아니듯이, 명연설을 만드는 바탕도 멋진 표현만은 아니다. 무엇보다 기본은 이해하기 쉬운 언어다. 사람들은 어렵고 현학적인 용어에 감동하는 것이 아니다. 해답은 오히려 쉬운 표현에 있다. 그것은 우리가 일상에서 사용하는 언어일 수도 있다."

글과 말은 글을 쓰고 말하는 사람의 것이 아니라, 그의 글과 말을 보고 듣는 사람의 것이라는 것을 결코 잊어서는 안 될 것이다. 내 중심이 아닌 타인의 관점에서 바라보자.

질문은 의원이 기관장에게만 하는 게 아니다. 의원이 준비하라고 지시한 내용을 질의서에 담기 위해서는 보좌관은 의원에게 수시로 질문해야 한다. 만일 완성된 질의서가 의원이 원하는 방향과 다르면 다시 써야 하므로 시간 낭비가 될 수 있기 때문이다. 의원에 따라 원하는 질의 형식이 달라서 내가 하는 방식이 다 맞을 수는 없다. 보고서 형식을 원하는 의원, 언론 내용을 질의서 형식으로 해달라는 의원, 본인 스스로 발굴해 질의하는 의원 등 의원이 원하는 형식은 다양하다. 다만 공통점은 질의서 내용에 군더더기가 있어서는 안 된다는 것이다. 그리고 모든 걸 의원이 원하는 방식에 맞춰야 한다. 보좌관이 아무리 똑똑하고 전문직 출신이라도, 심지어 베스트셀러 작가 출신이라도 의원에게 모든 걸 맞춰야 한다. 철저한 자료 분석을 통해 의원 숨소리에 맞게 톤에 맞게 말의 속도에 맞게 정리해야 한다. 너무 욕심낼 필요는 없다. 핵심 부분만 정리해서 질의서에 담으면 된다. 통계자료를 넣고 싶으면 중요한 수치만 포함하고, 참고자료 형식으로 첨부하면 된다. 욕심이 과하면 질의서는 군더더기가 된다. 욕심부리지 말자. 질의서에 포함이 안 되더라도 보도자료나 블로그에 구체적으로 녹여 넣으면 된다. 이 또한 나만의 방식이니, 의원의 입맛에 맞게 준비해야 한다. 의원에게도 질문을 던지자.

국회 사무처 직원인 선배가 자신의 후배를 데리고 의원실로 찾아왔다. 그의 후배는 의원실을 통해 '해상 인명구조대 발대식'을 국회 회의실에서 했으면 한다고 했다. 그런데 그의 명함에는 발대식을 주최하려는 협회와 전혀 성격이 다른 '○○○○운동본부'라고 기재되어 있었다. 조금 이상하다는 의심이 있었지만, 선배의 지인이라 더는 물어보면 예의가 아니라는 생각에서 행사에 관한 이야기만 나눴다. 나는 그에게 '국회 규정상 발대식은 할 수 없으니, 토론회를 포함해 마지막에 발대식을 하자'고 제안했다. 다음날 그 후배는 협회 회장과 사무국장을 대동해 의원실로 와 행사 준비 논의를 이어갔다. 행사 일정을 정하고 필요한 준비사항에 대해 빠른 진행이 이루어졌다. 토론회 자료집과 포스터, 초대장 등 모든 준비가 마무리되고 행사만 잘 치르면 된다고 생각했다.

그런데 한 가지 걸리는 게 있었다. 행사 내용과 전혀 맞지 않는 선배의 지인이 지정토론자에 이름을 올린 것이다. 협회 회장이 무조건 올려야 한다고 했다. 나는 의문이 들었다. 기사를 검색해도 별다른 문제점을 발견할 수 없었다. 그런데 행사 하루를 남겨두고 협회 관계자가 전화가 왔다. 관계자 얘기는 '회장이 업체와 짜고 회원들에게 해상 장비를 팔려는 속셈에 행사한다.'라는 내용이었다. 그렇다면 '운동본부 관계자는 누구냐고 물어봤지만, 그에 대해서는 전혀 모른다고 했다. 나는 바로 회장에게 전화를 걸어 상황을 설명하고 해상 장비 시연회는 행사 순서에서 제외하겠다는 통보와 함께 그에 따르지 않으면 행사는 취소시키겠다고 말했다. 회장은 처음에는 반발했지만, 나중에는 수긍하며 따르기로 했다.

나는 행사 당일에도 회장과 선배의 지인에게 다시 한번 신신당부를 했다. 행사는 순조롭게 진행되고 있었다. 2명의 발제자와 3명의 토론자 발표가 끝났다. 그런데 염려했던 일이 터졌다. 마지막 토론자로 나선 선배 지인의 토론이 끝나자마자 관람석 여기저기에서 고성이 오갔다. 심지어 '사기꾼'이라며 온갖 욕설이 난무했다. 한마디로 행사장은 난장판 그 자체였다. 국회방송에서 녹화 중계도 하고 보도자료도 발송했는데, 더 이상의 행사 진행은 힘들어 보였다. 나는 단상으로 올라가 행사 종료를 선언하고 급하게 마무리 지었다. 협회 회장과 선배 지인에게 쫓아가 '앞으로 이런 식으로 국회를 이용하지 말라'고 충고하고 해산시켰다. 어찌 보면 그 협회와 선배 지인에 대한 정보를 제대로 파악하지 못해 일어난 내

불찰이었다. 당연히 의원에게 호된 질책을 받았다. 당분간 자숙의 시간을 가졌다. 그를 소개해준 선배는 내게 수십 번을 미안하다고 했다. 그 선배가 무슨 잘못이 있겠나. 선배를 속인 그 지인과 꼼꼼하게 확인하지 못한 나의 잘못이거늘. 이후로 모든 것에 질문을 던졌다.

06

매일 30분, 신문 사설 타이핑하기

눈 뜨자마자 머리맡에 놓여 있는 핸드폰을 켜, 모시는 의원 기사부터 검색하는 것으로 보좌관의 하루가 시작된다. 전날 나간 보도자료 기사가 얼마나 나왔는지, 혹시 의원의 신상과 관련된 기사는 나오지 않았는지 검색부터 한다. 10분 정도 누워 뒤적거리다가 그제야 기지개를 켜고 일어난다. 출근하자마자 컴퓨터를 켜고 바탕화면에 깔린 온라인 신문 지면 화면을 본다. 몇 년 전만 해도 종이신문을 보는 게 편했지만, 지금은 어느 정도 습관이 되어 온라인 신문이 더 편해졌다. 내가 원하는 기사를 깔끔하게 스크랩도 할 수 있고 필요한 검색을 쉽게 할 수 있다. 상임위 관련 기사에 관해서는 해당 기관에 자료를 요구하거나 법률안 개정안이 필요한 경우에는 개정안을 만들어 공동발의를 요청하기도 한다. 신문을 읽고 난 이후에는 보수 및 진보 성향의 신문에 공통으로 실린 사설 내용을 모니터 화면에 띄어놓고 한글 파일 빈 여백에 그대로 타이핑한다. 어떤 문제점에 대해 바라보는 시각이 서로 다르기 때문이다. 이때 머릿속에는 '왜?'라는 단어를 떠올리며 그대로 옮겨 적는다. 이런 훈련을 꾸준히 하다 보면 문제에 대한 시각이 넓어지고 글을 쓰는 데 큰 도움이 된다. 특히 기고문과 성명서 같은 글을 쓸 때 지난번에 신문 사설을 옮겨 적었던 내용이 떠오르기도 하고 자신도 모르게 필력이 늘어난 것을 알 수 있을 것이다. 보좌관이라면 어느 정도 작문 실력을 갖춰야 한다. 만일 그렇지 않다면 매일 30분 정도 신문 사설을 그대로 타이핑하는 연습을 꾸준히 하다 보면 기본적인 글쓰기 흐름을 쉽게 습득할 수 있을 것이다. 자신에게 맞는 더 좋은 방식이 있다면 굳이 내 방식대로 할 필요는 없다. 다만 내게는 큰 도움이 되어온 방식이고 쉽고 빠르게 글쓰기 실력을 향상할 수 있다는 생각에 공유하고자 한다.

선배 보좌관들이 입에 침이 마르도록 항상 하는 말이 있다. '보좌관은 작문 실력도 있어야 하지만 기관으로부터 받은 자료를 해석할 수 있는 능력도 필요하다'고 했다. 그런데 무엇보다 가장 글을 잘 쓰는 보좌관은 '의원 입맛에 맞는 글을 쓰는 사람'이라고 말했다. 또 어떤 선배는 '베스트셀러 작가나 기자 할아비가 글을 써서 주더라도 의원 입맛에 맞지 않으면 쓰레기통에 들어간다.'는 과한 표현을 하기도 했다. 나는 이 말을 이해할 수 없었다. 보좌관은 작문 실력이 필요하고 자료를 보는 능력이 필요하다는 말에는 적극적으로 공감하지만, 의원의 입맛에 글을 써야 한다는 말은 이해가 되지 않았다. 특히 온종일 글만 쓰는 '유명 작가가 쓴 글인데 설마 의원이 마음에 들지 않겠나.'라는 의문이 들기도 했다. 하지만 선배들이 했던 말이 하나도 틀리지 않는다는 걸 얼마 지나지 않아 알게 되었다. 나는 기자 출신 보좌관들과 함께 일한 적이 많았다. 그들 나름대로 기자라는 자부심으로 글을 잘 쓰는 보좌관이었다. 그런데 의원은 다른 보좌진들이 쓴 글이나 질의서에 대해서는 별말이 없다가 그 기자 출신 보좌관이 쓴 글에 대해서는 호통이 끊이지 않았다. 이유는 의원이 요구한 내용이 제대로 반영되지 않았거나 본인의 주장과 글쓴이의 고집이 가미되어 있었기 때문이다. 나 또한 내가 쓴 글에 대해 선배 보좌관과 의원에게 혼나고 깨지는 일이 허다했다. 오죽하면 하루에 한 번이라도 혼나지 않으면 온종일 불안하기까지 했을까!

대통령 연설비서관이었던 강원국 작가의 저서 『대통령의 글쓰기』에서도 이렇게 말한다.

"이 세상에 글을 잘 쓰는 사람, 생각이 뛰어난 사람은 많다. 하지만 김대중 대통령과 노무현 대통령의 연설문을 쓸 수 있는 사람은 별로 없다.

매일매일 이분들의 생각을 좇아간 사람만 쓸 수 있다. 그러니 스피치라이터는 글을 잘 쓰는 사람이 아니다. 생각이 많은 사람은 필요로 하지 않는다. 그런 사람일수록 자기의 생각으로 자기 글을 쓰려고 하기 때문이다. 노 대통령은 유시민 전 장관을 비롯해 내로라하는 문필가들에게 의견을 구하고 연설문 초안을 받아보기도 했다. 그것은 김대중 대통령도 마찬가지였다. 하지만 단 한 번도 채택된 적이 없다. 자신의 연설문이 아니라고 생각했기 때문이다."

의원실 첫 출근 날, 퇴근 무렵의 일이다. 의원이 갑자기 5분 발언을 준비하라고 했다. 나는 5분 분량에 맞춰 글을 썼다. 의원은 내가 쓴 글을 보고 추가할 내용을 알려줬다. 의원이 요구한 내용을 다 담아서 글을 썼지만, 의원 입맛에 맞지 않은 것처럼 보였다. 여러 번 수정하는 과정에서 의원이 짜증이 났는지, 내일 보자며 늦은 밤이 되어서야 퇴근했다. 첫인상이 중요하다는 생각에 밤을 새우며 2개의 안을 작성했다. 다음 날 아침. 의원이 책상 위에 올려진 5분 발언 원고를 보고 깊은 한숨을 내쉬며 "글을 왜 이렇게 써. 작성한 파일 내 메일로 보내."라고 말했다. 의원이 직접 작성하겠다는 거다. 한참 후 의원은 본인이 작성한 내용을 프린트해 시간을 재면서 읽고 있었다. 내가 보내준 내용에서 반 이상을 의원 입맛에 맞춰 수정한 것 같았다. 솔직히 잘 썼다고 볼 수 없었지만, 본인은 흡족해하며 내게 말했다.

"글은 이렇게 쓰는 거야. 말하려고 하는 내용을 간단하게 줄여서 다 넣고 왜 문제인지, 그리고 앞으로 어떻게 해야 할지 등에 대해 대안을 제시해야 하는 거야. 앞으로 그렇게 써!"

나는 더는 아무 말도 하지 않았다. 모든 것을 의원 입맛에 맞춰야 하고, 아무리 멋있게 잘 써도 본인 입맛에 맞지 않으면 잘 쓴 글이라고 볼 수 없다는 것을 새삼 깨달았다. 나는 의원이 수정한 내용을 수십 번 정도 읽었다. 다음에는 의원의 관점에서 꼭 맞는 글을 쓰겠노라고 다짐했다. 이때 의원의 질의한 내용을 지난 회의록이나 영상회의록을 참고해서 본다면 큰 도움이 될 것이다.

글쓰기의 원천은 독서라고 했다. 이 말을 모르는 사람이 어디 있겠나. 알면서도 과다한 업무에 쫓겨 제대로 실천하지 못할 뿐이다. 보좌진의 업은 더 그럴 것이다. 일반인들이 생각할 때 전문성을 추구하는 보좌진은 독서가 생활화된 것으로 생각할 수 있다. 입법부의 역할에 맞게 수많은 전문서적들을 읽을 것이라고 생각하는 이들이 많을 것이다. 하지만 현실은 그렇지 않다. 중간중간 짬을 내서 책을 읽거나 출퇴근 시간에 대중교통을 오가면서 읽는 수준에 그친다. 그마저 정기국회나 상임위 회의가 있는 날이면 책을 읽기보다 책상 위에 쌓인 자료를 읽는다는 표현이 맞을 수 있다. 나 또한 책을 읽기 좋아했지만, 보좌관이 되면서 점점 책과 담을 쌓기 시작했다. 몇 년 전만 해도 1년에 200권 가까운 책을 읽었지만, 지금은 30권도 읽기 힘들어졌다. 어떨 때는 책 한 권으로 한 달을 씨름하며 겨우 마침표를 찍기도 한다. 바쁘다는 핑계도 있지만, 솔직히 게을러졌다는 게 내 결론이다. 그렇다고 책과 담을 쌓는 건 아니라는 생각에 어느 때부터 좋은 글이나 명언 등을 찾아 읽고 빈 여백에 손글씨로 그대로 따라 쓰는 버릇이 생겼다. 그 이후로 좋은 책을 사서 읽고 좋은 내용의 글을 따라 쓰거나 신문에 나온 내용 중에 도움이 되는 글을 그대로 따라 쓰기를 반복한다. 또 일하다 힘이 들거나 머릿속이 복잡할 때도 내게 도움이 되는 글을 찾아 그대로 써본다. 그럴 때마다 손이 즐거워지고 좋은 생각들이 마음에 새겨지는 느낌을 받곤 한다. 독서를 하는 건 아니지만 좋은 글을 따라 쓰는 것만으로도 큰 힘이 된다. 특히 의원의 블로그나 페이스북 글을 쓸 때 감성이 묻어나는 글이 저절로 나올 것이다. 하루 30분 아니 하루 10분이라도 필사를 시작해 보자. 남의 글을 베껴 쓴다고 생각하지 말고 그 글을 내 마음에 새긴다고 생각하자. 분명 값진 것을 얻을 수 있을 것이다.

국회의원은 지역민이나 남들에게 천사같이 친절하다. 그리고 소탈해 보이려고 SNS를 통해 홍보하는 데 적극적이다. 토론회나 행사 참여, 배식 봉사, 연탄 배달, 쌀 배달, 교통 봉사대, 방범대, 환경미화 봉사활동 등 의원들의 SNS는 쉬는 날이 없을 정도로 매일같이 사진과 함께 글을 올린다. 이 글들을 보는 사람들은 의원의 활동을 사진 몇 장과 틀에 박힌 글을 보고 진정성 있게 받아들일까? 전혀 그렇지 않다. 나부터가 그런 글을 읽지 않는다. '아. 어디 가서 이런 활동을 했구나!'라고 생각한다. 그래도 그 정도로라도 생각해주면 다행이다. '또 쇼하고 있네!'라고 생각한다면 하지 않은 것만 못하다. 하지만 글에 진정성을 담아 보면 어떨까. 그리고 '언제 다시 하겠다.'라는 약속 글을 쓰고, 약속에 맞춰 그 일정을 다시 진행한다면 의원의 진정성을 조금이나마 믿어주지 않을까.

직접 글을 쓰는 의원도 있지만, 대부분 SNS 담당 보좌진이 매일 글을 써서 올린다. 의원의 감정을 대신 표현해 글을 쓰다 보니 글에서 딱딱함이 느껴진다. 어쩔 수 없다. 내가 의원에 빙의가 되어 글을 쓰지 않는 이상 의원의 생각을 전달하기에는 역부족이다. 그렇다고 틀에 짜인 글을 쓰는 건 지역민들에게 흥미를 끌지 못한다. 그동안 꾸준하게 좋은 글을 필사한 내용을 찾아 주제에 맞게 접목하면 그나마 글에서 딱딱함보다 감성을 끌어낼 수 있다. 나는 글을 잘 쓰지 못한다. 하지만 글을 잘 쓰기 위해 좋은 글을 찾아 그대로 따라 쓴다. 실력이 없으면 노력이라도 해야 한다는 생각에서다. 〈나는 보좌관이다〉 책을 쓰면서도 과연 잘 쓰고 있는지, 부족함은 없는지에 대한 두려움이 먼저 들기도 한다. 출판사에서도 누구나 공감할 수 있게 더 쉽게 써달라고 했다. 내가 가진 지식이 부족해서 책을 어렵게 쓰지 못한다고 했다. 그렇다고 독자들에게 공감이 될 수 있을지도 모르겠다. 다만 그동안 내가 해왔던 방식과 연습을 무기 삼아 글을 쓸 뿐이다. 내가 쓴 책을 본 독자들이 나의 부족함을 채워주며 읽어주기를 바라면서 떨리는 손으로 자판을 두드린다.

내 책상의 우측에 놓인 책장에는 좋은 글들을 그대로 따라 쓸 수 있도록 출판된 '필사 노트' 책이 5권 정도 꽂혀 있다. 힘이 들 때 가끔 빼서 2~3개 정도의 내용을 그대로 쓰고 다시 꽂아 놓기도 한다. 그리고 매일 책이나 신문을 읽으면서 좋은 내용이 나오면 그대로 따라 쓰곤 했다. 지금은 습관이 되어 하루라도 하지 않으면 허전할 정도다. 필력도 늘지만, 글씨체 또한 몰라보게 달라진다. 최근 정치권에서는 젊은 야당 대표의 방명록 글씨체를 두고 '디지털 세대, 컴퓨터 세대들의 글씨체는 원래 다 이런가. 그렇다면 죄송하다.'라는 조롱 섞인 말로 논란이 일었다. 요즘 세대는 대부분 핸드폰이나 컴퓨터, 태블릿을 사용하는 데 익숙하기 때문이다. 그렇다고 디지털 세대는 글씨를 못 쓴다는 생각은 성급한 판단이다. 글씨 또한 개인의 개성이 다르고 꾸준히 연습하면 더욱 잘 쓸 수 있다. 하루에 10분 정도만 할애해서 짧은 글이라도 손글씨로 써보는 연습을 하면 어떨까. 지금부터 천천히 글을 쓰는 습관을 지녀보자. 아무리 디지털 시대라지만, 언제 어디서 아날로그 필기구를 사용할 일이 생길지 모르지 않는가.

07

보좌관의 역량이 의원의 성장으로 이어진다

지역구 의원들은 가을이 되면 국정감사 시작과 함께 지역과 국회를 슈퍼맨처럼 날아다녀야 한다. 가을 체육대회나 단합대회 같은 대규모 행사가 지역에서 많이 열리기 때문이다. 내가 모셨던 의원도 아침 일찍 비행기를 타고 지역 행사에 참석하고 국회 회의 참석을 위해 서울로 왔다가 오후 늦게 다시 지역 행사 참석을 위해 지역으로 내려간다. 아무리 체력이 좋은 운동선수라도 장거리를 수차례를 왔다 갔다 하면 녹초가 된다. 국회의원도 체력이 좋아야 할 수 있다. 그러나 의원이 행사에 억척같이 얼굴을 내밀어도 지역민들은 한결같이 '지역에서 얼굴 한번 본 적 없다.'라고 말한다. 심할 때는 '다음에 찍어주나 봐라!'라는 식이다. 그렇다고 소홀할 수 없다. 다음 선거를 위해 더 열심히 다녀야 한다. 사람의 마음을 훔쳐야 표를 얻을 수 있기 때문이다. 의원이 행사에 참석하면 보좌진들은 항상 인사말을 준비해야 한다. 의원 중에는 아무 준비 없이 현장에 비치된 자료집만 보고 인사말을 하거나, 핵심만 골라 아주 짧게 말하는 의원, 보좌진이 준비한 인사말을 국어책 읽듯 줄줄 읊는 의원도 있다. 무엇보다 보좌진들이 가장 싫어하는 타입은 학교 조회 시간에 교장 선생님이 훈시하듯 긴 시간 연설하는 의원이다. 어려운 고사성어를 써가며 자신의 경험담, 행사와 전혀 무관한 내용까지 얘기하기도 한다. 의원이 말하는데 중간에 끊을 수도 없고 난감한 경우가 종종 일어나곤 한다. 의원이 다른 일정이 겹쳐 행사장에 참석하지 않더라도, 며칠 전부터 주최 측에서 책자에 들어갈 축사를 요청해 온다. 평소에는 한 달에 2~3건의 요청이 들어오지만, 가을 무렵에는 하루에 5건 이상 들어오기도 한다. 의원의 성향에 따라 보좌진이 어떻게 하는지는 다를 수 있지만, 구두 축사의 경우 행사 취지와 단체 성격, 비전 제시 등 간단하게 핵심만 정리해서 의원에게 전달했다. 그런데 대부분 행사 책자 지면에 실릴 서면 축사이다 보니 문장의 흐름과 오타를 꼼꼼히 살펴봐야 한다. '누가 축사를 본다고…. 그냥 대충 써서 보내주면 되지!'라고 말하는 보좌관도 있다. 그건 그렇게 말하는 보좌관이 대충 일해왔기 때문이다. 의원의 인사말이 책자에 담겨 있으면 정작 바쁜 일이 있어 참석을 못 했더라도 책자에 나와 있는 서면 축사를 보고 참석했다는 느낌을 받을 수 있다. 그리고 누가 더 잘 썼는지 다른 서면 축사와 비교하는 사람도 있다. 특히 지역의 어르신들은 한 글자씩 놓치지 않고 꼼꼼히 살펴본다. 경로당에 모여 앉아 담소를 나누면서 '누가 잘 썼더라'라며 칭찬을 해주기도 한다. 어떨 때는 경로당 회장이라는 분이 의원에게 직접 전화를 걸어 '행사 책자에 나온 축사를 잘 봤다.'라며 '시장보다 글을 잘 썼다.'라고 칭찬하는 일도 있다. 그럴 때는 의원도 보좌진도 기분이 좋아지곤 한다.

오래전 외교통상통일위원회 소속 의원을 모셨다. 지금은 통상 분야가 빠진 외교통일위원회로 명칭이 바뀌었다. 국회 상임위 중 유일하게 해외에 나가 국정감사를 실시한다. 국정감사 20일 중 시작하는 2일 차와 마지막 종합감사 2일 차를 제외하고 나머지 기간은 미주반, 아프리카 중동반, 이주반, 구주반 등으로 반을 구성해 해외공관에서 실시한다. 의원이 출국하면 외통위 소속 보좌관들은 보좌진들에게 휴가를 주기도 한다. 이러한 이유로 보좌관들이 가장 선호하는 위원회이다. 당시 우리 의원은 미주반에 포함되었다. 2일 차 국감이 끝나고 의원이 출국하기 전이었다.

"내가 다녀올 동안 남북회담 관련해서 분단 이후부터 지금까지 몇 차례나 있었고, 회담 때마다 대표단 구성은 어떻게 되었는지 전수조사해서 자료집으로 만들어봐."
"어떤 내용을 확인하시려고 하십니까?"

"한마디로 카운트파트 현황을 보자는 거야."

"네. 알겠습니다. 우선 몇 개만 정리해서 의원님이 말씀하신 방향이 맞는지 출국 전에 보고드리겠습니다."

나는 머리를 굴려 결과로 보여줄 수 있는 2개 안을 만들었다. 다음날 보좌관과 함께 인천공항으로 가 의원의 짐을 부치고 의원이 해외에서 사용할 달러를 환전해 의전실로 향했다. 의원이 지시했던 자료를 보고하고, 그중 1개의 안을 정리하라고 말했다. 의원이 출국하는 모습을 보고 보좌관과 나는 곧장 의원실에 들어왔다.

선임보좌관은 보좌진을 2개 조로 나눠 3일씩 휴가를 지시했다. 그러나 나는 의원이 오기 전까지 자료집을 완성해야 했다. 2일 정도면 마무리될 줄 알았다. 나의 착각이었다. 남북 분단 이후 700개나 되는 회담을 혼자 감당하기에는 무리라고 생각했다. 그렇다고 휴가를 간 보좌진을 부를 수도 없었다. 나는 휴가를 반납하고 5일간에 걸쳐 혼자서 마무리했다. 이 중 하루는 당연히 밤을 새웠다. 선임보좌관에게 작성한 자료를 보여주고 바로 제본을 맡겼다. 다음날 자료집이 나왔다. 의원이 입국하는 날 자료집을 의원에게 보여줬다. 대충 훑어보더니 '정말 고생했다'며 함박웃음을 지었다. 의원은 마지막 날 통일부 국정감사에서 통일부 홈페이지에 제공되는 북한 정보가 엉망인 것을 두고 장관을 몰아붙였다.

"통일부가 정세분석국을 만들어서 30여 명. 작년에 56억 원이고, 내년에 100억 원 넘게 쓰겠다고 예산을 신청한 것 아니겠어요? 가장 기본 중의 기본이 상대방을 파악하는 거예요. 지피지기 아니겠습니까?"

"그렇습니다."

"30명이나 되는 정세분석국 뭐 하려고 만들었습니까?"

"그 부분에 대한 지적에 대해 저희가 정말 송구스럽다는 말씀을 드리고…."

"저희 보좌관 한 사람이 며칠 동안 하니까 바로 만들어서 바로 지금 이만한 자료집을 내서, 북한의 인명록까지 내서 참석한 사람이 누구고 이 사람의 학력은 뭐고 여기저기 찾아서 만든 것입니다. 그런데 지금 수십 명이 앉아서 수십 억의 예산 쓰시면서 북한이 당 대회 한 지가 한 달이 지났는데 우리 정부 공식 사이트가 이렇게 엉망진창으로 서로 다르고 정보도 없어요."

의원의 질의에 장관은 아무런 변명도 하지 못했다. 오전 질의가 끝나고 점심을 위해 잠시 정회가 선언되었다. 장관과 다른 의원들이 우리 의원 자리로 찾아와 '언제 그런 걸 다 준비했냐'며 아낌없는 칭찬과 함께 자료집을 하나씩 들고 갔다. 의원이 자리에서 일어나며 내게 말했다.

"잘했어. 정말 고생했다."

그동안 쌓인 피로가 말끔하게 날아가는 것 같았다. 의원의 칭찬에 보좌진은 더 열심히 일하는 동력을 얻는다.

항상 멋진 일만 펼쳐질 것 같던 보좌관의 하루는 매번 살얼음판 위에 놓여 있다. 특히 국정감사가 시작되면 더한 기분이 든다. 회의가 열리는 날이면 항상 의원의 뒷자리에 앉아 언제 부를지 모를 3초 대기조를 자처하기도 한다. 여느 때처럼 말끔한 정장에 넥타이를 목에 두르고 의원의 뒷자리에 앉아 대기한다. 참으로 보기 좋은 광경이다. 이 장면을 1~2시간 전으로 되돌려보자. 사무실 책상에 엎드려 혹은 회의실 '라꾸라꾸' 간이침대에서 쪽잠을 자고 일어난다. 비몽사몽인 상태에서 며칠째 감지 못한 머리와 운동복 차림, 피곤함에 축 늘어진 어깨, 다리는 힘이 풀려 슬리퍼를 질질 끌고 샤워장으로 향한다. 마치 의원에게 물린 좀비가 된 기분으로 양치를 한다. 의원이 출근하기 전에 대충 씻고 나오기도 한다. 이러한 과정을 거치고 나서야 사람처럼 보인다. 밤새 준비한 질의서와 자료를 들고 회의장으로 향하는 발걸음은 내 의지가 아닌 무엇인가에 떠밀려 걸어간다. 회의장에 도착하면 가져온 자료를 의원 자리에 놓고 뒤쪽에 마련된 보좌진석에 앉는다. 의원이 고개만 돌려도 바로 달려간다. 여야 의원들이 사전회의를 마치고 한꺼번에 우르르 입장한다. 위원장이 의사봉을 두드리면 비로소 회의가 시작된다. 보좌진 모두가 긴장한다. 의원이 질의하다 논조가 이상한 방향으로 흘러가면 보좌진들은 약속이나

한 듯이 해당 의원의 보좌진을 쳐다본다. 특히 대쪽같은 기관장을 만나면 보좌진들은 긴장의 끈을 놓치지 않는다. 기관으로부터 받은 자료를 바탕으로 정확한 통계치를 질의서에 담았다고 하더라도 기관장이 인정하지 않는 경우가 있다. 의원이 질의한 내용에 대해 해당 기관장이 "그건 의원님이 제대로 모르시고 하시는 말씀입니다."라고 답변하는 날에는 보좌관이 더는 손쓸 방법이 없어진다. 이제부터는 의원의 개인기가 시작된다. 의원이 질의서에 대해 완전히 학습된 상태라면 기관장을 몰아세울 수 있지만, 반대로 질의서 내용을 잘 파악하지 못했다면 '아 그래요!'라고 인정을 하고 만다. 보좌관은 기관장의 답변 성향에 따라 스토리텔링 형식의 질의서로 작성하기도 한다. 의원이 어떤 질의를 했을 때, 기관장의 예상 답변을 작성해준다. 어떨 때는 괄호 속에 어떤 행동을 해야 하는지 '행동 지침'을 작성하기도 한다. 심지어 '책상을 친다!', '화를 낸다!', '피켓을 든다!' 등의 적절한 액션 지문 내용을 질의서에 넣기도 한다. 이러한 상황은 보좌진이 사실관계를 정확하게 파악해서 작성한 질의서이기 때문에 의원이 조목조목 따져 물을 수 있다.

한 해 전에 열린 국정감사에서 있었던 일이다. 통신사들이 통신선 설치를 위해 한전이 관리하는 전신주를 무단으로 사용하면서 위약 추징금이 발생한다는 내용으로 질의서를 썼다. 언론사를 통해 방송 뉴스까지 보도가 된 내용이었다. 하지만 의원이 속해 있는 상임위 관련 내용이 아니었다. 다만, 의원이 속해 있는 상임위 관련 내용은 아니었지만 전신주를 지중화하기 위한 사업이 진행되고 있는 가운데, 통신 정책을 담당하는 방통위도 적극적으로 나서 달라는 취지의 내용을 질의서에 담았다. 나는 방통위 위원장이 '우리 소관이 아니다'라는 식의 답변을 할 것 같아 담당 사무관과 여러 차례 통화했었다. 청와대가 전신주 지중화 사업을 공론화 추진 움직임이 있으니, 의원의 질의에 '적극'이라는 말은 하지 않더라도 '검토해 보겠다.', '해당 기관과 협의하겠다.' 정도만 위원장 답변서에 담았으면 좋겠다고 신신당부를 했다. 국정감사가 있는 당일에도 얘기했었다. 그런데, 의원의 질의에 위원장은 "저희가 관리하는 데이터가 아닙니다."라고 답변하는 게 아닌가. 나는 자리에서 일어나 메모지와 볼펜을 챙겨 의원 뒤에 바로 서 있었다. 위원장 답변에 반박하는 내용을 메모해 의원에게 전달하기 위해서였다. 위원장이 답변하는 시간에 메모지를 의원에게 전달했다. "의원님 이쯤에서 마무리하시고, 관계 기관과 협의해서 지중화 공론화 사업에 위원장도 신경을 써달라는 취지로 말씀하고 끝내시면 됩니다."라고 적어 의원에게 전달했다. 위원장은 "관계부처하고도 한번 상의를 해보겠습니다."라고 답변하면서 아슬아슬하게 마무리되었다. 순간 가시방석에서 벗어나는 것 같았다. 매끄럽지는 않지만, 이 정도의 답변이면 그나마 다행이었다. 나는 안도의 한숨을 내쉬었다.

문제는 제대로 확인하지 못한 잘못된 내용의 질의서가 의원의 질의로 이어진다면 낭패가 된다는 것이다. 무엇보다 기관장이 해당 분야에서 최고의 전문가인 데다가 성격도 만만치 않으면 그냥 넘어갈 리 없다. 눈치가 빠른 의원이라면, 잘못된 정보라는 것을 바로 인정하거나 '다시 확인해서 나중에 질의하겠다.'라고 말하고 다음 질문을 이어간다. 그런데 의원이 기관장 못지않은 성격이라면 회의장은 진실 공방으로 변질하기도 한다. 서로 언성이 높아지고 동료 의원들은 기관장의 답변 태도를 지적하기까지 한다. 의원이 질의서가 잘못된 사실을 알게 된다면 질의서를 작성한 보좌관의 운명은 의원에 따라 해임과 용서 중 하나다. 보좌관에게 더는 선택권이 없다. 내가 쓴 질의서가 단순한 종이가 아니라 의원의 성장을 결정짓는 중요한 무기가 된다. 보좌관의 역량이 곧 의원의 성장으로 이어지기 때문이다.

4

보좌관, 철저하게 조연으로 사는 사람들

01
_____

보좌관, 얼굴 없는 사람들

최근 모 방송사 드라마 〈보좌관〉을 통해 '세상을 움직이는 사람들'이라는 소재로 보좌관이 많은 사람에게 소개되었다. 보좌관인 나로서는 기분이 나쁘지는 않다. 보좌관이라는 업을 너무 과장해서 표현하기는 했다. 하지만 국회의원을 보좌하면서 국민을 위한 법을 만들고, 국가의 주요 정책과 600조 원에 가까운 예산을 편성하는 데 깊숙이 개입하기 때문에 완전히 틀린 표현은 아니다. 보좌관이 세상을 어떻게 움직일 수 있겠나. 다만, 세상을 움직이기 위해 치열하게 싸우는 사람들이라는 표현이 더 맞지 않을까? 보좌관은 의원을 보좌하는 만큼, 자신을 감추고 철저하게 조연으로 살아가고 있다. 정치권에서는 보좌관을 '얼굴 없는 사람들', '국회의원의 그림자'라고 표현하기도 한다. 회의가 있을 때는 의원 뒤에 그의 보좌진이 자료를 들고 항상 뒤따른다. 의원이 행사장에 참석하면 그 반대편에서 카메라 셔터를 연발 눌러댄다. 그도 의원의 보좌진이다.

국회의원 한 사람을 보좌하기 위해 구성되는 보좌진은 총 9명이다. 4급 보좌관 2명, 5급 비서관 2명, 6급, 7급, 8급, 9급 그리고 인턴 비서가 함께한다. 국회의원이 주연이라면 보좌진들은 주연을 더욱 빛나게 해주는 조연의 역할을 하는 셈이다. 의원실마다 업무 분장을 어떻게 하느냐에 따라 조금의 차이는 있으나, 큰 틀에서 보면 정책과 정무, 행정, 수행, 지역 등으로 구분해 운영한다. 이 중 의원이 가장 중요하게 생각하는 건 정책이다. 지역구 의원 중에는 의원실에 정책담당 2명과 행정비서, 수행비서 총 4명만 두고 나머지 인원은 지역사무실 인력으로 운영하기도 한다. 이런 경우 국정감사 기간이 되면 의원 역량에 따라 정책담당 보좌진은 냉탕과 온탕을 수시로 오간다. 어떤 의원실은 혼자 준비를 한다고 하는데 내가 직접 겪은 적이 없는 일이라 호언할 수는 없다. 만일 그런 의원실이 있다면 보좌진 구성을 다시 했으면 하는 바람이다.

국정감사는 국회의원이 한해 의정활동을 얼마나 잘했는지를 평가하는 척도로 삼는다. 농부가 씨앗을 뿌리고 가을에 곡식을 수확하는 것처럼 국회의원도 국정감사를 통해 그간의 의정활동을 성과로 수확한다. 의원의 맹활약으로 언론과 여론에 집중되고 동료 의원들에게 칭송을 받기도 한다. 무엇보다 의원에 대한 긍정적인 이미지 부각으로 인해 국민적 관심을 끌게 된다. 의원 혼자서 가능하게 한 일이 아니다. 그의 뒤에는 항상 보좌진이 함께하고 있다. 보좌진들이 말 그대로 '대박'을 터트려도 모든 공은 의원의 몫이 된다. 다만 보좌진들은 그런 의원의 높은 성과에 만족하고 함께 기뻐한다. 의원이 좋은 평가를 받으면 의원실 보좌진들도 덩달아 실력을 인정받을 수 있다. 그것만으로도 큰 힘이 된다.

국정감사가 끝나면 긴장하는 보좌진이 있다. 실력이 문제일 수도 있고, 의원과 맞지 않아 짐을 싸는 보좌진들도 있다. 혹은 2년마다 상임위가 바뀌면 의원을 따라가지 않고 기존의 상임위에 배정받은 다른 의원을 보좌하는 보좌진도 있다. 전문성을 그대로 살리겠다는 의미다. 후자의 사례야 본인이 능력이 있어 어느 의원실이든 들어갈 수 있겠지만 전자의 경우는 다른 의원실을 찾아 들어가기가 쉽지만은 않다. 특히 평판이 좋지 않은 보좌진이라면 더욱더 어렵다. 의원회관에 울려 퍼지는 소문은 삽시간에 돌고 돌아 모든 보좌진이 알게 되기 때문이다. 문제는 본인만 모르고 있다는 것이다.

어느 날 후배 보좌관에게서 전화가 왔다. 후배 의원이 상임위 위원장이 되면서 비서 한 명을 추가로 채용한다고 했다. 나와 이전에 함께 일했던 비서의 이력서를 보고 평판이 어떤지 물어보기 위해 전화를 했단다. 그 비서에 대한 평판 조회가 들어온 것이다. 그 비서가 보냈다는 이력서 내용 중 2개 정도를 본인이 직접 한 게 맞는지 후배가 물어봤다. 다 거짓된 정보였고, 그 비서는 냉정하게 '아니다.'라고 말하고 싶었다. 그 비서와 함께 일하는 동안 의원실 모든 보좌진이 많이 힘들어했던 기억 때문이다. 그렇다고 내가 데리고 함께 일했던 비서를 있는 그대로 평가하는 건 도리가 아니라는 생각이 들었다. 나는 후배에게 "다 맞는 내용이고, 착하고 괜찮은 비서야. 일은 잘 가르치면 문제없이 할 수 있을 거야!" 라고 나름 좋은 방향으로 얘기해줬다. 며칠 뒤 그 비서는 후배와 함께 일하게 되었다. 나중에 들리는 말로는 본인 실력으로 위원장실에 들어갔다고 여기저기 얘기를 하고 다녔다고 했다. 어떻게든 들어갔으니, 본인 실력일 수도 있겠다 싶었다. 그 비서가 위원장실에서 일한 지 두 달여 정도 지났던 것으로 기억한다. 평판 조회를 해왔던 후배와 우연히 여의도 식당에서 마주하게 되었다. 그 후배는 나를 보더니 대뜸 "형님. 정말 너무하십니다. 어떻게 그런 친구를 뽑으라고 했어요. 형님은 정말 냉정하게 얘기할 줄 알았는데, 미치겠습니다. 위원장님도 답답해서 빨리 자르라고 합니다."라며 실망스러운 말투로 내게 말했다. 나는 후배를 볼 면목이 없었다. 그리고 며칠 뒤 저녁 식사까지 대접했다. 그 자리에서도 미안하다는 말이 끊임없이 나왔다. 이후 그 비서는 얼마 지나지 않아 위원장실을 그만두게 되었다. 본인 스스로가 아닌, 그냥 면직 처리된 것이다. 그 이후로도 다른 의원실 보좌관으로부터 그에 대해 평판 조회가 들어왔지만 나는 '알아서 판단해라!'라고 짧은 말만 하고 더는 많은 이야기는 하지 않았다. 내가 그 비서에게 지킬 수 있는 최대한의 배려였다.

어느 초선 의원의 이야기다. 일에 대한 열정이 많았다. 하고 싶은 거 안 하고 싶은 거 없이 모든 것을 다하고 싶어 했다. 그를 보좌하는 의원실 보좌진들도 덩달아 바빠진다. 어떤 때는 의원이 지시사항이나 궁금한 내용을 카톡으로 보내오면 답을 다느라 혼이 나갈 정도란다. 하나라도 놓치면 재차 물어보고 '급해요.'라는 말이 떨어지기가 무섭게 보좌진들은 누구라 할 새도 없이 관련 자료를 카톡에 올린다. 의원이 일정을 끝내고 의원실로 들어오면서 '보좌진들이 보내준 자료 덕분에 토론회에서 좋은 이야기를 많이 했다.'라며 흡족해한다. 그럴 때는 보좌관인 나로서도 기분이 좋아진다. 하지만 여기까지는 보좌진의 역량이 충분히 가동할 수 있다. 그런데, 정치 및 경제 전망이나 본회의, 상임위 회의, 토론회 끝나는 시간 등 예상치도 아니고 거의 정확한 시간을 물을 때도 있다. 어느 정도 예상은 하지만 상황에 따라 늦어질 수도 있는 것 아닌가. 다음 일정에 차질이 생길 수 있다며 끝나는 시간을 정확하게 예상해서 말해 달라고 한다. 미래를 예측하는 것은 불가능하다. 오죽하면 의원에게 '신내림 받은 용한 무속인을 보좌관으로 채용하자!'라는 웃지 못할 제안까지 했다고 한다. 의원실마다 '무속인 출신 보좌진을 채용할 수도 있겠구나!'라는 쓸쓸한 생각을 해본다.

수년 전 국회가 개원하면서 함께 일했던 선배가 있었다. 국회 사무처에 보좌진 등록을 하기 위해 모든 보좌진의 등록 서류를 챙겨 본청으로 갔다. 서류를 순서대로 정리해 제출하려는데 모르는 사람의 서류가 있고 선배의 서류는 없었다. 선배에게 전화해 물어봤지만, 그대로 등록해 달라고 했다. 나중에 선임보좌관에게 그 선배에 관한 이야기를 들을 수 있었다.

자세한 내용은 들을 수 없었지만, 사연은 이랬다. 이전에 모셨던 의원이 공직선거법 위반으로 의원직 상실에 처할 위기였다고 한다. 당시 그 의원의 보좌관이었던 선배가 대신 징역살이를 했다고 한다. 오래된 일이지만 피선거권 상실로 당분간 보좌관 등록을 할 수 없다고 했다. 사실인지는 잘 모르겠으나, 당시 주변의 많은 보좌진이 그렇게 이야기했다. 수개월의 시간이 지나서야 선배 이름으로 다시 등록했다. 선배의 국회 등록 기념으로 삼삼오오 모여 회식을 했었다. 당시 선배가 울면서 했던 말이 잊히지 않는다. "그동안 너무 힘들었다. 정말 자유를 얻은 것 같다. 아. 이제야 제대로 된 술맛을 느낄 수가 있구나." 그동안 보좌관의 삶을 사는 나에게 자유라는 단어는 사치에 불과했다. 하지만 그 선배에게서 자유의 의미는 달랐다. 사치가 아니었다. 본인에게 그 순간만큼은 어느 사람보다 가장 행복한 자유를 느끼는 것 같았다. 처음 그를 만난 이후 가장 행복해 보였다.

국회의원 선거가 끝나고, 낙선한 의원실 보좌관들은 당선자나 다른 의원실에 들어가기 위한 구직 활동으로 바쁜 하루를 보낸다. 일찍 구했거나 미리 약속을 받은 보좌진들은 마음이 편하지만, 국회 개원은 다가오는데 아직 구하지 못한 보좌진들은 살기 위해 필사적으로 발버둥 칠 수밖에 없다.

4년마다 정기적으로 겪어야 하는 보좌진의 일상이다. 어느 중진 의원은 보좌진을 채용할 때 사모가 모든 걸 관여한다고 한다. 그 사모는 단골 점집인지는 모르겠으나, 보좌관 채용 시 태어난 날과 시를 적어 의원과 잘 맞는지, 사주는 어떤지를 확인한 이후 점괘가 좋게 나오면 채용한다고 했다. 사모가 직접 보좌진을 점괘를 통해 채용하는 건 좀 아니지 않나. 그런데 그 의원실에 채용된 보좌진들은 오래 버티지 못했다. 점괘가 틀린 것인가. 국회의원 한 사람을 보좌하는 것도 힘든데, 의원과 사모 둘을 보좌해야 하니 보좌진 처지에서 2배로 힘이 들었을 것이다. 내가 아는 선배 보좌관도 6개월 이상 버티지 못하고 의원실을 나갔다. 일하는 능력과 성품이 좋기로 소문난 선배였다. 도대체 어떻길래 얼마 되지 않아 그만두는 것일까? 그런 의원실은 되도록 피하고 싶다. 국회 보좌진들의 평균 근속연수는 대략 4~5년 정도 된다고 한다. 대기업 평균 근속연수 12년에 비하면 2~3배 차이가 난다. 의원의 가족은 가정에서만 의원을 보좌해줬으면 좋겠다. 의원이 집을 나서는 순간부터는 훌륭한 보좌진들이 책임지고 보좌할 것이기 때문이다.

02

이상한 나라 여의도 보좌관

이른 새벽. 조찬 회의 준비를 위해 출근길에 나선다. 올림픽대로를 달리다 국회의사당 방면 여의 하류를 지나 여의도 국회로 접어든다. 매일 출근길에 느끼지만 마치 '이상한 나라의 앨리스'가 토끼굴에 문을 열고 들어가는 기분이다.

현실의 벽에 손을 대면 잔잔한 강물 한가운데 너울을 치듯 초현실의 세계로 나를 끌어들이는 것 같다. 앨리스처럼 초현실 세계에 들어가 기묘하고 의인화된 생명체들이 사는 세상에서 모험을 시작하는 느낌이 든다고나 할까? '오늘은 또 무슨 일이 생길까?'라는 걱정을 하며 이상한 나라 입구 안으로 들어간다.

다들 아침부터 분주하게 움직인다. 전날 조찬 회의에 참석 의사를 밝힌 의원실 비서에게 참석 여부를 재차 확인한다. 그리고 책상 앞에 세울 의원의 명패와 자료집, 메모지, 필기구, 생수병을 자리에 준비해둔다. 전날 미리 주문한 샌드위치와 커피도 의원들이 앉는 좌석에 올려놓는다. 오전 7시 30분에 시작한 회의는 오전 9시가 되면 끝이 난다. 회의장을 정리하고 의원실로 향한다. 조찬 회의가 있는 날이면 보좌진들은 회의 시간보다 1시간 일찍 출근해야 한다. 회의를 주최하는 의원실 보좌진들은 피곤함을 이끌고 긴 하루를 보낸다.

정책토론회가 있는 날이었다. 우리 의원실에서 주최하는 토론회라 모든 보좌진이 총동원되었다. 하필 내가 토론회 1부 사회를 봤던 날이었다. 전날 준비한 시나리오를 수십 번 읽고 또 읽어본다. 선임보좌관은 토론회에 참석한 귀빈들을 안내하고, 비서관은 참석하는 의원들과 기관장 등 주요 내빈들을 확인했다. 행사 진행 도중 늦게 오는 주요 내빈들에 대해서는 메모지에 인적 사항을 메모해 사회자에게 전달하면 사회자는 기회를 엿보고 소개를 해준다. 다른 비서들은 토론회장 입구에서 간단한 다과와 음료를 준비하고 자료집과 방명록, 명함통을 배치한다. 토론회가 시작되었다. 나는 시나리오에 맞춰 나름 순조로운 진행을 이어나갔다. 식순에 따라 국민의례와 내빈소개를 마쳤다. 내빈들의 축사 순서가 되었다. 주로 토론회를 주최하는 의원이 먼저 환영사를 한 이후에 내빈들의 축사가 이어진다. 현장 상황과 토론회 성격에 따라 순서는 바뀔 수도 있다. 축사하는 순서에도 '급'이 있다. 의원의 경우 대부분 당 대표나 원내 대표가 참석하면 가장 먼저 축사를 하도록 한다. 이어 상임 위원장, 선수가 많은 의원 순으로 진행한다. 가장 먼저 토론회를 주최한 우리 의원이 환영사를 하고 있었다. 다음 축사가 다선의 중진이고 상임위 위원장 순서였다. 의원의 환영사가 끝날 무렵 원내 대표가 앞으로 걸어와 내빈석에 앉았다. 이때 대표 비서가 사회자석으로 와서 내게 속삭이듯 말했다.

"대표님이 다음 일정 때문에 바로 나가셔야 할 것 같은데, 인사 말씀 먼저 하실 수 있게 해주세요."
"네. 저희 의원님 환영사 끝나면 바로 그렇게 하겠습니다."

비서가 대표에게 상황을 보고하는 것 같았다. 의원의 환영사가 끝나고 원내 대표가 축사하기 위해 강단에 올랐다. 그런데 토론회에 참석했던 상임 위원장 비서가 난감한 표정을 지으며 사회자석으로 달려왔다.

"죄송한데. 위원장님이 먼저 오셔서 기다리고 계시는데, 늦게 오신 원내 대표가 먼저 하면 어떻게 합니까?"
"죄송하게 됐고요. 대표님 다음 일정 때문에 가셔야 한다고 먼저 했으니, 대표님 끝나는 대로 바로 위원장님 올리겠습니다. 조금만 양해 부탁드릴게요."

"그게 아니라. 위원장님은 시작 전부터 앉아 계셨고, 대표님은 늦게 왔으면서 오자마자 축사시키는 건 아니잖아요?"

"저기 비서님. 그럼 대통령이 와도 위원장 먼저 축사시킵니까? 그리고 어떤 행사에서나 참석자에 대한 급이 있고 나이에 따라 순서대로 소개하잖아요."

나도 짜증 섞인 말투로 대응했다. 비서의 마음을 이해 못 하는 건 아니었다. 보좌진들 사이에서 위원장의 성품이 그리 좋은 평이 아니었기 때문이다. 하지만 축사는 먼저 온 순서가 아니라 어떤 위치에 있느냐에 따라 순서가 달라진다. 어디를 가나 비슷하지 않을까.

위원장을 비롯해 축사가 모두 끝이 났다. 본격적인 토론회 진행에 앞서 기념촬영을 했다. 위원장 비서가 다시 내게 와서 '미안하다'며 사과를 했다. 위원장과 원내 대표가 서로 사이가 안 좋다고 했다. 문제가 있을 때마다 '왜 못하냐?'며 사사건건 간섭하고 다른 의원실 보좌진들과 비교한다고 했다. 이날도 위원장이 그 비서를 불러 야단쳤다고 한다. 어떤 의원은 사회자가 자신을 소개하지 않았다고 따지는 의원이 있는가 하면, 의원 본인이 직접 사회자석으로 와 명함을 주고 자리에 앉는 의원도 있다. 또 축사를 시켜주지 않아 서운해하며 행사 진행 도중 퇴장하는 의원도 있고, 손을 들거나 비서를 시켜 축사하겠다는 의원도 있다. 이럴 때는 난감하기 이를 데 없다.

　대통령 후보 중 당선이 유력한 후보자가 참석한 결단식 행사가 열렸다. 나도 의원을 수행하기 위해 행사에 참석했다. 행사가 마무리될 무렵이었다. 식순에 따라 대통령 후보와 함께 기념촬영 순서가 되었다. 수십 명의 인파가 후보자를 중심으로 행사장 강단을 가득 채웠다. 서로 후보자와 함께 사진을 찍기 위해 혈안이 되어 있었다. 바로 옆자리는 아니지만, 의원은 후보자와 가까이에 자리를 잡고 있어 그나마 다행이었다. 강단 아래는 기자들과 보좌진들이 사진을 찍기 위해 자리 선점을 위한 몸싸움도 서슴지 않았다. 나도 끼어 있었다. 카메라 플래시가 쉴 새 없이 터지는 가운데, 후보자 옆구리 쪽에서 이상한 검은 물체가 낑낑대며 들어왔다. 드디어 전신을 드러낸다. 어떤 의원이 후보자와 함께 사진을 찍기 위해 비좁은 틈을 비집고 들어온 것이다. 태연한 척하며 웃는 모습이 가관이었다. 대선 후보자 옆자리 쟁탈전은 언론에 자연스럽게 홍보가 되는 효과도 있지만, 후보자와 함께 찍은 사진이라도 있어야 의정 보고서 사진 자료로 활용할 수 있다. 특히 대통령에 당선되면 의정 보고서는 물론, 선거공보에 함께 찍은 사진을 홍보용으로 유용하게 쓸 수 있다. 이런 사진을 확보할 수 있다면 보좌진에게도 '가뭄에 단비'와 같은 사진 자료가 된다.

국회에는 이상한 습관이 있다. 의원에 대한 보좌진의 의전이다. 그렇다고 정해진 것도 아니다. 하지만 분위기가 습관처럼 관행이 되어 있다. 의원 중에는 의전에 대해 별로 신경을 쓰지 않거나, 반대로 노골적으로 의전을 바라는 의원이 있다. 심지어는 차 문을 열어주지 않는다고 화를 내는 의원도 있었다. 해를 거듭할수록 의원에 대한 의전이 간소화되고 있다. 과거처럼 의전을 잘못해서 해고되는 일은 거의 없으니까. 과거에는 의원회관 입구의 정문과 바닥에 깔린 레드 카펫은 의원들의 전용 통로였다. 보좌진들은 양쪽 회전문을 이용해 출입했었다. 당시 무의식 결에 레드 카펫을 지나 정문을 통과할라치면 지키고 있던 방호과 직원이 제재하던 때가 있었다.

지금은 누구나 자유롭게 출입할 수 있다. 의전의 사전적 정의는 타인에 대한 상식과 배려를 바탕으로 국가 간의 관계 또는 국가가 관여되는 공식행사에서 개인 및 국가가 지켜야 할 일련의 규범을 의미한다. 쉽게 말하면, 각종 행사나 일정 중에 다른 사람이 나에게 예의를 갖추어 안내하는 것이라고 볼 수 있다. 이런 관점에서 보면 대통령은 물론, 국무총리 등 장·차관, 국회의원 등 고위공직자뿐만 아니라, 대기업에서도 항상 뒤따르는 규범화된 행동 양식이라고 할 수 있다. 의전의 정의가 간단한 것처럼 보이지만, 매뉴얼을 만들면 수백 가지는 될 것이다. 최근 '무릎 우산' 의전이 논란이 되면서 국민적 공분을 일으킨 일이 있었다. 비가 내리는 상황에서 차관은 기자들 앞에서 브리핑해야 하는 수고가 있었고, 이때 그를 뒤따르던 공무원이 무릎을 꿇고 앉은 채 차관의 머리 위로 우산을 씌워 주면서 '과잉 의전' 논란에 휩싸였다. 나중에 밝혀진 사실에 따르면, 무릎을 꿇은 공무원이 처음에 차관 옆에서 우산을 들고 있었다. 그런데 취재를 하던 기자들이 '카메라에 들어온다.'라는 항의에 안절부절못하며 최고의 방법을 선택한 것이 '무릎 우산'이었다고 한다. 요즘이 어떤 세상인데 이 정도의 '과잉 의전'을 하는 곳이 있을까?'라는 생각이 들었다. 그렇다고 의전이 없을 수는 없다. 다만, 과거의 사례처럼 '과잉 의전'이 아닐 뿐이다. 어떤 의원은 수행비서에게 자신이 '모르는 사람에게 공격을 당할 수 있으니, 근접에서 경호(의전)해라.'라는 지시를 했다고 한다. 누구에게 공격을 당한다는 건지도 모르고 의원 일정에 따라 무조건 의전에만 신경을 써야 할지도 모른다. 또 다른 의원은 태안 유조선 기름유출 당시 수행했던 보좌진이 본인의 장화와 장갑, 작업복, 마스크 등 장비를 미리 챙기지 않았다는 이유로 정강이를 걷어찼다고 한다.

오래전 선임보좌관이 의전을 어떻게 하는지에 대해 자신의 경험담을 담아 일장 연설을 늘어놓았다. 의원이 의원실에서부터 행사장에 참석하기까지 움직이는 동선에 따른 '의전 방법'을 얘기해줬다. '행사 주최 측에 의원의 참석을 미리 통보한다. 의원의 자리를 마련하기 위해서다. 의원이 의원실을 나가면 관련 자료와 의원 명함을 미리 챙겨 의원보다 앞서서 나간다. 의원 걸음 보폭에 맞추되 반걸음 우측 뒤에서 따라간다. 엘리베이터를 타야 할 때는 미리 뛰어가 버튼을 누른다. 엘리베이터 문이 열리면 의원이 탈 때까지 버튼을 누르거나 열린 문 양쪽에 닫히지 않도록 손을 뻗어 누른다. 의원이 타면 재빨리 해당 층을 누르고 뒤로 빠진다. 엘리베이터가 도착해 문이 열리면 탈 때와 똑같이 문 양쪽에 손을 뻗어 잡고 있다. 의원이 내리면 의원보다 두 걸음 정도 앞서서 행사장으로 안내한다. 행사장 도착 전에 미리 뛰어가 주최 측에 통보한다. 그리고 의원을 인계하고 자리까지 안내한다. 의원이 자리에 앉으면 의원 명함을 사회자에게 전달하며 내빈소개를 요청한다. 그리고 의원과 멀지 않은 곳에서 의원이 찾을 것을 대비한다. 차로 이동할 때는 차 문을 미리 열고 의원이 상단 모서리에 머리가 부딪치지 않도록 오른손으로 보호한다. 의원이 타면 차 문을 조심스럽게 닫고 차가 떠날 때 인사를 한다.' 선임보좌관의 설명이 우습게 들릴지 모르겠지만, 전부는 아니더라도 기본적인 의전은 보좌진들의 행동 양식이 되었다. '이렇게까지 해?'라고 말하는 이들도 있을 수 있지만, 나도 모르게 행동이 습관처럼 움직일 때가 많다. 의원이 의전을 부탁한 것도 아닌데, 모르는 척하면 내가 잘못한 느낌을 받을 때가 있다.

수행비서가 휴가라 내가 대신 수행을 한 일이 있었다. 의원이 의원회관 정문을 나올 때 선임보좌관의 '의전 방법'에 따라 차 문을 열었다. 의원이 나를 쳐다보면서 "뭐 하는 거야! 내가 손이 없어? 앞으로 이런 불필요한 행동하지 마!"라며 화를 냈다. 의전에도 의원에 따라 방법이 다르다는 것을 깨달았다.

03

국회의원과 보좌관 사이

부부가 서로 성격이 맞지 않으면 의견 충돌이 일어나고 부부싸움을 하게 된다. 심지어는 이혼까지 하는 경우도 많다. 국회의원과 보좌관 관계도 비슷하다. 의원이 어떤 일을 하자고 하면 보좌관은 대부분 따른다. 다만, 국회의원이라고 해서 주변의 말만 듣고 잘못된 방향을 가자고 할 때는 보좌관이 적극적으로 나서서 말려야 한다. 이때 보좌관의 정무적 판단이 필요할 때다. 그러나 의원 대부분은 보좌관의 말보다 외부의 말을 더 신뢰하는 경우가 많다. 한마디로 보좌관의 말은 들은 체 만 체 무시하고 다른 사람의 말만 믿고 결정한다. 나는 이런 상황을 '어결'이라고 표현한다. 어차피 의원 뜻대로 결정하기 때문이다. 의원마다 멘토 역할을 하는 가까운 지인들과 작은 일에도 수시로 연락을 주고받는다. 보좌관과 상의해 결정한 일도 내일이면 다른 방향으로 바뀔 때가 많다. 그럴 때면 원점에서 다시 자료를 정리해야 한다. 보좌관으로서 한마디로 미칠 노릇이다. 그렇다고 의원 지인에게 항의할 수도 없다. 그러는 순간 짐을 싸야 하는 일이 생길 수 있다. 의원은 보좌관보다 그 지인을 더 신뢰하기 때문이다. 서로의 신뢰가 깨지면 의원과 보좌관 사이는 멀어지고, 결국 헤어지게 된다.

오래전 대정부 질문을 준비하고 있을 때였다. 의원이 지시한 내용과 그동안 보좌진들이 준비한 질의서를 작성해 의원에게 보고했다. 준비한 질의서는 현안별로 20꼭지에 이른다. 의원은 이들 질의서 중 집중적으로 다루고자 하는 내용을 5개를 선택했다. 국무총리 등 국무 위원의 답변 시간을 제외한 의원의 발언 시간만 15분이었다. 질의서와 별도로 모두발언과 마무리 발언을 각 1분 분량으로 작성해 포함했다. 의원은 질의서를 받아 15분 질의 시간에 맞추기 위해 수십 번을 연습했다. 의원이 국회 개원 이후 첫 대정부 질문이라 온갖 정성을 쏟았다. 아직 하루가 남았지만 '잘해야겠다.'라는 강한 의지도 불타오르는 것 같았다. 그런데 대정부 질문 당일 평소 알고 지낸 교수에게 전화가 왔다.

"보좌관님. 오늘 의원님 대정부 질문 하신다면서요. 어제 의원님께서 질의서를 주시면서 검토해달라고 하더라고요. 그래서 몇 가지 더 추가해서 보내드리려고 하는데, 보좌관님한테 보내드리면 될까요?"

"네. 그러시죠. 신경 써주셔서 고맙습니다."

의원실 보좌진들이 고생해서 만든 질의서가 그 교수 손에 들어가 있었다. 의원이 자문을 얻으려는 목적으로 교수에게 보내줬다고 했다. 잠시 후 연구원이라는 사람이 사무실로 전화를 걸어 왔다.

"안녕하세요. ○○연구원 소속 연구원입니다."

"네. 안녕하세요. 무슨 일로 전화를 주셨죠?"

"어제 저녁쯤에 의원님이 연락을 주셔서, 대정부 질문할 내용 있으면 보내 달라고 하셔서요. 보좌관님 매일 알려주시면 보내드리겠습니다."

"네. 감사합니다."

당황스러웠다. 대정부 질문 당일에 자료를 보내주겠다고 하니, 할 말을 잃었다. 여기서 끝난 게 아니었다. 모 기관의 원장도 내게 전화를 했다. 같은 내용이었다. 나는 많은 생각을 하게 됐다. '의원실 보좌진들이 각 기관을 통해 받은 자료를 참고해 밤새 작성한 질의서가 외부 사람들에게 자문을 구할 정도로 부족한 것인지?' 그리고 '전문가 그룹의 의견을 구할 거면 며칠 전에 얘기해서 자료를 미리 받을 수 없었나?'라는 아쉬움이 남았다. 그들이 보내온 자료를 검토해 봤다. 아니나 다를까 대정부 질문 성격에 맞는 내용은 하나도 없었다. 그나마 참고해서 쓴다면 수십 장 되는 자료 중 단 3줄만 발췌해 질의서에 삽입한 정도였다. 의원 관점에서야 보좌진보다 전문가들이 더 나을 것으로 생각했을 것이다. 하지만 보좌진들이 질의서 한 꼭지를 만들기 위해서는 많은 시간과 노력이 필요하다. 기관에 자료를 요청하고, 받은 자료를 분석해 글로 풀어낸다. 내용이 부족하면 다른 자료나 관련 기사를 찾아 질의 흐름에 맞게 작성한다. 이러한 과정을 여러 번 거쳐야 하나의 질의서가 완성된다. 그렇다고 전문가의 능력을 폄훼하려는 게 아니다. 다만, 국회 보좌진들은 전문가들이 근접할 수 없는 정부의 질 높은 좋은 자료들을 쉽게 받아낼 수 있다. 받은 자료에 대해 분석하고 질의 방향을 잡는다. 분석한 결과를 이용해 일목요연한 글쓰기 작품을 완성하면 의원의 입을 통해 하나의 이슈가 된다. 따라서 국회 보좌진의 실력이 전문가들과 비교해 절대 뒤처지지 않는다는 것이다. 한 가지만 보면 놓칠 수 있다. 보좌진은 전체를 봐야 한다. 그래서 이 분야에서만큼은 국회 보좌진이 최고의 전문가라고 자부한다.

누구든 말을 해도 듣지 않으면 소용없다. 듣더라도 행동하지 않으면 소용없다. 서로 오가는 대화가 없으면 관계는 멀어진다. 국회에서 의원과 가장 가까운 사람은 보좌진이다. 의원의 작은 소리에도 귀 기울이고 마음을 열고 소통할 수 있는 사람도 보좌진이다. 그런데 보좌진을 몸종 취급하거나 하대하는 의원들이 있다. 어떤 때는 의원의 갑질 행태를 참다 못해 보좌진이 고발하거나 언론에 제보해 논란이 된 일도 있었다. 그러나 이러한 사실보다 밝혀지지 않은 사연이 더 많을 것이다.

어느 의원실에서는 국회의원 선거에서 의원의 재선을 위해 모두 온 힘을 기울였건만, 의원이 당선되자 기존의 보좌관과 보좌진들에게 '일괄 사표'를 내게 하고 물갈이한 일도 있었다. 해고당한 보좌진은 무슨 이유인지 영문도 모른다고 한다. 의원의 당선이 확정되는 순간 보좌진들도 두 손 높이 들고 '만세!'라고 외쳤을 것이다. 다르게 해석하면, '만세, 일자리 구하러 다니느라 고생 안 해도 된다.'라는 외침이었을 것이다. 그런데 그 기쁨도 잠시, 나가라고 하니 얼마나 허탈한 일인가. 의원 당선을 위해 모든 보좌진이 동고동락하며 밤낮없이 고생했던 보람은 물거품이 되고 말았다.

이뿐이겠나. 의원 본인의 대학원 논문을 보좌진에게 대필을 요구하거나 의원 가족의 개인 업무를 대신 봐주거나 자녀의 학원, 병원, 공항에까지 운전해주거나, 의원이 마음에 안 든다며 운전 중인 수행비서 뒤통수를 때린 일도 있었다. 의원이 키우는 개를 데리고 산책을 해주기도 하고, 개밥을 챙겨준 보좌진들도 있었다. 이런 말을 들을 때마다 '이런 거까지

해야 하나.'라는 자괴감이 든다. 어떤 의원은 보좌진의 월급을 일부 상납하는 방식으로 착취하거나, 의원의 친·인척을 보좌진으로 근무하게 한 의원들도 있었다. 의원의 매형을 채용하고, 아들을 경험 삼아 채용하고, 친동생이나 형과 누나를 채용한 사실이 드러나면서 국민적 공분을 일으키면서 '국회의원 친·인척 보좌진 셀프채용 금지법'이 발의되었다. 이 법은 지난 20대 국회에서 처리되면서 국회의원이 배우자 또는 4촌 이내의 혈족과 인척을 보좌직원으로 임용할 수 없도록 했다. 또한, 5촌 이상 8촌 이내의 혈족을 보좌직원으로 채용할 경우는 신고 의무를 부여했다. 오죽했으면 국회 치부를 드러내는 법을 발의했겠나. 부끄러운 일이다.

보좌진의 능력보다 사적 친소관계를 당연하듯이 여기는 풍토는 오래 전부터 이어져 온 관행이었다. 나 또한 잘못된 관행으로 인해 의원의 조카와 함께 일한 적이 있었다. 출근은 나오고 싶을 때 하고, 퇴근은 가고 싶을 때 갔다. 아예 나오지 않은 날도 많았다. 출근하더라도 인터넷 검색으로 시간만 때우다 알아서 퇴근한다. 한마디로 직장을 취미생활처럼 용돈벌이로 다니는 것 같았다. 나머지 일은 다 내 몫이 되었다. 그런데 이런 잘못된 행동에 대해 충고하는 이가 아무도 없었다. 보좌관과 비서관은 아예 무관심이다. 오히려 그 친구의 눈치를 보는 것 같았다. 그런 분위기에 휩싸여 나도 그의 눈치를 봐야 했다. 그런 불편한 마음은 수개월째 이어졌던 기억이 난다.

일부 의원들의 갑질로 인해 전체 국회가 도매금으로 취급당하기도 한다. 의원과 보좌관 사이가 돈독한 의원실이 더 많다. 정치적 동지 관계로 이어진 경우가 많아 의원의 갑질은 있을 수 없다고 한다. 이유를 물었더니, 의원과 오랜 세월을 함께 고생했기 때문에 서로 이해하고 화가 나도 서로 얘기로 푼다고 한다. 어떤 의원실은 국정감사나 예결위 회의가 마무리되면 고생한 대가로 보좌진 전원에게 휴가를 주는 의원이 있는가 하면, 명절이나 휴가철에 상여금을 챙겨주는 의원들도 많다. 무엇보다 보좌진들의 경조사는 반드시 챙기기도 한다. 국회의원도 사람마다 품위의 격이 다르다. 보좌진을 동료처럼 생각하고 함께 소통하는 의원이 많을수록 국회의 품격도 덩달아 높아지지 않을까?

오래전 인턴 모임에 초청되어 술자리에 간 적이 있었다. 의원실에서 함께 일하던 인턴 비서가 모임이 있다고 해서 내가 저녁을 사기로 하고 자리에 참석했다. 자리가 무르익을 즈음, 다른 의원실 인턴 비서가 그동안 국회에 근무하면서 '국회의원과 보좌관 사이'에 대해 느꼈던 이야기를 해줬다.

"최고의 의원실은 의원과 보좌관, 보좌관과 보좌진의 사이가 좋은 의원실입니다. 그래도 좋은 의원실은 의원은 이상해도 보좌관과 의원실 보좌진들이 똘똘 뭉치는 의원실입니다. 그나마 나은 의원실은 의원과 보좌관 사이만 좋은 의원실입니다. 그런데 보좌관이 아부의 달인일 수도 있습니다. 최악의 의원실은 의원도 별로, 보좌관도 별로, 보좌진도 별로인 의원실입니다. 이 의원실은 보좌진이 수시로 바뀝니다."

경력은 짧지만 보는 눈은 경력자에 가까웠다. 많은 걸 느낀 하루였다. 과연 내가 있는 의원실은 어느 단계에 속할까? 아직 최고가 아니라면 최고가 되기 위해 노력해야겠다. 내가 몸담은 의원실을 '최악의 의원실'로 만들지 말자고 스스로 다짐하고 실천하다 보면, 적어도 상위 20%에는 속하게 되지 않을까.

04

보좌관, 누구를 위해 일하는가?

42세. 늦은 나이에 아내를 만나 결혼했다. 다섯 살이 된 아들은 아빠 얼굴을 아침에만 본다. 어린이집 등원을 시킬 때쯤이면, 잠이 덜 깬 채 두 눈을 비비며 일어난다. "아들. 잘 잤어요?" 아침 인사를 건네면 "아빠는 왜 아침에만 들어와요?"라고 황당한 말을 한다.

아빠에 대한 빈자리가 아들에게 너무 컸다는 생각이 들었다. 그 빈자리를 채우려고 노력하지만 당장은 쉽게 채울 수 없을 것 같다. 항상 미안한 마음뿐이다. 어느 주말이었다. 출근 준비를 위해 가방을 메고 거실로 나왔더니, 아들이 거실 문을 잡고 버티고 있다.

"아들. 아빠 출근해야 하는데 나와주면 안 될까?"

"나는 오늘 어린이집 안 가는데, 아빠는 왜 오늘도 회사 가요?"

"아빠가 일이 많아서 그래. 이해해주면 안 될까?"

"싫어. 안 비켜줄 거야. 아빠랑 놀고 싶어. (엉엉엉)"

엄마가 달려와 아이를 끌어안고 달랜다. 나는 우는 아이를 뒤로하고 무거운 마음으로 아파트 현관문을 나선다. 엘리베이터를 기다리는 짧은 시간 동안 나에게 질문을 던진다. '나는 누구를 위해 일하는가?'

국회 의원회관을 정치 벤처빌딩에 비유한다. 300명의 벤처기업가가 기업을 대표하고, 그들과 함께 2,700명의 사원이 근무하고 있다. 이들 벤처기업은 크게 여당과 야당을 구분하고 협회 중심으로 기업들을 관리하고 있다. 이들 협회 중 100여 개가 넘는 회원사를 관리하는 곳은 두 곳이다. 이를 두고 정치권에서는 교섭단체라 부른다. 나머지 기업들은 밑도급 업체라 할 수 있는 비교섭단체라 하고, 1인 대표가 독자적으로 운영하는 기업이 점점 늘어나고 있다. 그 이유는 협회가 회칙에 어긋난 행위를 한 회원사를 강제 탈퇴시키면서 무소속 1인 기업이 되기 때문이다. 웃자고 쓴 글이지만 시사하는 바가 크다. 말 그대로 의원회관에는 300명의 국회의원 사무실이 붙어있다. 의원 1인당 9명의 보좌진이 함께 일한다. 각 의원실은 상임위에 맞게 각자의 역할을 준다. 하나의 입법 기관으로

서 행정부를 감시하고 법을 만들고 새로운 정치 방향을 모색한다. 여기에서 2,700명의 보좌진이 300명 의원의 의정활동을 위해 적극적으로 돕고 있다. 여야 간 의견 충돌이 발생하면 어김없이 보좌진들이 총출동한다. 서로 말로 잘 타협해 정점을 찾으면 되지만, 몸싸움으로 이어지면 보좌진들은 어쩔 수 없이 투사가 된다. 그나마 지금은 국회선진화법 시행 이후로 나아졌지만, 과거에는 기물 파손은 물론 서로 치고받고 하는 과정에서 피투성이가 되기도 했다.

10년도 넘은 일이다. 당시 최대 쟁점인 미디어법 처리가 임박하면서, 여야 간에 불가피한 충돌이 일어나 국회는 아수라장 그 자체였다. 직권상정을 통한 미디어법 처리를 위해 본회의 장내 국회의장석 주변을 점거한 여당 의원들과 이를 필사적으로 막기 위한 야당 의원 간의 대충돌은 국회 본관 건물 안팎에서 며칠째 이어졌다. 국회 보좌진들은 물론, 당직자와 수도권 인근의 시·도·구 의원들까지 총집결했다. 심지어 언론노조 조합원들까지 가세해 본관 건물을 둘러쌌다. 국회의장이 경호권을 진작에 발동했지만 100여 명도 안되는 인원수는 수백 명을 상대하기에는 터무니없는 숫자였다. 본회장에 들어가지 못한 여당 의원들은 입구를 막아선 사람들과 실랑이를 주고받으며 온갖 욕설이 난무했다. 나는 전날 본회의장 입구에서 밤새 대기하다 오전 10시가 되어서야 의원회관에 갔다. 세면도구를 챙겨 샤워하고 잠시 의원실 책상에 엎드려 짧게나마 쪽잠을 자고 있었다. 핸드폰 벨이 울렸다. 본관 건물 안에서 대기하고 있던 선임보좌관이었다. 분위기가 심상치 않으니 의원실 문을 닫고 본회장 입구로 빨리 오라고 했다. 의원실에는 여비서와 입법보조원 대학생이 있었다. 이들까지 아수라장 현장에 데리고 가는 건 좀 아닌 것 같았다. 어차피 많은 인파로 뒤엉켜 있으면 누가 왔는지도 모르는 상황이라 말하지 않고 혼자 현장으로 달려갔다. 그런데 들어갈 수가 없었다. 건물 주변을 1시간가량 헤매고 다녔지만 들어갈 틈이 없었다. '아. 또 욕 얻어먹겠네.'라는 생각을 하며 자포자기하는 심정으로 주변을 맴돌았다. 그런데 진보정당 대표실의 창문 틈으로 보좌진들과 당직자들이 들어가고 있었다. 나는 숨도 안 쉬고 뛰어가 손을 뻗고 안에서 두 사람이 나를 올려줬다. 알고 보니 우리 쪽이 아니었다. 내편 네편 구분을 할 수가 없는 상황이었다. 나는 모른 척하고 선임보좌관이 있는 곳으로 합류했다. 미디어법이 통과되기 전까지 여러 차례 몸싸움이 오고 갔다. 몸싸움이 진행되는 과정에서 누군가 본회장 입구로 진입하려고 하는 어느 의원의 옷을 잡고 저지하면서 몸싸움이 더 격해졌다. 그 의원의 보좌진으로 보이는 두 사람이 의원의 옷을 잡은 보좌진을 주먹으로 때리기까지 했다. 어느 의원은 보좌진의 목을 잡고 끌어당기면서 전투력을 발휘하고 있었다. 그때 의원 옆에 있던 보좌진이 "의원님. 우리 편입니다."라고 말하자, 의원은 "진작 말하지 그랬어."라는 웃지 못할 광경도 연출되었다. 여당의 직권상정으로 미디어법은 결국 통과되었고, 남은 건 보좌진들의 상처뿐이었다.

우리는 흔히 국회를 '민주주의의 정당'이라고 한다. 그러나 그곳에서 최악의 막장 드라마가 촬영된 것이다. 의원들 나름대로 상처를 입었지만, 그들을 보좌하는 보좌진들의 상처는 더 깊었을 것이다.

지역구에서 마라톤 대회가 열렸다. 어느 의원이라 할 것 없이 지역의 시장과 시 · 도의원, 각 기관장이 대회에 참가하는 큰 행사였다. 며칠 전 보좌관이 내게 말했다.

"지역에서 마라톤 대회가 있는데, 의원님 옆에서 누가 수행할래?"
"……."

아무도 말을 하지 않았다. 선임보좌관이 나를 지긋이 쳐다봤다. 다른 보좌진들도 내게 시선을 집중시켰다.

"어때? 매일 아침에 축구도 하고 운동선수 출신이잖아. 이번 한 번만 해봐. 5km 코스만 뛰고 와."

나는 군말 없이 마라톤 대회에 참가하게 되었다. 매일 아침 운동을 하고 있어서 연습할 필요는 없었다. '5km쯤이야.' 대수롭지 않게 생각했다. 그런데, 의원이 사무실에 들어오더니, "내일 5km는 너무 짧은 것 같아.

10km는 뛰어야겠어."라고 말했다. '아. 5km도 힘든데 10km라니….' 의원의 부푼 몸 상태를 봐서는 단 1km도 완주하기 힘든 몸매인데, 어떻게 10km를 뛰겠다는 것인지 이해가 안 되었다. 마라톤 대회가 열리는 날이었다. 수백 명의 인파가 출발선에 선 가운데, 의원과 시장 기관장들은 양옆으로 자리하고 있었다. 나는 의원 뒤편에 서 있었다. 기념촬영이 끝나고 '탕!' 소리와 함께 앞으로 달려나가기 시작했다. 의원은 빠르게 달려가기보다 동네 마실 나온 사람처럼 느긋하게 달리고 있었다.

나는 의원을 팽개치고 냅다 달려나가고 싶었지만 내 임무는 의원을 옆에서 챙기는 것이었다. 의원 얼굴을 아는 시민들은 인사를 하고 의원과 스텝을 맞춰 함께 뛰어간다. 솔직히 조금 빨리 걷는다는 표현이 더 어울릴 듯싶었다. 그 와중에도 민원을 챙긴다. 나는 옆에서 핸드폰을 들고 입력을 한다. 수많은 사람이 의원과 인사를 나누고 지나가고 또 다른 사람이 의원과 함께 보조를 맞춘다. '아. 또 민원이다.' 아파트가 지은 지 오래되어서 엘리베이터가 자주 고장이 난다고 했다. 비가 오면 벽에 물이 새서 대야를 받칠 정도라고 한다. 오지랖 넓은 의원은 '직접 아파트 현장을 가서 보겠다.'라고 약속까지 잡는다. 마라톤 대회인지 민원인의 날인지 구분이 안 되었다. 나는 마라톤 대회가 끝나고 지역사무실로 와 핸드폰에 받아 적은 민원 내용을 한글 파일에 옮겨 담았다. 다음 대회에는 '민원인의 마라톤 대회'라는 어깨띠를 차고 뛰어야겠다고 생각했다.

사람은 누구나 일을 한다. 직장이 없는 사람이라도 집안일이라도 거든다. 일은 크게 두 가지로 분류할 수 있다. 직장인이라면 돈을 벌기 위한 수단으로 '남을 위해 일'을 하고, 가게를 하거나 프리랜서의 개인 사업자는 '나 자신을 위해 일'을 한다. 사람이라면 누구나 남에게 구속받지 않고 나 자신을 위해 일을 하고 싶어 한다. 그러나 특별한 기술과 능력 없이 마음만 먹으면 언제든지 할 수 있는 게 아니다. 특히 보좌관의 업은 국회의원 한 사람만을 위해 일을 하는 것이다. 다른 직장인처럼 사장이 월급을 주는 것도 아니다. 국민의 세금으로 보좌관에게 월급을 준다. 다만, 보좌관과 보좌진은 의원이 고용한다. 가끔 의원이 보좌관의 월급을 직접 챙겨주는 것 같은 착각에 빠진다. '내가 국회의원이 아니었으면, 너는 여기서 보좌관을 할 수 있었겠어?' 의원의 말이 틀린 건 아니지만 그렇다고 맞는 말도 아니다. 의원이 보좌관을 고용한 건 맞지만, 월급을 주는 건 아니다. 제발 이런 착각은 하지 않았으면 좋겠다.

어느 의원은 보좌진의 월급을 받아 챙기거나, 열정페이를 요구해 논란이 되었다. 정당한 대가를 내지 않고 직급에 맞지 않게 많은 일을 시키면서 열정만을 요구한 것이다. 여기서 항상 따르는 수식어는 '네가 좋아하는 일인데, 돈이 뭐가 중요하냐.', '젊었을 때부터 돈을 밝히는 건 좋지 않다'는 식이다. 나 또한 내가 좋아서 하는 일이지만, 가끔은 죽은 척하고 단 하루만이라도 푹 쉬고 싶을 때가 있다. 의원의 강요든 아니든 열정페이라는 말은 국회 보좌진들에게는 일상화가 되어 있다. 다만 보좌진 중에서도 열정페이를 뛰어넘을 만큼 일을 많이 하는 사람들이 있는 반면, 출근해서 하루 세 끼 밥만 축내고 퇴근하는 사람들도 있다. 그런 보좌관에게 오히려 밥값을 받고 싶은 생각이 들 때가 있다. 더 큰 문제는 보좌진의 월급을 쪼개서 상납하는 방법으로 받아 가는 의원도 있었다. 그 보좌진에게 맞지 않는 직급을 올려주고 나머지는 돌려받은 것이다. 기업으로 따지면, 일반 사원을 대리, 과장 직급을 거치지 않고 바로 부장으로 승진시켜 월급을 돌려받은 것과 마찬가지다. 그러다 둘의 사이가 틀어지면 세상에 공개되어 혹독한 망신을 당하기도 한다. 자신을 위해 그림자처럼 일하는 보좌진의 열정까지 탐하면 되겠나. 그런 의원이 있다면 늘 어두운 그림자가 따라다닐 것이다.

보좌관은 잡놈 근성이 필요하다

인터넷상에서 돌아다니는 글을 본 기억이 난다. 애플의 창업자 스티브 잡스에 관한 이야기였다. 그는 입양아였다고 한다. 그는 천재도, 뛰어난 영재도 아니었다. 스티브 잡스의 도전은 성공했고 세계적인 Job 놈이 되었다. 우리나라도 잡스럽다는 용어에 雜 놈이 있다. 영어의 job이든 한자의 雜이든 우리에겐 무엇이든 도전하는 잡놈 근성이 필요하다. 내가 '잡놈 근성이 필요하다.'라고 해서 오해하는 사람들이 있다. 잡놈은 말 그대로 행실이 잡스러운 사람을 욕하는 말이기 때문이다. 그렇다고 내가 보좌관인데 스스로 자기 자신을 잡놈이라 말하겠는가. 내가 말하는 잡놈의 의미는 '내가 할 일, 네가 할 일 구분하지 말자.'라는 뜻이다. 잡스러운 일은 다른 이에게 떠넘기고 고급스러운 일만 한다면 잡스러운 일이 많은 국회 보좌관을 어떻게 할 수 있겠나. 그런 사람은 국회 밖을 나가서 고급스러운 일을 찾는 게 맞을 것이다. 솔직히 보좌진에게 고급스러운 일은 없다. 정책을 하더라도 결과물이 나오기까지 많은 자료를 검토해야 하고, 행정을 하더라도 의원의 일정과 회계 자료를 일일이 다 챙겨야 하기 때문이다. 특히 국회의원 선거 기간이 다가오면 선거 준비를 위해 온갖 잡다한 일들을 처리해야 한다. 선거사무실이 정해지면 작업복을 걸치고 페인트칠할 때도 있고 망치질, 짐 나르기, 화장실 청소 등도 지역사무실 보좌진들과 함께 해야 할 일이다.

오래전 내가 모셨던 비례대표 의원이 있었다. 어느 날 내게 다음 국회의원 선거에 지역구에 출마하겠다며 의원이 말한 지역에 대해 알아보라고 지시했다. 나는 그 지역의 특성과 역대 선거 출마자 및 당선자 현황, 정당 표 분석, 지역의 기관, 지역 언론 정보 및 기사 등 지역과 관련된 자료들을 수집했다. 수집한 자료를 보고서 형식으로 작성해 의원에게 보고하고 그 지역에서 5일 정도를 살다시피 했다. 지역을 모르는 내가 혼자서만 다녔겠나. 다른 보좌진과 아는 지인 중 그 지역에 거주하는 또 다른 사람을 통하는 문어발식 접촉을 해나갔다. 선거사무실을 계약하고 청소 물품을 구매해 깔끔하게 청소를 한다. 이때 보좌진들이 총동원되기도 한다. 청소가 끝나면 책상과 사무용 기기, 난방 기기 등 사무실에 필요한 주요 물품들을 주문하고 설치하는 날이면 인부들과 함께 그것들을 옮긴다. 전화, 통신 설비까지 마무리되면 어느 정도 사무실 구도를 갖추게 된다. 이후에는 기획사를 선정해 내부 현수막과 외벽 현수막을 제작하고 내붙인다. 그 이전에 관할 선관위에 예비후보 등록을 마쳐야 한다. 의원은 보좌진들이 선거사무실을 꾸리는 동안 지역의 오피니언 리더라 할 수 있는 인사나 시·구의원들과 만나 내 편을 만들기 위한 작업에 들어간다. 이처럼 국회 보좌진들은 선거 기간이 되면 짐꾼에서부터 환경미화 등 잡놈 근성으로 닥치는 대로 일해야 한다. 선거는 체력이다.

국회의원의 공식 선거운동은 선거 기간 개시일로부터 선거일 전일까지에 한해 할 수 있다고 법으로 규정하고 있다. 선거운동이 시작되면 투표 전날까지 13일간의 전쟁이 시작된다. 나는 이 기간이 되면 아침 6시부터 일과를 시작한다. 지역의 주요 거점장소를 돌며 우리 후보와 다른 후보의 유세 상황을 점검한다. 어떨 때는 서로 좋은 자리를 선점하기 위해 전날부터 개인 승용차를 주차해놓고 빼주지 않는 식의 방해를 하기도 한다. 우리가 먼저 선점하면 선거 개시일 자정이 지나 유세차가 도착하면 주차된 차를 빼주고 주차한다. 선거가 끝날 때까지 매일 아침 반복되는 일상이다. 애들 장난 같지만 그렇게 하지 않으면 거점장소를 선점할 수 없고, 선점하지 못한 날은 왠지 선거에서 지고 있다는 생각이 들 때도 있다. 이른 아침부터 선거 유니폼을 챙겨 입고 유세장으로 가 피켓을 들고 선거 로고송에 맞춰 율동과 함께 목청껏 소리를 외친다. 늦은 아침을 간단하게 먹고 사무실에 앉아 선거 관련 업무를 시작한다. 밤사이 거리 현수막이나 포스터가 훼손된 게 있으면 교체 및 수리도 하고 선거운동원 간식도 일일이 챙겨야 한다. 저녁이 되면 하던 업무를 중단하고 퇴근길 거점 유세 현장으로 달려가 오전에 했던 방법으로 지원 유세를 한다. 그리고 저녁 식사를 하고 다시 사무실에 앉아 다음날 나갈 보도자료와 공약 개발 등 늦은 시간까지 업무를 한다. 일의 강도에 따라 다르지만, 밤을 새우는 일은 일상화가 된다. 다음 날도 항상 일정이 반복된다.

투표일을 하루 앞둔 마지막 저녁 유세가 있는 날이었다. 아침에 선거 마지막 날을 회상하며 내 페이스북에 장문의 글을 올렸다. 선거 기간 느낀 아쉬움과 의원을 보좌해 온 시간에 대한 감회를 회상하며 글을 썼다. 내 글을 본 지역민이 의원에게 전달했고, 삽시간에 돌아다니기 시작했다. 의원이 내게 "오늘 마지막 유세 날이니, 유세차에 올라가서 연설 좀 하면 어때?"라고 말했다. 나는 의원의 지시대로 유세차에 올라 어설픈 연설을 마무리했다. 유세차를 타고 돌아다녀 봤어도, 연설하기는 처음이었다. '아. 별거 다 한다.'라는 생각이 들었지만, 의원이 한 표라도 얻을 수만 있다면 못할 일도 아니었다. 이처럼 국회 보좌진들이 수많은 일을 하는 게 잡스러운 일인가? 그렇다고 고급스러운 일이 따로 있겠나? 의원을 위해서라면 모든 걸 해야 한다. 당연히 불법적인 일을 하면 안 되지만….

국회 보좌관이라면 정책은 기본이고, 때론 정무적 판단도 필요하다. 어느 의원실은 보좌관의 업무를 정책과 정무로 나누어 운영하기도 한다. 정무적 판단은 사전적 의미로 '정치에 관한 사무적, 행정적인 것을 인식하여 특정한 논리나 기준 따위에 따라 판정을 내리는 인간의 사유 작용'이라 말한다. 따라서 정무에 대한 내 개인적 소견은 '정책을 모르고 정무를 할 수 없다'는 것이다. 정책을 제대로 알고 접근해야 올바른 정무적 판단이 설 수 있기 때문이다.

수년 전의 일이다. 내가 모셨던 의원이 당 대변인에 선임되었다. 아침 8시, 최고위원 회의가 열렸다. 비공개회의가 끝이 나고 의원이 기자들에게 회의 내용을 브리핑했다. 정부 정책에 대한 당의 견해를 밝히고 돌아서려는데, 기자가 '이해가 안 되는 부분이 있는데, 정부의 정책에 어떤 문제가 있어 반대하는 입장인지?'를 물었다. 의원이 나를 쳐다본다. 나는 재빨리 다른 곳으로 눈을 돌렸다. 나도 구체적인 정책 내용을 알지 못했다. 잘못된 내용이 전달되면 그대로 기사화되고 당은 여론의 뭇매를 맞을 수 있다. 의원은 '구체적인 내용은 바로 정리해서 얘기하겠다.'라고 말하고 자리를 피했다. 의원은 관련된 내용을 찾아보라고 지시하면서 "공부 좀 해라."라고 말했다. 나는 속으로 '보좌관이 모든 걸 어떻게 알겠냐'고 말하고 싶었지만, 기본적인 내용이라도 미리 확인했더라면 '꿀 먹은 벙어리'처럼 아무 말도 못 하지는 않았을 것이라는 생각이 들었다.

대통령선거를 앞둔 시점이었다. 누군가 다른 당 후보에 대한 비리가 있다는 제보를 받았다며 의원과 만나 오랜 시간 면담이 이루어졌다. 복수의 제보자로부터 받은 정보라며 다른 당의 대선후보와 관계가 있다는 것이었다. 내용도 그럴듯해 보였고, 당시 정황상 대부분 사실처럼 보였다. 의원은 필요한 자료를 더 찾아보라고 지시했다. 의원실 보좌진 모두가 사실관계를 찾기 위해 집중했다. 다 만들어진 자료는 보고서와 보도자료 형식으로 만들어졌고 기자회견을 할 준비까지 마쳤다. 준비한 자료가 공개되는 순간 파장이 클 것이라고 예상했다. 다만 석연찮은 부분이 있었다. 정작 관계된 당사자에게 확인을 못 했다. 여러 증언을 바탕으로 사실관계를 위해 여러 번 연락을 시도했고, 수십 통의 문자를 보냈지만 묵묵부답이었다. 해당 기관조차 자료를 거부한 상태라 준비하는 입장에서는 사실이기 때문에 피한다고 판단했다. 그래도 신중한 판단이 필요했다. 나와 보좌진들은 좀 더 확인한 이후에 터트리자고 했고, 팀에 합류한 외부 인사들은 시간이 없으니 바로 기자회견을 열자고 했다. 의원은 이제는 추가할 자료가 나오지 않을 거라 판단하고 캠프 기자회견장으로 향했다. 사전에 해당 자료를 확대한 피켓을 만들고 기자들에게 문자를 발송한 상태였다. 기자회견이 끝나자 기자들 질문이 그치질 않는다. 주 질의에 대한 답변은 의원이 대답하고 구체적인 답변은 외부 인사들이 답변을 취했다. 얼마 지나지 않아 상대 후보 측의 즉각적인 입장이 이어졌고, 심지어 '정치공작'이라는 표현까지 등장했다. 서로 정치 공방이 극에

달했고, 이윽고 고소 고발까지 이어졌다. 며칠이 지나 의원이 다시 캠프 기자 회견장에 올라섰다. 공식 사과문을 발표하기 위해서였다. 당시 제기한 3가지 사안 중 1가지는 사실이 아니라는 게 밝혀지면서 사실관계를 밝히는 데 소홀했고 물의를 일으킨 데 대해 깊이 반성하고 사과한다고 했다. 또한, 책임을 지고 당직을 사임하고 자숙의 시간을 갖겠다고 했다. 의원을 말리지 못한 나에게도 책임이 있었다. 더 뜯어말렸어야 했다. 나는 반성했다. 논란이 될만한 사안에 대해서는 확실한 근거 자료가 내 손에 쥐어지지 않는 이상 어설픈 대응은 절대 해서는 안 된다는 걸 깨달았다. 그날 내게 필요했던 것은 다름이 아닌 '정무적 판단'이라는 것을 알게 되었다.

보좌진의 역할은 상상 이상으로 다양하다. 업무 범위가 어디까지인지 모르지만, 기준도 없다. 일하지 않는 보좌관을 제외하고 일하는 보좌관들은 의원실에서 일어나는 모든 일을 챙겨야 하고, 지역사무실도 수시로 소통해야 한다. 의원실 운영비와 정치자금 회계 상황을 들여다봐야 하고, 후원금 모금도 적극적으로 나서야 한다. 어떤 이는 정책 업무 빼고 모든 게 잡일이라고 생각한다. 그건 잘못된 생각이다. 보좌진의 모든 일은 의원의 의정활동을 위해 필요한 업무들이다. 소홀히 해서도 안 되고 소외 당한다는 생각을 해서도 안 된다. 각자 맡은 업무에 자부심을 느껴야 한다. 그 분야에서는 내가 최고라는 생각하자. '내가 할 일이 아닌데'

라는 생각보다 '내가 먼저'라는 생각으로 일하면 오히려 마음이 더 편해진다.

이 책을 쓰면서, 치열하게 싸워준 나에게 고맙다는 생각이 들었다. 그동안 온갖 어려움을 이겨내고 이 자리까지 와줬다. 히말라야 같은 높은 산을 오르는 산악인들은 정상을 오를 때 힘들고, 지치고, 짜증이 나면 '나는 괜찮다, 할 수 있어'라는 긍정적인 생각을 한다. 고산증의 고통이 줄어들기 때문이다. 나는 그런 삶을 살아왔다. 치열한 세상에서 살아남았다. 다만, 희망의 불씨는 언제 꺼질지 모른다. 오늘이 될 수도, 내일이 될 수도 있다. 나는 오늘도 이상한 나라 여의도에서 살아남기 위해 '잡놈 근성'으로 최선을 다한다.

06

모든 사람에게 친절한 보좌관일 필요는 없다

어느 날 의원이 출근하면서 전화통을 붙들고 들어왔다. 의원은 "알았으니까. 문자로 연락처 보내주시면, 알아보고 연락드릴게요."라며 전화를 끊었다. 의원이 부른다. 메모지에 쓴 연락처를 주면서 "아버님 지인인데, 무슨 민원인지 들어보고 처리해봐."라고 말했다. 나는 메모지를 받아들고 자리로 가 전화를 걸었다. 나이가 지긋한 어르신이었다. 전화로 말하기가 복잡하다며 서류를 들고 내일이라도 당장 의원실로 오겠다고 한다. 의원 아버님 지인이기도 하고 연세가 있으신 어르신이라 정중하게 오시라고 말씀드렸다.

다음날 그 어르신 2명과 50대 초반의 한 남성이 의원실에 왔다. 나는 인사를 드리고 회의실로 안내했다. 어르신 2명이 준 명함에는 태양광 사업과 전혀 연관이 없는 무슨 보존회 이름이 적혀있었다. 서로 회장과 상임 이사로 불렸다. 자료를 보며 구구절절 막힘없이 설명이 이어졌다. 그런데 어르신들은 한마디도 하지 않았다. 아니 어떤 사업인지 전혀 모르는 눈치였다. 오히려 같이 온 남성이 이 사업과 깊숙이 연관이 되어 보였다. 30분은 지나서야 끝이 났다. 결론은 넓은 축사 지붕 위에 태양광을 설치하면 정부의 에너지 정책에 크게 이바지할 수 있다는 호언장담이었다. 내가 물었다.

"죄송한데, 혹시 명함은 없으세요? 어르신들만 주시고 선생님은 명함을 안 주셔서요."

"아. 죄송합니다. 제가 급하게 오느라 명함을 놔두고 와서요. 나중에 문자로 보내드리겠습니다."

그 남성의 존재를 알지 못했다. 그래서 명함을 달라고 한 것이다. 이 일과 관련된 업자 같았다.

"네. 알겠습니다. 그런데 해당 기관에서 왜 허가를 해주지 않는 거죠?"

"규정에 안 맞는다고 하는데 저희가 볼 때는 전혀 그렇지 않습니다. 그리고 정부가 신재생에너지 사업을 적극적으로 권장하고 있고요."

앞뒤가 맞지 않았다. 나는 민원인들이 보는 자리에서 해당 기관 담당자에게 전화하는 모습을 보여주고 양해를 구하고 회의실 밖으로 나갔다. 담당자는 '그 사람들'이라는 표현을 하면서, 잘 알고 있는 듯했다. 그러면서 정부의 보조금 격인 신재생에너지 공급 인증서 가중치를 적용받으려는 수법이라며 '편법 태양광'을 하겠다는 것이라고 했다. 솔직히 나도 무슨 말인지 도통 알 수가 없었다. 많은 시간은 아니지만, 담당자의 설명을 듣고 나서야 이해할 수 있었다. 문자로도 관련 근거와 필요한 내용을 바로 보내줬다. 결론은 규정상 안 되니, 관련 규정을 바꿔 달라는 내용일 거라고 했다. 의원실에 들어오는 민원 대부분이 각종 규정에 맞지 않은 것으로 아무리 해결하려고 해도 안 되니, 권력의 힘을 이용해 정부 기관을 누를 수 있다고 생각하는 사람이 많다. 그런데 어르신들은 왜 같이 온 것일까? 중간에서 의원의 친분을 과시하며 브로커 역할을 했을 수도 있고, 소개만 해줬을 수도 있다. 그렇다고 직접 대놓고 얘기할 수 있는 건 아니었다. 나는 회의실에 들어가 기관에 확인한 내용을 설명해 드리고 규정상 힘들다고 정중하게 사과의 말씀을 드렸다. 의원이 직접 챙기라고 한 부분이라 나름대로 신속하게 처리하려 했다. 그런데 어르신이 버럭 화를 내며 말씀하셨다.

"그거 규정만 바꾸면 되는 건데 뭐가 그리 힘들다는 거야. 의원이 조금만 신경 쓰면 해줄 수 있는 거 아냐. 젊은 사람이 일 처리를 그렇게 해서야 의원을 잘 모실 수 있겠어."

이게 또 무슨 소린가? 도와주려다 되레 욕을 얻어먹고 있었다.

"어르신, 아무리 국회의원이라도 안되는 규정을 손바닥 뒤집듯 바꿀
수 있는 게 아니니, 이해 좀 부탁드립니다."

나는 어르신께 공손히 말씀드렸다. 그런데 옆에 있던 그 남성이 돌변
했다.

"국회의원이 사장한테 전화 한 번만 해주면 될 것을 일을 복잡하게 만
드시네. 이런 식으로 처리하면 다음에 의원이 당선되겠어요?"

협박으로 들렸다. 계속 거슬리는 말을 여러 번 반복했다. 나는 참다 못
해 한마디 했다.

"국회의원이 무슨 노리갭니까? 아무리 의원님 지인 관계라 하더라도
제가 모시는 분입니다. 그런 식으로 협박하실 거면 나가세요."

어르신이 내게 삿대질을 하며 격양된 목소리로 말했다.

"이 친구 안 되겠네. 내가 의원한테 다 얘기해야겠네. 사람을 이런 식으로 홀대하는 게 어딨어."

"제가 언제 홀대를 했습니까? 지금까지 정중하게 말씀드렸잖습니까. 좋습니다. 의원님께 얘기하시는 건 좋은데, 없는 얘기 만들지 마시고 있는 그대로 얘기해주세요. 안 그래도 제가 내용을 이해하지 못할 것 같아 핸드폰으로 녹취해놨으니, 사실관계가 다르다면 저도 조처하겠습니다."

"허허……"

더는 아무 말 하지 않고 '투덜투덜'하면서 의원실을 나갔다. 솔직히 녹취는 하지 않았다. 나도 그다지 기분 좋은 건 아니었지만, 협박식의 대화는 내가 가장 싫어하는 방식이다. 아니나 다를까. 의원이 웃으면서 나를 불렀다. 갑자기 잘했다며 웃으신다. 의원은 이미 안되는 사업인 줄 알고 있었다. 다만, 아버님 지인의 부탁이고 무엇보다 지역민이라는 생각에 어쩔 수 없었다고 한다. 그러면서 '민원이 청탁이 될 수 있으니 조심해라!'고 당부했다. 민원과 청탁은 명품과 짝퉁 가방을 구별하는 것과 같다. 일반인이 그냥 보면 진짜 명품처럼 보인다. 민원인 처지에서 보면 청탁은 없고, 모든 게 민원이라 생각한다. 하지만 보좌관으로서는 민원과 청탁은 구분 지어 판단해야 한다. 내 기준에는 민원과 청탁은 대가가 있고 없고의 차이가 있을 수도 있고, 노골적으로 청탁을 제안하기도 한다. 법과 규정을 바꿔 달라거나, 후원금과 대가성 지원을 제안할 때도 있다. 진정한 민원에 대해서는 그 누구보다 발 벗고 나서야겠지만 대가성 제안에 대해서는 철저한 경계가 필요하다.

그렇다고 민원을 그냥 지나치면 안 된다. '네'하고 받은 민원을 바쁘다 보면 놓치는 일이 생긴다. 민원인은 보좌관만 바라보고 있다. 들어온 민원은 관련 기관 등을 통해 꼼꼼하게 확인하고 가부 결정을 해야 한다. 시간이 필요한 민원을 제외하고 단기간에 확인할 수 있는 민원은 확인 후 민원인에게 전달하는 게 심적으로도 편하다. 되지도 않을 민원을 뭉개고 앉아 있으면 민원인에게 기대감만 주게 되고, 오랜 시간이 지나 어렵다고 하면 오히려 역효과만 일어난다. 골치 아픈 민원일수록 단기간에 처리하는 게 가장 효율적인 방식이다.

국회는 민원인이 많이 찾는 곳 중에 하나다. 전화민원은 말할 것도 없다. 전화로 걸려오는 민원으로 인해 출근부터 저녁 늦게까지 업무를 할 수 없을 정도로 방해를 받기도 한다. 어떨 때는 의원실에서 낸 법안과 관련해 문의 전화가 빗발친다. 이 법안이 국회를 통과해야 그동안 묵은 한을 풀 수 있다고 한다. 문제는 우리 의원실이 법안을 마련했지만, 해당 상임위에 계류 중이라 의원이 해당 상임위 소속 의원들을 찾아다니거나 전화로 부탁하는 방법 이외에는 할 수 있는 게 없다는 데 있다. 의원실에서는 '상임위 소속 의원들을 설득하라'고 안내를 해도 소용이 없었다. 거의 20분 간격으로 전화벨이 울린다. 한번 받은 전화는 짧게는 10분, 길게는 30분씩 이어졌다. 그 광경을 참다못해 비서에게 회장 연락처를 받아 내가 직접 전화를 했다. 우선 법안 처리 상황에 대해 아쉬움을 얘기하고 해당 상임위 소속 의원들과 간사 의원들을 설득하라고 얘기했다. 우리 의원실로 전화해도 아무런 소득을 얻을 수 없다고 설명했다. 그렇다고 상임위 소속 의원실에 전화하더라도 하루에 한 번만 하라고 했다. 지금처럼 하루에 수십 통씩 전화하면 좋은 감정도 나쁘게 생각할 수 있다고 얘기했다. 그런데 회장은 '언제 그랬냐'는 식의 반응으로 대응했다. 나는 정중하게 다시 설명했다. 회장은 다짜고짜 반말하며 절대 그런 적이 없다고 말했다. 나는 더는 말이 통하지 않겠다는 생각이 들었다. 나는 물러서지 않고 한마디 했다. "법안 철회 요청하고 앞으로 협회와는 협업하지 않겠습니다." 의원실에서 피해자들의 명예 회복을 위해 노력한 대가가 전화 폭탄으로 돌아왔다. 1시간이 지나서야 전화는 멈췄다. 회원들에게 알린 모양이다. 회장이 전화해 왔다. '미안하다.'며 앞으로 함께 힘써 달란다. 오히려 내가 죄송하다고 말하고 앞으로 더 신경을 쓰겠다고 했다. 서로 존중하자는 말도 남겼다.

국회 보좌진은 의원이 행사에 참석할 때마다 의원을 그림자처럼 따라다닌다. 한 손에는 관련 자료나 서류를 들고 한쪽 어깨에는 카메라가 얹혀 있다. 의원이 인사말을 할 때면 행사장 좌우를 오가며 카메라 셔터를 연신 눌러댄다. 행사에 방해될까 망설이는 이들도 있지만, 시간이 지나면 크게 신경을 쓰지 않게 된다. 나도 처음엔 많이 망설였지만, 차츰 익숙해져 염치는 뒷전이 된다. 오로지 의원의 인물 샷을 위해 주변의 눈치는 잠깐 무시하기도 한다. 그러한 노력으로 얻은 사진은 그날 바로 블로그와 페이스북에 올리기도 하고, 의정 보고서 제작 시에 활용하기도 한다. 보좌진의 업무 중에 중요한 부분을 차지한다. 외부 행사가 있을 때는 의원보다 미리 행사장에 도착하거나 의원과 함께 조수석에 앉아 이동하기도 한다.

수년 전의 일이다. 그날따라 행사가 많았다. 의원회관 세미나실은 각종 토론회가 시간 단위로 진행되고 있었다. 나는 의원이 참석하는 행사라 의원을 그림자처럼 따라다니며 사진을 찍어댔다. 카메라 사용이 익숙하지 않아 고생했던 시기였다. 그나마 대학 다닐 때 보도사진 강의를 들었던 게 조금은 도움이 되었다. 의원회관에서 개최된 행사는 모두 마쳤다. 이제 외부 행사가 남았다. 선배 비서가 의원을 모시고 가겠다며 카메라를 챙겼다. 나는 오늘 행사가 많아 보조배터리를 하나 더 챙겼으니, 꼭 가지고 가라고 전달했다. 그 비서는 내 얘기를 귀찮다는 듯이 건성으로 대답하고 행사장으로 출발했다. 나는 사무실에 들어와 지역 행사에 필요한 축사를 작성하고 있었다. 의원을 따라간 비서가 사무실에 전화했다. 여비서가 받았다. 갑자기 전화 수화기를 내리치듯 내려놨다. 여비서가

화가 난 듯 내게 말했다.

"임 비서님. 보류 눌렀으니 전화 받아요. 나보다 나이가 얼마나 많이 먹었다고 반말질이야."

"또 뭐라고 해요?"

"나한테 반말하면서, 임 비서님한테 그×× 바꾸라잖아요. 전화받아보세요."

"한두 번이에요. 원래 그런 사람이니까 참아요."

여비서에게 위로 아닌 위로를 하고 수화기를 들었다.

"네. 전화받…."

말이 끝나기도 전에 내게 욕설을 쏟아냈다.

"야. 이 개××야. 너 뭐 하는 ××야. 카메라 배터리 없다고 얘기했어야지. 의원님 사진을 한 컷도 못 찍었잖아. 너 어떻게 책임질 거야. 말해봐. 이 ××야."

"제가 비서님께 카메라하고 배터리 드리면서 보조배터리 꼭 챙기시라고 말씀드렸는데 안 챙기셨나요?"

"뭐. 안 챙겨? 내가 그걸 챙길 군번이야. 알아서 바꿔놨어야 할 거 아니야. 이 정신 나간 ××봐라."

나는 많은 생각이 들었다. 2년 가까운 시간 동안 그에게서 온갖 수모를 받으면서도 참고 버텨왔었는데, 또 참아야 하나? 이건 정말 아니라는 생각이 들었다. 나는 더는 참지 않았다.

"오늘 날 잡으신 것 같은데, 오늘 저녁은 그 잡은 놈으로 보신탕이나 드세요. 그리고 이런 장난 전화하시면 듣는 똥개도 그 입 더러워서 침 뱉고 갑니다. 그럼 이만 끊습니다."

기분은 좋지 않았지만, 그 비서에게 언젠가는 해줬어야 했을 충고였다. 전화를 끊고 세 번 연속으로 전화가 왔다. 여비서에게 반말하는 것도, 나에게 욕하는 것도 변함이 없었다. 나는 대응하지 않았다.

행사가 끝나고 웃으면서 의원실로 들어왔다. 의원이 행사장에서 기분이 좋았었는지 그 비서도 덩달아 좋아했다. 그는 나에게 말했다.

"너 한 번만 그런 식으로 말대꾸하면 바로 자를 거니까 조심해. 알았어?"

나는 그를 쳐다봤다. 그 비서가 내게 다시 말했다.

"뭘 봐! 한 대 치겠다?"

"네. 한 대만 치면 안 되죠. 나한테 욕한 것, 기혼인 여비서한테 막말한 것, 그동안 해왔던 나쁜 짓들…. 아예 박살을 내버리고 싶네요."

"좋게 말했더니 안 되겠네. 알았어. 그만둘 생각해."

싸울 기세더니 도망가듯 피했다. 며칠 후 그 비서는 의원실을 그만뒀다. 아니 정확하게 말하면 잘렸다. 의원과 선임보좌관에게 그날에 있었던 나에 대한 행동을 말하고 나를 '자르자'고 했다고 한다. 그런데 전후 사정을 알게 된 의원과 선임보좌관에게서는 오히려 '너 내일부터 나오지 마.'라고 전혀 다른 반응이 나오는 게 아닌가. 자신의 평소 행실을 잊은 채 알량한 신임만 믿다가 이른 바 '역관광'당한 것이다. 일이 그렇게 진행되자 졸지에 일자리를 잃게 된 그 비서에게 미안한 마음이 생겼다. 내가 조금만 더 참았으면 될 것을 '왜 그랬을까?'라는 죄책감도 들었다. 나중에 알게 됐지만, 의원은 그날 사건이 있기 전부터 해당 비서를 정리하라고 보좌관에게 지시했었다고 한다. 그는 며칠 지나 다른 의원실에 직급을 올려 비서관으로 채용되었다. 여비서와 나는 그 비서의 소식을 듣고 '재주가 뛰어난 재수 덩어리'라며, 고개를 절레절레 흔들었다. 그 비서의 횡포는 이 책 어딘가에 또 담겨 있다. 정말 잊을 수 없는 사람이다. 들어간 지 얼마 되지 않아 또 다른 의원실로 옮겼다. 소문이 안 좋아도 정말 자리 하나만큼은 잘도 찾아서 들어갔다. 국회는 인맥이 중요하다는 말을 새삼 느끼게 해주는 일화이다. 인맥에 의존하는 것이 반드시 행복한 결말을 가져다주지는 않겠지만….

07

인정받는 보좌관이 되기 위해 버려야 할 것들

국회 보좌진들이 일할 때 혼자서 똑똑하고 혼자만 특출하게 잘해도 소용없다. 미꾸라지 한 마리가 온 웅덩이를 흐리듯 의원실 분위기만 망칠 뿐이다. 의원이 지시한 일에도 강도가 전해지듯이 보좌진들이 똘똘 뭉치면 어떠한 강도 높은 일이라도 '신속하게 꼼꼼하게' 처리할 수 있다. '뭉치면 살고 흩어지면 죽는다'라는 말이 단순하게 들릴지 모르지만, 국회의원 보좌진이라면 뼈저리게 안고 가야 할 말이다. 나만 잘났다고 송곳처럼 튀어나온다고 해서 의원실 전체가 일을 잘할 수 없다. 수많은 기관을 혼자서 모든 걸 처리할 수도 없는 노릇이다. '함께 또 함께'해야 더 큰일을 도모할 수 있다.

"마음속에 자기 자신이 가득 차 있으면 다른 사람이 들어올 공간이 없습니다. 방 안에 물건을 잔뜩 쌓아 놓고서 다른 물건을 놓을 공간이 없다고 말하는 것과 같습니다. 누군가를 좋아하고 사랑하기 위해선 가장 먼저 자신을 버릴 수 있어야 합니다. 자신을 온전히 버려야만 마음속에 그 사람을 받아들일 수 있습니다. 주위를 둘러보면 외로워하는 사람들이 많습니다. 그러나 정작 그들은 알지 못합니다. 자신의 마음속에 다른 사람이 들어갈 공간이 없다는 것을 말입니다. 나를 버릴 때, 누군가가 우정이나 사랑으로 다가올 수 있습니다. 나 자신을 기꺼이 버릴 때 외로움은 따뜻한 사랑으로 바뀌는 것입니다."

– 김도사, 『하루 10분 글쓰기의 힘』 중에서

나 자신을 비울 때 다른 보좌진이 내 안으로 들어올 수 있다. 자신의 마음속에 나 자신만 가득 차 있지는 않은지 생각해보자. 나 역시 마음속에 가득한 나 자신을 버리기 위해 아직도 노력하고 있다. 나 자신을 하나씩 버릴 때마다 다른 이들이 내 마음속에 들어오는 기분이 든다. 자존심 따위는 버리자. 특히 보좌관이라면 더 그래야 한다. 우리는 쓸모없는 자존심 때문에 자신을 스스로 고립시키고 있다. 이제 스스로가 만든 고립된 가두리에서 벗어나야 한다. 내가 모르면 비서관에게 물어보면 되고 비서관이 모르고 있다면 비서, 인턴 비서에게 물어보고 배우면 된다. 그리고 몰랐던 것을 알아가며 내 것으로 만들면 큰 무기가 된다.

내가 아는 선배 보좌관 중에 자신이 가장 대단한 것처럼 자랑하는 선배가 있었다. 그 선배 말로는 자신이 국회 경력 20년의 베테랑 보좌관이라며 우쭐댔다. 그렇다고 매년 반복되는 국회 일정이나 뭘 준비해야 할지에 빠삭한 것도 아닌 것 같았다. 모르면 다른 보좌진에게 물어보면 될 것을, 보좌관이라는 자존심만 세우다 의원에게 '그것도 모르냐'며 매일같이 핀잔을 들었다고 한다. 의원에게 혼나는 날에는 애꿎은 다른 보좌진들에게 언성을 높이며 화풀이를 할 때가 많았다고 했다. 어느 날 그와 함께 일하는 후배가 우연히 복사기에서 그의 재직 증명서를 보게 되었다고 했다. 프린트한 걸 깜박하고 그대로 둔 채 퇴근을 한 것이다. 그런데 그의 말과는 달리, 기간으로는 20년이 맞지만, 실제 국회 보좌진으로 일한 것은 10년이 갓 넘은 경력이었다고 했다. 중간중간에 이가 빠진 것처럼 경력에 기재되어 있었다고 한다. 세칭 '경력 단절'이다. '그래도 10년 경력인데, 어떻게 모를 수 있을까?'라는 생각이 들었다고 한다. 사실 경력이 10년이든 20년이든 모든 것을 다 알 수도, 할 수도 없다. 모르는 게 있으면 자존심 따위는 버리고 물어보면 된다. 아랫사람이라고 무시하면 무시당한 보좌진도 당신을 무시할 수밖에 없다. 내 안에 다른 보좌진들이 들어올 수 있도록 '나' 자신부터 버리는 연습을 해보면 어떨까.

어느 날 밖에서 점심을 먹고 의원실에 들어왔을 때였다. 보좌관이 자기 자리에서 인턴 비서를 앞에 세워두고 언성을 높이며 야단치고 있었다. 큰일이라도 난 줄 알았다. 나는 보좌관이 자리를 뜨자마자 인턴 비서를 회의실로 불렀다. '무슨 잘못을 했길래 보좌관이 저렇게 큰소리를 치냐?'고 물어봤다. 인턴 비서는 말했다.

"보좌관님이 토론회 자료집을 받아오라고 하셔서 주최 의원실에 전화했더니 인쇄본이 없다고 하더라고요. 그래서 파일로 받아 프린트물을 보좌관님 책상에 올려놓았는데 자료집 책자가 없는 게 말이 되냐며 화를 내셨습니다."

아. 그게 화낼 일인가? 만일 더 큰 사고를 쳤다고 하더라도 긴 시간 동안 다른 보좌진들 보는 앞에서 모욕적인 말로 언성을 높이는 건 아니지 않나. 그만한 일로 조카뻘 되는 인턴에게 막말하며 몰아세우는 건 이해가 되지 않았다. 나는 인턴 비서에게 '지나간 일이니 신경 쓰지 말고 앞으로 그런 실수 없도록 해라.'라며 회의실을 나왔다. 아니 실수라고 하기엔 좀 어처구니가 없었다. 화가 나면서도 오히려 불쌍한 생각마저 들었다. 다른 의원실에서는 성숙한 인격이 발휘되기를 바랄 뿐이다.

인정받는 보좌관이 되기 위해 과거의 '나'를 버리고 현재의 '나'를 만들어가야 한다. 의원실 보좌진이 큰 실수든 작은 실수든 일이 생겼다면 지적은 하되, 언성을 높이며 긴 시간을 낭비하면서까지 호통칠 필요가 없다. 짧게 훈계하고 뒷수습을 어떻게 할지에 대해 대책부터 마련하는 게 순서일 것이다. 이때 다른 보좌진들이 다 듣는 공간에서 공개적인 망신을 줘서는 안 된다. 선임보좌관이 볼 때는 전부 아랫사람일지 몰라도 보좌진들은 서로 나이와 직급이 다르므로 오히려 반감을 불러일으킬 수 있다. 지금 보좌관이라는 위치에서 의원의 총애를 받고 있다면, 본인이 잘해서가 아니라 의원실의 다른 보좌진들의 희생으로 얻어진 것이다. 나 혼자만의 노력으로 모든 게 이루어지고 있다는 착각에서 벗어나야 한다. 함께 일하는 보좌진들이 있으므로 나에 대한 의원의 신뢰가 쌓이는 것이다. 함께 노력하자. 의원실 보좌진 모두가 자존감을 높일 수 있도록 보좌관이 먼저 실천하자. 오래된 나만의 나쁜 관습은 버리고 '함께'라는 좋은 습관을 만들자.

마지막으로 의원실 내부 보좌진들끼리 정치는 절대 하지 말자. 정치는 의원을 도와 외부에서 하는 것이지 의원실 안에서 하는 게 아니다. 기업 내 조직에서 '직장 내 집단 따돌림' 문제가 심각한 사회적 이슈가 되기도 했다. 이는 기업뿐만 아니라, 어찌 보면 국회가 더 심각하다고 할 수 있다. 9명밖에 되지 않는 조직에서 2개 또는 3개 집단으로 분류해 '끼리끼리' 어울리는 의원실도 있다. 어떨 때는 점심 식사 시간이 되면 항상 뭉치는 사람끼리 말도 없이 나가기도 하고, 심지어 다른 보좌진을 이간질하거나 험담을 늘어놓기도 한다. 심할 경우 크게 한 판 싸우고 그 사실이 의원 귀에 들어가서 면직 처리된 보좌진들도 있다. 당하는 보좌진으로서는 당장 그만두고 싶어도 가족의 생계 때문에 고통이 따라도 꾹 참고 일할 수밖에 없다. 나 또한 당했던 경험이 있었다. 함께 일했던 보좌관이 자신에 충성하는 보좌진들을 저녁마다 불러 다른 보좌진들 몰래 밖에서 만나기도 했다. 그 보좌관은 그들끼리만 대화할 수 있도록 단체 카톡방을 만들어 대화하고, 5분 간격을 두고 저녁 약속 장소로 이동했다. 어떨 때는 서로 말을 맞췄는지 '집에 차로 태워준다.'라며 동시에 이동하기도 했다. 그들의 행동을 알게 된 것은 다른 의원실 보좌관들이 내게 전화를 해준 덕분이었다. 아니 알려주려고 했다기보다 다른 보좌진들은 보이는데 내가 안 보여서 전화를 했다고 한다. 그런 사실이 다른 사람에 의해 여러 번 목격되다 보니 서로 신뢰할 수 없는 관계가 되었다. 그럴 의도는 아니었지만, 나 또한 늦게까지 일한 보좌진들과 함께 늦은 시간에 어쩔 수 없이 소주라도 한잔하러 '끼리끼리' 뭉칠 수밖에는 없었다. 별거 아니라고 넘어갈 수 있지만, 그 골이 깊어지면 평생 원수지간이 될 수밖에 없다. '네 편 내 편'으로 편 가르게 하는 건 의원실을 자멸시킬 수 있다는 걸 명심하고 나부터 반성한다. 누구도 소홀히 대할 수 없고, 그렇게 해서도 안 된다. '함께'라는 공동체 의식부터 가지자고 스스로 나 자신을 꼬집는다.

선·후배 보좌관들에게 세 가지만 함께 실천하자고 감히 제안한다. 먼저, 나 자신과 나만의 나쁜 관습을 버리고, 의원실 내에서 정치하지 말자고 제안한다. 자신 있게 "나는 그렇게 하고 있다."라고 말할 수 있어서 먼저 제안하는 것은 아니다. 다만 나 자신이 지켜왔던 것과 지키려고 하는 것들을 모든 보좌진과 함께 실천했으면 하는 바람으로 내 생각을 글로 표현하는 것이다. 누군가가 나를 평가할 때, 어떤 이는 좋은 보좌관으로 인정하는 반면, 또 어떤 이는 나의 과거를 두고 '보잘것없는 보좌관'이라며 저평가하는 이들도 분명 있을 것이다. 또는 이영애 배우가 출연했던 영화 〈친절한 금자씨〉에 나왔던 대사처럼 '너나 잘하세요.'라고 말하는 이들도 있을 것이다. 어떤 말을 들어도 좋다. 내가 이 책에 담고자 하는 것은 내 주변의 사람들에게만큼은 후배 보좌진들에게 '인정받는 보좌관이 되자!'라는 것이다. 나는 이 책을 통해 내가 잘하는 것과 아쉬운 점들 그리고 내가 앞으로 더 잘해야 할 것들에 대한 반성과 실천을 담아내고 싶었다. 후배 보좌진들에게 꼰대 보좌관 꼬리표는 달고 싶지 않았기 때문이다. 이 글은 나의 반성문이다.

08

우리 때는 말이야, 꼰대 보좌관은 그만!

나도 가끔 의원실 보좌진들과 대화 중에 "옛날에는 말이야, 지금은 상상도 할 수 없었다."라는 식의 꼰대 발언을 하곤 했었다. 고치려고 하지만 쉬운 일이 아닌 것 같다. 머릿속에 담아두고 억제하는 수밖에 없는 노릇이다. 그런 얘기가 빠지면 양념이 빠진 양 심심하다는 느낌이 들기도 한다. 자제력을 발휘해야겠다. 나 또한 선배들에게 "우리 때는 말이야, 의원이 얘기 안 해도 눈치만 보고 했었어."라는 말을 수백 번은 들어왔다. 마치 5선 국회의원을 만나 얘기하는 듯한 착각에 빠진다. 자신은 대단한 사람이라고 말을 하지만, 듣는 이들의 생각은 어떨까. 부족한 걸 말로 채우려는 모자란 사람처럼 보일 뿐이다. 나부터 반성해야겠다는 생각이 먼저 든다. 꼭 그런 말은 하지 않아도 알 사람은 다 안다. 아니면 같이 일하다 보면 다 알게 된다. 그런 보좌관일수록 실수가 잦다. 어떨 때는 본인이 실수한 부분을 의원한테 혼이 날까 봐 다른 보좌진 핑계를 대는 사람도 있다. 성격이 좋은 의원이면 웬만해선 넘어가지만, 그 반대라면 핑계를 당한 보좌진도 이유 없이 혼나기도 한다. 내가 당해봐서 잘 안다. 상임위 전체 회의가 있던 날이었다. 나는 보좌진들이 써서 준 질의서를 최종적으로 수정하고 첨부 자료와 함께 의원 책상 위에 올려놓았다. 의원이 한눈에 볼 수 있게 목차까지 준비했다.

의원이 출근하고 30분 정도 지났을 무렵이었다. 의원이 보좌관을 부르더니 질의서 내용을 두고 한바탕 폭풍우가 몰아친다. 매번 있는 일이라 대수롭지 않게 앉아 있었다. 의원이 내 이름을 크게 부른다.

"네. 의원님."
"이 질의서 뭐야. 이런 식으로 만들어서 올리면 나보고 어떡하라는 거야. 이게 무슨 질의서냐고. 업체 홍보해줄 일 있어?"

보좌관은 머리만 긁적거리고 나는 무슨 영문인지도 모르고 답답할 노릇이었다. 의원이 얘기하는 걸 들어보니, 내가 의원 책상 위에 올려놓은 질의서 중간에 그 보좌관이 몰래 끼워 넣은 것이었다. 업체의 부탁을 받앗는지 모르지만, 사업 승인 관련한 내용이라 문제가 될 수 있었다. 그런데 그 보좌관은 의원의 몰아치는 탓에 잠시나마 모면하려 마치 내가 올린 것처럼 보고한 것이었다. 나는 의원에게 아무런 변명도 하지 않았다. 의원이 나가고 나서야 미안하다고 말을 한다. 질의서도 본인이 작성한 게 아니라 업체가 써준 그대로 받아서 질의서 서식에 맞춰서 올렸다. 나는 바로 업체 담당자에게 전화해서 '한 번만 더 이런 짓을 하면 알아서 하라!'고 엄포를 놨다. 무슨 생각에서 그랬는지 아직도 이해되지 않는다. 한순간의 잘못된 판단으로 보좌관의 생명은 단축될 수 있다. 달콤한 유혹에 빠지지 말자고 다짐한다.

대정부 질문과 국정감사 준비로 한창 바쁠 때였다. 의원실에 두 사람이 앉아 밤늦게까지 질의서를 쓰고 있었다. 거의 자정이 될 무렵에 친구에게서 전화가 왔다.

"너희 보좌관님 들어왔어?"

"아니. 안 들어왔어. 왜 무슨 일 있어?"

"같이 술 한잔했는데, 술이 좀 취하셨거든. 대정부 질문 준비해야 한다면서 나가셨는데, 전화를 안 받으시네."

"야. 술에 취해서 대정부 질문 준비하냐. 안 들어왔으니까 계속 전화해 봐. 바빠."

원래 그런 사람이라 동요하고 싶지 않았다. 하지만 동료 보좌진들은 밤새워 일하고 있는데, 총책임을 져야 할 선임보좌관은 술을 취하도록 마셨다니 한심스러웠다. 술 취한 것도 부족해 다시 의원실에 일하러 간다는 거짓말까지 했다니 순간 화가 났다. 누가 보면 일에 대한 열정이 대단한 보좌관이라도 되는 줄 알았을 것이다. 며칠 뒤. 대정부 질문이 끝나고 국회 출입한 지 얼마 되지 않은 기자 선배와 점심을 먹었다. 그 선배가 보좌관 얘기를 하면서 그날 함께 술을 마셨다고 한다. 그런데 그 선배 말이 "너희 보좌관 좀 잘 도와줘라. 혼자 이것저것 다하는 것 같더라. 이번 대정부 질문도 보좌관 혼자 준비했다고 하더라. 술 마시다가 일하러 간다며 중간에 나갔어."라고 했다. 이건 무슨 소린가. 주변 사람들에게 자기를 얼마나 더 포장해야 직성이 풀릴까. 그 보좌관이 나와 1년 동안 같이 일하면서 보도자료와 질의서 10개 정도 작성해봤나? 기본적인 보도자료도 제대로 쓴 적이 없는데, 어떻게 질의서를 쓸 수 있겠나. 선임보좌관이라 그럴 수 있다고 치자. 그렇다고 고생하는 다른 보좌진들 욕보이는 언행은 자제했어야 한다. 나는 기자 선배가 '언젠가는 알게 되겠지.'라는 생각에 아무 대꾸도 하지 않았다. 내 예상대로 선임보좌관의 능력이 어느 정도인지 며칠 되지 않아 기자 선배가 제대로 알게 되었다. 의원이 선임보좌관에게 직접 지시한 보도자료가 기자들에게 뿌려지면서 문제가 되었다. 전화해서 물어봐도 보도자료를 쓴 본인이 횡설수설했다고 한다. 한마디로 기자가 설명을 들어도 무슨 내용인지 모르겠단다. 선배는 내게 오해해서 미안하다고 했다. 나는 그 선배에게 우리 의원실에 다른 보좌진들이 얼마나 고생하는지 알아줬으면 좋겠다고 말했다.

국회에 출근만 하는 보좌관이 있다. 어떤 보좌관은 출근해서 퇴근하기 전까지 책상에 앉아 있지를 못한다. 다른 의원실을 찾아다니며 인맥 쌓기 놀이를 하고 담배를 피우러 나가면 1시간이 지나도 나타나지 않는다. 어떨 때는 책상에 느긋이 앉아 있는가 싶었지만, 고개를 숙이고 깊은 명상에 빠져 있다. 퇴근 시간이 되면 술 약속은 잘도 잡는다. 달인 수준이다. 또 다른 보좌관은 자신이 모 기업에 들어가기 위해 열심히 공부하는 대학 취업준비생인 줄 착각한다. 출근하면 영어책을 펴고 공부를 한다. 의원실 일은 전혀 하지 않는다. 의원이 언제 자를지 고민하고 있다는 후문이 있다.

보좌관의 천태만상은 이뿐만이 아니다. 돈이 어디서 생겼는지 10여 채 되는 아파트와 오피스텔, 상가 등 임대업을 하는 보좌관도 있고, 자신의 이력을 숨기고 인턴에서 바로 보좌관이 된 사람도 있다. 본인은 오래전에 직급을 달았었다고 얘기하지만, 국회 사무처 인사과에는 인턴 경력만 있을 뿐 직급을 단 적이 한 번도 없었다. 함께 일을 하다 보면 그 보좌관의 능력은 금방 들통난다. 또는 다른 의원실 보좌관에게 수소문하면 알 수 있다. 이런 경우 의원이 누군가에게 부탁을 받고 채용할 때, 그 보좌관 경력을 포장해서 얘기한 것이다. 의원도 속이고 보좌진들도 속인 것 아니겠나. 무엇보다 같이 일하는 보좌진을 하인 부리듯 대하는 보좌관도 있다. 집이 서로 같은 방향이면 아래 보좌진에게 출퇴근을 시켜달라고 하고, 별것도 아닌 일에 고함을 지른다. 이때 보좌관이 하는 말이 더 가관이다. '밑바닥부터 배워야 하는데, 하늘에서 뚝 떨어져 바로 직급 달고 오니 그 모양으로 일을 하지.'라며 인격 모독적인 말도 서슴지 않는다. 정작 본인은 그 보좌진보다 그 위의 직급을 받고 국회에 들어왔다. 한마디로 똥 묻은 개가 겨 묻은 개 나무라는 꼴이다. 의원실 운영비와 정치자금 경비를 개인 돈처럼 사적인 용도로 사용하거나, 인턴을 뽑은 뒤 본인 자녀의 과외를 하게 하는가 하면 기관의 협력관을 벌이라도 주듯 긴 시간을 문 앞에 세워놓는 등 갑질 퍼레이드를 아무 죄책감 없이 능수능란하게 하는 보좌관도 있다. 협력관이 본인보다 나이가 더 많은데도 말이다. 내가 직접 경험한 내용도 있지만, 다른 보좌진들을 통해 전해 들은 이야기, 여의도 대나무 숲에 올라온 내용을 정리한 것이다. 더 많은 소문이 전해지지만 모든 게 사실이 아니길 바랄 뿐이다. 정말 열심히 일하는 보좌관들이 도매금으로 취급당하지 않았으면 하는 바람이다.

내가 아끼는 후배가 있었다. 그 후배는 의원실 첫 임무가 수행비서였다. 지금은 정책을 누구보다 더 잘하고 열심히 하는, 의원실에 없어서는 안 될 보좌진이 되었다. 가장 일찍 출근하고 가장 늦게 퇴근하면서 정책과 법안, 보도자료, 기획안 등 일 처리가 깔끔하다. 그런 그에게도 아픈 기억이 있다고 했다. 처음 국회에 들어와 의원을 수행하고 어깨에 카메라를 들춰 메고 의원의 사진을 찍고 다녔다. 수행만 하는 게 싫어서 시간이 날 때마다 정책에 관한 일도 열심히 했다고 한다. 후배는 주말을 제외하고 출근부터 퇴근까지 늘 의원의 그림자처럼 따라다녔다. 일주일 지났을 무렵, 선임보좌관이 후배를 불러 "너는 수행만 하는 게 아니라 의원님이 지역에 가시면 주말에 청소도 하는 거야."라고 말했다고 한다. 후배는 수행비서가 당연히 해야 하는 줄 알았다고 한다. 지역구 의원의 경우 평일에는 오피스텔에서 생활하다 금요일 오후에는 지역구에 내려간다. 후배는 토요일이면 종량제 봉투를 구매해 의원 오피스텔로 가 청소를 했다고 한다. 빨래는 물론, 음식물 쓰레기도 처리하고 화장실 청소도 했다고 한다. 주 6일을 근무한 셈이다. 의원이 시켜서 하는 때도 있지만, 보좌관이 알아서 지시했을 수도 있다. 의원 본인도 편하니 하지 말라고 얘기하지 못했을 거다. 의원은 청소해주는 후배보다 보좌관을 더 고마워하고, 신뢰하지 않았을까. 한마디로 고생은 후배가 다하고 공로는 보좌관 몫이 된다.

인턴 비서 때의 일이다. 나는 의원실에서 축사나 온갖 잡다한 일만 해왔다. 인턴 비서는 그런 줄로만 알고 있었다. 그런데 다른 의원실 인턴 비서들은 자신의 질의서와 보도자료가 언론에 기사화되었다며 자랑처럼 애기했다. 이러다가는 인턴에서 벗어날 수 없다는 생각이 들었다. 나는 부러운 마음에 조급함마저 들었다. 시간이 날 때마다 연습 삼아 질의서를 쓰기 시작했다. 어느 날이었다. 한창 질의서를 쓰고 있는데 누군가 내 뒤에 서 있는 기분이 들었다. 뒤로 돌아보는 순간 때릴 듯한 액션을 취하고 있던 비서관이 내게 한마디 던졌다. "인턴이 무슨 질의서를 써. 나 때는 직급 달기 전까지 축사나 썼지 질의서는 쓰지도 못하게 했어. 그 시간에 법안 도장이나 받아와." 정작 본인은 인턴 경험을 하지 않았다. 그리고 비서관 명함을 가지고 다녔지만, 실제는 비서였다. '비서님'이라고 했다가 '싹수없다'는 소리를 한두 번 들은 게 아니었다. 함께 일하는 동안 오전 9시 이전에 출근한 게 열 번도 안 된다. 평균 10시. 나는 아침마다 그 비서만을 위한 고정적으로 한 일이 있었다. 그의 자리로 가 컴퓨터를 켜놓고, 옷걸이에 걸려 있는 카디건을 의자 뒤에 걸쳐놓았다. 의자는 앉았다 일어난 것처럼 뒤로 빼서 나가는 방향으로 돌려놓았다.

어떨 때는 자료를 책상 위에 흩어 올려놓기도 했었다. 하루라도 빠진 날에는 불호령이 떨어진다. 선임보좌관이 찾을 때마다 늦는 핑계가 정해져 있었다. '정보를 얻기 위해 본청에서 누구를 만나고 있다.', '본청에 서류 좀 떼러 왔다.', '급하게 누굴 만나 본청 앞에서 얘기하고 간다.' 등 항상 본청에서 일과가 시작된다. 본청은 회관까지 오는데 조금이나마 시간을 벌 수 있기 때문이다. '최고가 되려면 최고를 만나라!'라고 했다. 최고에게 일을 배워야 최고가 가진 능력과 실력을 어느 정도 터득할 수 있기 때문이다. 하지만 나는 그와 함께 일하는 동안 배운 게 없었다. 인턴 비서가 질의서를 쓰면 왜 안 되는 것일까? 내가 질의서를 쓰면 자기 일을 덜어준다는 생각은 왜 하지 않을까? 나는 그의 본보기를 통해 꼰대 보좌관이 되지 말자고 다짐했다. 아랫사람을 돕는 것이 결국 나를 돕는 것이다.

5

국회는 가을이 없다

01

국회는 가을이 없다

"아, 이번 추석 명절에도 고향 집에는 못 가겠네요?"

"미안해. 국정감사 일정이 그런 걸 어떡하겠니. 의원님께 말씀드려서 국정감사 끝나면 보좌진들 일주일씩 휴가 달라고 말씀드려볼게."

의원실 비서가 한탄하듯 내게 묻는다. 그렇다고 내가 미안할 일은 아니다. 하지만 국정감사가 끝나면 '휴가'를 보내주겠다는 말을 핑계 삼아 달랠 수밖에 없다. 달콤한 기대감이라도 가져야 힘이 나서 버틸 수 있겠다는 마음으로 위로한다. 그마저도 의원이 보좌진들 고생했다고 휴가를 허락해 주면 다행이지만, 이런저런 일정이 겹치면 기대했던 휴가는 물거품이 되고 만다. 국회는 봄, 여름, 가을, 겨울 중 가을이 가장 바쁠 때다. 여름 휴가철이 끝나면 국회 의원회관 의원실 불빛이 늦게까지 켜진 곳이 많다. 주말에도 의원실 문은 항상 열려 있다. 국회의 가을은 9월 1일 정기국회와 함께 시작한다. 100일간의 전쟁이 시작된다는 의미이다. 정기국회 기간 중심에는 국정감사가 자리 잡고 있다. 국정감사 일정은 교섭단체 협의에 따라 정해진다. 그런데 문제는 추석 명절이 끝나는 시점에 열린다는 것이다. 어쩔 수 없이 추석 명절 기간에는 국정감사 준비를 위해 출근을 해야 한다. 그러다 보니 보좌진들의 한숨 소리가 여기저기에서 터져 나온다. 상임위만 준비하는 의원실은 국정감사가 끝이 나면 '아. 드디어 끝났다.'라고 기뻐하지만, 예산결산특별위원회 소속 의원실 보좌진들은 내년도 예산안 심의를 위해 제2의 국정감사를 준비해야 한다. 이렇듯 예산안 제출 의결시한인 12월 2일이 지나서야 '드디어 끝났다.'라는 안도의 한숨을 내쉰다. 정신없이 달려온 정기국회가 끝이 나고 국회 의원회관 회전문을 나올 때쯤이면 가을은 온데간데없고 하얀 눈발이 국회 잔디마당에 소리도 없이 쌓인다. 어떨 때는 한 해를 마무리하고 새해를 맞이할 때도 있었다.

19대 국회 때의 일이다. 당시 국정감사는 끝이 났지만, 새해 예산안과 쟁점 법안 처리를 두고 여야 의원들이 한 치의 양보도 없이 줄다리기하고 있었다. 12월 31일 늦은 밤까지 본회의가 열리지 않았고 의원들과 보좌진들은 사무실에서 마냥 대기 상태로 앉아 있었다. 보좌진들은 이를 두고 '뻗치기'라고 표현하기도 한다. 밤 10시가 넘어 당 사무처에서 문자가 왔다.

"잠시 후 의원총회가 열릴 예정이오니, 의원님들께서는 ○○시 ○○분까지 본청 246호 회의장으로 오시기 바랍니다."

'드디어 본회의가 열리나?', '지난해에도 한 해를 넘기더니, 이번에는 올해에 처리될 수 있을까?'라는 걱정과 함께 마음 한편에는 기대감도 없지 않아 있었다. 그러나 그 기대와 달리 자정이 되자 본회의 차수 변경을 시작으로 1월 1일 새로운 새해를 의원실에서 맞이했다. 또 한 통의 문자가 온다. "의원님들께서는 의원실에서 대기해 주시기 바랍니다." 이 문자를 보는 순간 의원실 보좌진들은 망연자실할 수밖에 없다. 언론에는 모대표가 '쪽지 예산' 끼워 넣기를 시도했다는 이유로 새해 꼭두새벽 국회가 파행됐다고 한다. 단지 이뿐이겠나, 쟁점 법안을 두고 여야가 서로 팽팽한 입장 차만 보였다. 그런 과정을 지켜보는 보좌진들은 어김없이 책상에 엎드려 쪽잠을 청하기 마련이다. 아침 7시가 되자 선임보좌관이 보좌진들을 깨우며, "아침 식사나 하고 다시 들어오자."라고 말한다. 의원실 보좌진들은 잠이 덜 깬 눈을 비비면서 선임보좌관을 따라나섰다. 차를 타고 국회 정문을 나와 서강대교를 지나는 순간 대교 위에 많은 차가 주차되어 있었다. 새해 해돋이를 보기 위해 모인 사람들로 인해 편도 3차로가 2차로가 된 것이다. 서강대교 위에서 해돋이를 바라본 게 여러 차례…. 이렇게라도 새해 첫 해돋이를 볼 수 있다는 생각에 스스로 위안 했던 기억이 난다. 아침 9시가 지났을 무렵, 의원실 TV 본회의장 화면에는 여야 의원들이 하나둘씩 들어오는 모습이 비치기 시작한다. 드디어 새해 예산안과 쟁점 법안이 국회 본회의를 통과했다. 그제야 의원실 보좌진들은 "새해 복 많이 받으세요." 인사를 한다.

정기국회 100일의 기간 중 최고의 하이라이트는 국정감사다. 이 기간에는 국회의원들의 1년 의정활동을 수확하는 농민의 마음이나 마찬가지다. 이렇듯 의원이 한 해 동안 의정활동을 하면서 가장 국회의원다운 순간을 꼽으라면 국정감사를 먼저 꼽을 것이다. 국정감사는 행정부를 감시하며 정부 정책과 예산, 입법에 대한 국정 전반을 살펴야 하는 국회의 책무이다. 그러나 매년 국정감사 기간에는 부실 국감이니 식물 국감이니 하는 내용의 언론 보도가 장식된다. 심지어는 국정감사 무용론이 제기되기도 한다. 언론도 그럴 것이다. 매년 반복되는 여야 간의 정치 공방이 난무하고 의원 간의 폭언, 폭로 등으로 인해 회의가 파행 직전까지 가는 상황이 부지기수인데, 국민이 국회를 신뢰할 수 있겠나? 그렇다고 국정감사 제도를 없애면 부처 공무원들이 과연 원칙에 따라 공정하고 합리적으로 일을 하고 있는지 어떻게 알 수 있겠는가? 그나마 국정감사 제도가 운영되고 있어서 행정부와 산하 기관이 제대로 일을 하고 있는지, 국민의 혈세를 엉뚱한 곳에 낭비하는 건 아닌지 등 감시와 견제 기능을 수행할 수 있는 것이다.

국정감사가 끝이 나면 숨돌릴 틈도 없이 예산결산특별위원회 회의가 열린다. 이들 의원의 임기는 1년으로 상임위원회 임기 2년에 비해 짧게 활동한다. 매년 늘어나는 예산에 총액 500조 원이 넘는 국가 예산을 단 50명의 의원이 심사한다. 당연히 관련 부처 상임위 예산 회의를 거친 후 예결위로 넘겼지만, 사업 예산 전부를 살필 수 있는 여력이 안 된다. 여기서도 부실한 예산 심사라는 여론이 쏟아진다. 지역구 의원은 지역 예산 챙기기에만 집중하고, 여의치 않으면 '쪽지 예산'으로 끼워 넣기를 시도한다. 포함되지 않은 사업 예산이 갑자기 기사회생한다. 이런 상황이 가능한 이유는 예산결산특별위원회 산하 예산안 조정소위원회(옛 계수조정소위)에 속해 있는 의원들의 막강한 영향력 때문이지만, 이보다 더 막강한 영향력은 위원장과 교섭단체 간사의 협의체인 이른바 '소소위' 의원이 행사한다. 예산결산특별위원회 전체 50명 의원 중 예산안 안건조정소위원회 8명 그리고 소위원회 안에 소소위까지 3차에 걸친 예산안 심사가 이루어진다. 소위원회까지는 필요하겠으나, 소소위 협의체까지 구성해 심사하는 것을 두고 낡은 관행이라는 지적이 많았다. 이러다 보니 지역구 '쪽지 예산'이 난무하고 소위원회 의원들과 친분이 없으면 자신이 속한 지역구 예산은 신규 사업 예산은 물론 기존 예산마저 삭감당하는 일이 생기기도 한다. 그런 일이 일어나면 해당 의원과 시장이나 군수는 선거 당시 자신의 공약이거나 지역의 최대 현안 사업을 챙기지 못했다는 생각에 망연자실해야 한다.

수년 전의 일이다. 의원은 자신의 지역구에 과학관 건립하기 위해 관련 사업 예산안을 들고 예산결산특별위원회 소위원회 의원들을 백방으로 쫓아다녔다. 다 만나고 나서야 한숨을 돌린다. 그러던 중 소위원회 의원 한 명이 우리 의원에게 전화를 걸어왔다.

"이 사업은 이번 예산안에 들어가기가 힘들 것 같은데, 소소위 열리면 위원장에게 부탁해봐."
"네. 그렇게 하겠습니다. 신경 써주셔서 고맙습니다."

의원은 전화를 끊고 나를 부른다.

"소소위 일정 나온 거 있어요?"
"의원님. 소소위 일정은 해당 의원실 내부에서 알아도 절대 알려주지 않습니다."
"그런 게 어딨어. 국회 일정을 공식화하지 않고 마음대로 처리하는 게 말이 돼?"

나는 더는 설명해봤자 말대꾸만 하는 것 같아 "네. 의원님. 수시로 확인해서 보고드리겠습니다."라고 말하고는 의원 방문을 닫고 나왔다. 다음날이었다. 아침부터 위원장실과 간사실, 친분이 있는 기자들에게 전화했다.

"혹시 소소위 어디에서 하고 있는지 아세요?"
"죄송합니다. 저희도 전혀 알 수가 없습니다."
"아. 네. 알 수 없는 거 알면서도 전화해서 제가 더 죄송합니다."

오히려 죄송하다는 말만 되풀이했다. 기자들은 "저도 수소문 중인데, 혹시 보좌관님이 먼저 알게 되면 저한테도 알려주세요."라며 역으로 제안해 오기도 한다. 의원이 직접 위원장실과 간사실로 찾아가 보지만, 헛걸음만 친다. 저녁 무렵 소소위에 의원과 함께 배석한 선배 보좌관에게서 문자가 왔다.

"여의도 ○○호텔…. 의원님 들어오시면 모양새가 안 좋으니, 밖에서 기다리다가 잠깐 만날 수밖에 없어. 몇 호 인지는 알려줄 수 없으니, 그렇게 아셔. 미안해."

서로 문자를 주고받았다.

"형님. 고맙습니다. 그럼 몇 시쯤 마무리될 것 같습니까?"
"글쎄. 곧 산업부 예산 심사 끝나면 반타작 정도 했을까."

"네. 형님. 감사합니다. 대충 끝나는 시간 맞춰서 문자 주시면 의원님 모시고 가겠습니다. 번거롭게 해드려 죄송합니다."

선배와 문자를 주고받은 시간이 밤 11시쯤 되었던 것으로 기억한다. 새벽 2시가 되었을 무렵 그 선배에게서 문자가 왔다.

"오늘 마무리 안 될 것 같아. 내일 아침 일정이 국회에서 있으니, 의원실에 들어오시면 문자 줄게. 그때 의원님 모시고 우리 의원실로 오셔."
"아. 네…. 고맙습니다. 내일 꼭 연락주세요."

내가 의원에게 보고드리자 의원은 한숨을 내쉬며 집으로 향한다. 다음 날 아침, 선배의 연락을 받고 의원과 함께 빠른 걸음으로 해당 의원실에 갔다. 다행히 의원은 자리에 있었고, 두 분이 짧은 시간 담소를 나누고 의원실로 돌아왔다. 얘기가 잘된 것 같았다. 그러나 희망이 섞인 기대는 얼마 가지 않았다. 위원장이 의원을 급히 불렀다. 위원장실에는 간사 의원들과 기재부 차관, 담당 공무원이 함께 있었다. 위원장은 의원에게 기재부 설명을 들어보라고 한다. 아니나 다를까 기재부 입장은 부정적이었고, 단호하게 안 된다는 설명이다. 의원도 사업 당위성에 관해 설명했지만, 의원과 기재부 사이에 두꺼운 벽이 가로막혀있다는 느낌이 들 정도였다. 30분가량 흘렀다. 위원장을 포함한 여러 배석자가 점점 지쳐갔다.

위원장이 중재에 나선다.

"다시 한번 설득해 볼 테니, 돌아가서 기다리고 있어요."

"위원장님. 제 지역구 지역민들이 이 사업이 되기만을 얼마나 기다리고 있는지 아십니까? 이번에는 꼭 좀 되게 해주셔야 합니다."

"알았으니까. 기다려 봅시다."

의원은 의원실로 돌아와 기다릴 수밖에 없었다. 기다리는 시간은 오래 걸리지 않았다. 다음에 다시 해보자는 말로 예산안 편성은 물 건너갔다. 이렇게 나의 가을은 유종의 미를 거두지 못하고 겨울을 맞이했다. 국회 잔디광장 겨울바람이 더 춥게 느껴졌다. 국회 보좌진들은 가을을 잊은 지 오래됐다. 이 자리에 있는 동안은 가을이 있을 수 없다. 16대 국회의원이었던 김홍신 작가는 『의정활동 자료집』을 통해 '가을 국회'를 이렇게 풀어냈다.

"여의도에는 가을이 없다. 여의도의 가을은 정기국회와 함께 오고, 함께 간다. 그리고, 그 가운데에 국정감사가 자리 잡고 있다. 정신없이 매달려 정기국회를 끝내놓고 겨우 한숨 돌릴 때쯤이면 가을은, 손톱 끝에 보일 듯 말 듯 남아있는 첫눈 오는 날의 봉숭아 물처럼, 끝자락만 살짝 남겨놓고 있다. '여의도에는 가을이 없다.'"

02

나는 정치적 중립이고 싶다

어느 날 새 국회 개원을 앞두고 어느 중앙당에서 국회의원에 당선된 의원들에게 보좌진 채용에 관한 가이드라인 내용을 공문으로 발송했었다. 가이드라인은 크게 5가지 항목으로 구성되어 있었다. '낙선 국회의원 보좌진 우선 임용, 친인척 채용 및 보좌진 편법 운영 금지, 중앙당 사무처 당직자 4급 상당 이상의 보좌진으로 임용, 타당 출신 보좌진 임용 시 정밀 검증, 보좌진의 당적 보유 의무'라는 내용이었다. 그런데 의원실에 '사무처 당직자를 4급 상당 이상의 보좌진으로 임용'하라는 내용은 말이 안 되는 부분인 것 같았다. 이 내용을 사무처 당직자가 작성했는지는 모르겠으나, 의원실에 4급 이상 보좌진은 보좌관 아니면 국회의원 직책밖에 없다. 그냥 4급 보좌관 임용이라고 하면 될 것을…. 의원실 4급 보좌 관으로 갔거나 가려고 하는 당직자가 있다면 정말 능력 있는 사람이었으 면 하는 바람이다. 그렇다고 내 식구 챙기겠다는데 누가 뭐라 하겠나. 다 만 보좌진에게까지 타당 출신 운운하며 사상검증을 지시하고 편 가르기 를 하는 것은 매우 부적절해 보였다. 이유는 간단하다. 보좌진이라는 업 이 과거에는 정치 성향, 선거 출마 등 정치적 목적이 뚜렷했었다면, 지금 은 가족의 생계가 우선인 생계형 보좌진이 대부분이다. 적도 내 편으로 만들라고 했다. 능력이 있을 때 적도 언제든 내 편이 될 수 있다. 그건 모 든 정당이 걱정해야 할 과제이다.

국회의원 선거가 끝나고 의원실 짐을 정리했다. 의원이 낙선하면서 의 원실 보좌진들은 각자의 살길을 찾아 떠나야 한다. 그중에는 다른 의원 실에 가기로 확정된 보좌진이 있는가 하면, 국회를 떠나 다른 일을 하는 보좌진도 있었다. 나 또한 새로 당선된 의원실에 가기 위해 수십 장의 이 력서를 넣었다. 당선자와 소통관 로비에 앉아 면접을 보기도 했다. 선배 보좌관이나 기자 선배들이 내 이력서를 들고 여기저기 추천을 해주기도 했다. 몇 군데는 긍정적으로 검토하고 있으니 기다려 보자고 했다. 그런 데 다들 쉽지 않겠다고 했다. 선배들이 공통으로 한 얘기는 다른 정당 소 속 의원의 보좌관을 한 것이 이유라고 한다. 그 이유로 인해 당의 지침인 타당 출신 보좌진 검증 차원에서 채용할 수 없다고 했다. 어느 의원은 바로 이전에 내가 모셨던 의원의 신상까지 문제 삼았다고 한다. 어이가 없었다. 그냥 '당신 능력이 부족해서 함께 일할 수 없다.'라고 말할 것이지, 왜 내가 모셨던 의원까지 비난하는지 이해가 되질 않았다. 나는 국회가 개원한 이후에도 꾸준히 이력서를 넣었지만 모두 같은 이유로 결과가 좋지 못했다. 자존심이 아니라 생계를 위해 직급을 낮춰 지원해 봤지만 마찬가지였다. 나는 곧장 실업급여를 신청하고 책에 파묻혀 버텨 보자고 마음먹었다. 아내에게 미안하고 불편한 마음도 없지 않아 있었지만, 당장 어찌할 방법이 없었다.

한 달여간 시간이 지났을 무렵이었다. 아내에게 미안한 마음에 대리운전이나 배달 아르바이트를 해도 되겠냐고 말했다. 아내는 조급하게 생각하지 말고 기다려 보자고 얘기했다. 아내가 정말 고마웠다. 그렇게 미안한 마음으로 지낸 지 3개월이 흘렀다. 오래전부터 알고 지낸 선배 보좌관으로부터 전화가 왔다. 선배는 곧 있을 국정감사를 대비해 한 달만 같이 일하자고 제안했다. 국정감사 시작을 2주 남겨둔 시점이었다. 솔직히 가고 싶은 생각이 없었다. 해당 상임위도 처음이라 준비도 부족하고, 매일 밤새워서 일할 생각을 하니 생각만 해도 끔찍했다. 또 국정감사가 끝나면 다시 실업자가 될 것을 굳이 하고 싶지 않았다. 아내도 '곧 국감인데 고생만 실컷 하고 한 달 되면 그만둘 건데 그런 걸 왜 하냐'며 극구 말렸다. 나는 선배에게 정중히 거절했다. 선배는 5일 동안 낮이고 밤이고 전화를 했다. 목요일 밤 11시가 넘었을 무렵 선배가 또 전화했다. 선배와 30분의 통화 끝에 다음 날 아침에 출근하겠다고 했다. 문제는 국정감사가 일주일밖에 남지 않았다는 점이다. 이번 추석에도 고향 집 가는 건 포기했다. 한 달 동안 단 하루도 쉬지 않고 출근했었다. 국정감사가 끝이 났다. 만족스럽지 않았지만, 언론에 기사도 적당히 나왔고, 그럭저럭 체면치레는 한 것 같았다. 나는 떠날 준비를 위해 책상을 정리했다. 의원이 외부 일정을 마치고 의원실에 들어왔다. 의원이 나를 불렀다.

"그동안 고생 많았어요. 보좌관 자리가 다른 사람이 오기로 해서 어쩔 수 없지만, 임 보좌관만 괜찮다면 당분간 비서관이라도 하면서 저를 도와줬으면 좋겠는데 어떻게 생각하세요?"
"의원님이 갑자기 말씀하셔서 당장 뭐라 말씀드리기가…."
"천천히 고민해보고 내일 말해 주세요."

보좌관이면 어떻고 비서관이면 어떠냐. 당장 그만두면 다시 실업자가 될 것이고, 다른 의원실에 갈 수 있을지도 확신이 서질 않았다. 다음날 의원에게 '하겠다'고 말했다. 내가 다시 보좌관으로 복귀하는 문제는 며칠 걸리지 않아 의외로 쉽게 결판이 났다. 의원실 선배가 다른 의원실로 옮기면서 자연스럽게 T/O가 빈 것이다. 그 후 지금까지 보좌관 업을 유지하고 있다.

국회는 달면 삼키고 쓰면 뱉는 곳이다. 의원이 보좌진이 마음에 들지 않으면 바로 해임하지만, 꼭 마음에 들지 않는다고만 해서 해임하는 건 아니다. 의원이 정치적 노선이나 정책적인 방향이 기존의 보좌진 구성으로서 부족하다고 판단될 때에도 보좌진 전체를 물갈이하는 때도 있다. 그렇다고 다른 의원실에 들어갈 수 있는 여건을 만들어주지는 않는다. 혼자서 갈 길을 찾아야 한다.

나와 친하지 않았지만 회관 복도에서 만나면 인사를 하고 지낸 보좌관이 있었다. 그는 의원이 선거에서 재선에 성공했는데도 일자리를 찾고 있었다. 소통관 커피숍에서 누군가와 면접을 보고 있는 것 같았다. 나 또한 다른 테이블에서 면접을 보고 있었다. 면접이 끝나고 나가는데 흡연공간에서 그 보좌관이 담배를 피우고 있었다. 나는 인사를 하고 물어봤다.

"이번 선거에서 의원님 당선되지 않으셨어요?"

"네. 당선됐는데, 기존의 보좌진들 다 그만두라고 하시네요. 상임위 정책 방향과 맞는 보좌진들을 구성하겠다네요."

"아무리 그래도 그렇지, 선거 때 고생한 보좌진들을 의원님이 당선되자마자 그만두라는 법이 어딨어요."

"의원님이 깊은 뜻이 있어서 그러겠죠. 그나마 바로 안 자르고 개원 이전까지 직을 유지할 수 있는 게 얼마나 다행이에요."

위로가 되기는커녕 기분만 상하게 한 꼴이 되었다. 미안한 마음에 잘 될 거라는 일상적인 인사를 하고 헤어졌다. 그도 내게 힘내라고 응원했다.

정치적 중립은 어느 한 정당에 치우치지 않도록, 공평성을 갖고 당파적인 성질은 갖지 않는 것을 두고 말한다. 직업을 얘기하자면 공무원이 해당한다. 공무원의 선거 개입에 대해서는 공직선거법과 국가공무원법에 따라 엄중히 금지하고 있다. 하지만 겉으로는 중립적인 자세를 취하지만 그 속은 한쪽으로 치우쳐 있다. 처벌이 두려워 공개적으로 지지하지 않을 뿐이다. 누구나 다 그런 마음이 아니겠나. 사람이 숨을 쉬고 있는 한 정치적 중립은 있을 수 없다고 한다. 조금이라도 한쪽으로 치우쳐 있다고 한다. 그만큼 정치적 중립의 가치를 사회적 합의로 끌어내기란 쉽지가 않다. 내가 생각하는 정치적 중립은 개별적 사안에 따라 정부와 각 정당의 입장이 아닌 국민적 합의에서 기준이 이루어지는 것이다. 정당에 소속된 의원이 정부의 잘못된 정책에 대해 소신 발언을 하면 같은 당 의원들은 '저거 누구 편이다. 야당으로 보내!'라고 비난한다. 반대로 야당 소속 의원이 정부의 잘 된 정책을 옹호할 때도 비슷한 반응이 나온다. 좋은 정책에 대해서는 여야가 함께 격려해주고 잘못된 것은 질타하는 게 맞지만, 우리나라 정치는 아직 칭찬에 인색하다. 여당일 때 정부의 정책을 적극적으로 옹호하고 찬성했던 것을, 야당이 되면 언제 그랬냐며 온갖 비판과 함께 반대 입장에 선다. 여당 의원이지만 정부가 잘못한 일에 대해서는 야당 의원보다 더 질책해야 국민으로부터 강한 신뢰를 얻을 수 있지 않을까.

여당 소속 의원실에 있을 때였다. 다음 연도 예산안 심사를 위해 상임위 예산결산소위원회 회의가 열렸다. 기관별 예산 심사가 진행되는 가운데, 여당 의원들은 대부분 사업 예산 증액을 요구하고, 야당 의원들은 감액에 열을 올린다. 나는 의원 뒤쪽 자리에 앉아 사업별로 꼼꼼하게 메모하기 시작했다. 예상대로 여당은 전부 증액이고 야당은 전부 감액 의견을 내놓고 있었다. 그런데 문제가 생겼다. 감액 의견에 여당은 우리 의원만 있고, 전부 야당 의원이었다. 당시 유행했던 게임을 통해 학생들을 대상으로 통일 교육을 하겠다는 홍보사업이었다. 아이들을 '게임중독자'로 만들겠다는 것인지 정말 한심한 정책이었다. 다른 홍보 방식을 놔두고 굳이 게임을 통해 교육을 하나 싶어 감액 의견을 서면으로 제출했던 게 발단이 되었다. 의원이 고개를 뒤로 돌리더니 나를 쳐다보며 화가 난 듯 아랫입술을 꽉 깨물었다. 나는 속으로 '아. 실수가 아니라 소신껏 했을 뿐인데…. 욕 바가지로 먹겠구나.'라고 생각하며 고개를 들지 못했다.

무소속 의원실 보좌관은 교섭단체 소속 의원실 보좌관보다 모든 면에서 부족할 수밖에 없다. 상임위 회의 일정도 간사 간 합의에 따라 확정되었지만, 행정실에 통보가 안 되었다면 간사 의원실 보좌관에게 매번 물어볼 수밖에 없다. 그렇다고 매번 물어보는 것도 실례다. 국회 관련 정보들을 신속하게 얻을 수도 없다. 아는 보좌관을 통해 일일이 물어봐야 한다. 좋은 법안을 발의해 최소 요건인 10명 의원의 공동발의조차 받기 힘들다. 그렇게 묵혀둔 법안만 해도 20건 이상 방치를 하고 있을 때도 있다. 그럴 때는 3~5건씩 묶어서 입안지원시스템에 올리고 의원실 보좌진들의 인맥을 총동원해 공발 요청을 한다. 하지만 이 또한 쉽지만은 않다. 무소속이나 비교섭단체 의원이 아무리 좋은 법안을 내도, 획기적인 좋은 정책을 내놔도 수면 위로 얼굴을 드러내기까지는 많은 시간과 노력이 필요하다. 정당 정치 구도가 깨지지 않는 이상, 이 구도는 쉽게 바뀌지 않을 것이다. 나는 국회 보좌진 업을 수행하면서 여당과 야당, 무소속 의원을 모두 모셨다. 일반 사람들은 다양한 경험이라고 생각할 수 있지만, 정치권에서는 성향이 분명치 않다고 판단한다. 한마디로 정치적 중립을 색깔 없는 사람으로 바라본다. 이러한 경험이 걸림돌이 되어 항상 꼬리표가 되어 따라다닌다. 나는 정말 정치적 중립이고 싶다.

03

회의실에는 1인용 침대가 왜?

"다들 들어가세요. 오늘은 제가 뻗치기 할게요."

무제한 토론이라 할 수 있는 필리버스터가 시작된 지 5일이 지났다. 불침번을 서듯 보좌진 1명씩 돌아가며 밤새 대기했다. 당시 야당이 테러방지법 본회의 통과를 막기 위해 필리버스터를 시작했다. 여러 의원이 번갈아 가며 짧게는 1시간 길게는 12시간 이상 발언한다. 총 38명의 의원이 192시간을 발언하면서 세계 최장 시간을 기록했고 무박 9일이라는 전무후무한 기록도 세웠다. 대한민국 최초의 필리버스터 주인공은 바로 김대중 전 대통령이다. 1964년 임시국회 당시 동료 의원의 체포동의안 통과를 막기 위해 단상에 섰다. 그는 원고도 없이 5시간 19분을 발언했다. 필리버스터는 국회 내 교섭단체 중 의석수가 많은 정당이 독단적으로 행동하는 것을 막기 위해 국회법에 따라 합법적으로 의사 진행을 하는 방해 행위라고 볼 수 있다. 대부분 쟁점 법안에 대해 이견이 있거나 반대하려 할 때 거대 정당을 상대로 필리버스터를 진행한다. 필리버스터에 나서는 의원들은 원고 없이 발언하는 의원이 있는가 하면 프린트물 한 뭉치를 들고 나오거나 법전을 가지고 와 그대로 읽기도 한다. 심지어 본인이 살아온 일대기를 말하며 실없는 사람인 양 혼자 웃는 의원도 있고, 발언 도중 생리현상을 해결하기 위해 기저귀를 차고 필리버스터에 나선 의원도 있다. 보좌진들은 필리버스터가 끝날 때까지 마냥 대기할 수밖에 없다. 이럴 때 1인용 접이식 침대가 있고 없고는 큰 차이가 있다. 회의실 구석에 세워둔 침대를 펴서 짧은 시간이나마 편하게 누워 잠을 잘 수 있기 때문이다. 아니면 책상에 엎드려 자야 해서 불편하다. 그렇다고 잠을 잘 수 있는 휴게실이 없는 것은 아니다. 수행비서 휴게실도 별도로 마련되어 있다. 다만 깊은 잠을 청할 수 없다. 코 고는 소리, 핸드폰 벨 소리가 들리고, 간혹 밖에서 술을 마시고 들어온 사람이 있는지 술 냄새가 진동할 때도 있다. 그냥 편히 의원실 회의실 한쪽에 1인용 접이식 침대를 펴고 쉬는 게 마음이 편하다. 회의실에 1인용 접이식 침대만 있으면 필리버스터는 두렵지 않다.

1인용 접이식 침대의 진가는 뭐니 뭐니 해도 국정감사에서 발휘된다.

밤새 모니터만 뚫어지게 쳐다보면 나중에는 모니터가 나를 쳐다보는 느낌이 든다. 나도 모르게 눈에 초점이 흐려지면 자연스럽게 1인용 침대를 찾는다. 어느 순간부터 의원실마다 1인용 접이식 침대가 필수품이 된 지 오래다. 국정감사 기간이 되면 국회 의원회관은 추석 명절에도 불이 훤히 켜져 있다. 의원을 부각하기 위해 상임위 성격에 맞춰 어떤 방향으로 이끌어갈지 고민이 깊어진다. 먹고 자는 것은 물론이고, 밤새는 일도 허다하다. 1인용 접이식 침대는 보좌진들이 돌아가며 사용하기도 한다. 피곤함에 찌들어 머리 회전이 둔해진 상태에서 자료를 들여다본들 머릿속에 들어오지 않는다. 마른 수건을 짜내는 것과 같다. 맑은 정신은 편안한 육체적 안식에서 되찾을 수 있다. 특히 국회 보좌진에게 더욱 필요하다. 너무 바빠 체력단련을 할 수 없다면 1인용 침대에서 잠시 쉬는 게 큰 도움이 된다. 다만, 보좌관은 다른 보좌진들이 눈치를 보지 않고 중간중간 편하게 쉴 수 있도록 서로 배려해 주는 마음이 필요하다.

오래전 국정감사를 앞둔 시점이었다. 당시 노숙인 문제가 심각한 상황에서 정부의 입장과 정책 방향을 자료가 아닌 현장에서 직접 듣고 질의서에 담고 싶었다. '현장에 답이 있다.'라는 말에 적극적으로 공감하며, 책상에 앉아 자료만 보고 답을 구하지 않고 현장에 나가 당사자들이 전하는 생생한 목소리를 듣기 위해서였다. 그래서 생각해 낸 곳이 국회와 가까운 영등포역이었다. 나는 가벼운 일상복 차림으로 서둘러 길을 나섰다. 역에 도착하자마자 주변을 둘러보고 노숙인 2명이 앉아 있는 걸 확인하고 편의점에 들러 막걸리 2병과 종이컵, 담배 2갑을 구매하고 바로 앞 포장마차에 들러 어묵과 순대를 사서 그들 옆에 앉았다. 나는 '회사원'이라고 소개하고 술친구가 필요해서 왔다고 했다. 그들은 낯선 사람이 와서 앉는데도 전혀 경계하지 않고 옆으로 자리까지 내주었다. 내가 사 온 음식들을 펼쳐놓고 대화를 이어갔다. 노숙인 중 1명은 2년 전까지 직원을 10여 명을 거느렸던 자동차 금속 부품 도금업체 사장이었다고 한다. 도박과 사채에 손을 대면서 모든 게 '풍비박산'이 났다고 한다. 또 다른 1명은 가족들이 백수라고 무시해서 집을 뛰쳐나왔다고 한다. 그는 5년의 세월을 거리에서 노숙 생활을 해왔다고 한다. 집도 알고 있었지만, 도저히 가족 볼 면목도 없고, 지금은 바깥에서 누구에게도 구속 없는 노숙 생활이 더 좋다고 한다. 허리가 불편한지 똑바로 앉아 있지 못하고 상체를 등 뒤쪽 벽 화단에 의지하고 있었다. 병원에 가보라고 했지만 '무슨 병원엘 가냐'며, '우리 같은 사람 치료해 주지도 않을뿐더러 병원에 갈 돈 있으면 맛있는 음식이나 사 먹는 게 낫다'고 말했다. '식사는 어떻게 해결하냐'고 물었더니, 가끔 단체에서 역 광장에 나와 나눠주는 간식을 먹거나, 주로 시장 쪽에 무료급식소에서 해결한다고 했다. 당장 필요한 게 뭐냐고 했더니 '편하게 씻고 잘 수 있는 곳이 있었으면 좋겠다'고 한다. 당시에는 쉼터 개념의 변변한 시설이 없어 이들을 전부 수용하는 데 한계가 있었다. 이들은 나에게 푹신푹신한 매트리스나 돗자리라도 있으면 편안하게 잘 수 있다고 말했다. 그 말은 나에게 사달라는 얘기였다. 나는 '1인용 접이식 침대는 어떠냐'며 농으로 얘기했더니, 그것도 좋다고 한다. 무거워서 끌고 다니기 힘드니, 자물쇠를 채워놓으면 된다고 했다. 자물쇠도 사달라는 얘기다. '정말 그렇게 해도 괜찮겠냐'고 물었지만, 너무 좋아했다. 나는 내심 '괜한 말을 꺼냈나 싶기도 했고, 괜히 더 고생만 하고 애물단지가 되는 게 아닌가'라는 생각이 들었다. 그렇다고 저렇게 좋아하는데 모른 척할 수가 없었다. 다음 날 아침 의원실에 1인용 접이식 침대 2개 중 하나를 차에 싣고 영등포역으로 향했다. 그가 기다리고 있었다. 나는 마트에서 미리 구매한 자물쇠와 1인용 접이식 침대를 그에게 주었다. 그는 여러 차례 '고맙고 미안하다'고 했다. 처음에 내 말을 믿지 않았다고한다. 나는 큰 짐을 안겨주는 것 같아 미안한 생각이 들었지만, 너무 좋아하는 그의 모습에 마음이 편안해졌다. 이후 수개월 동안 그와 가끔 만나 막걸리 잔을 기울였다. 1인용 접이식 침대는 건물 모퉁이 가로등에 잘묶어놓고 사용하고 있었다. 하지만 노숙인에 대한 정책 질의서는 작성하지 못했다. 의원이 별로 관심도 없었고 다른 현안들이 넘쳐나고 있는데, 시간 낭비하면서 굳이 할 필요가 있냐는 분위기였다. 아쉬웠지만 다른질의 꼭지를 찾아야 했다.

　　오래전의 일이다. 내가 모시던 의원이 당 대표 비서실장을 맡았다. 의원은 바쁜 의정활동에도 비서실장으로서의 무한 책임을 다했다. 옆에서 지켜보는 보좌진으로서 안쓰럽기까지 했다. 새벽까지 기자들을 상대하고 같은 날 아침 7시가 되면 여의도 당사로 출근했다. 덩달아 수행비서도 힘들어했다. 비서실장을 맡은 지 수개월이 지났지만, 의원의 열정을 따라갈 수 없었다. 어느 날 수행비서 아버님이 돌아가셨다. 장례가 끝날 때까지 의원의 수행을 내가 하기로 했다. 며칠만 수행하면 된다는 생각에 크게 걱정하지 않았다. 그러나 내 착각이었다. 수행비서가 없는 일주일의 시간이 10년이 지나도 끝이 없을 것 같았다. 아침 6시부터 의원이 거주하는 아파트 주차장에 대기하고 의원이 나오면 여의도 당사로 향한다. 9시쯤 회의가 끝나면 다시 의원회관으로 차를 돌린다. 행사가 있는 날이면 지역구로 다시 갔다가 끝나면 다시 의원회관으로 향한다. 저녁이 되면 어김없이 기자들과 만나 식사를 하고 2차는 단골 선술집으로 갔다. 나는 의원이 나오기만을 세월아 네월아 하고 마냥 기다린다. 시간은 벌써 자정을 넘어섰다. 새벽 1시가 다 돼서야 나온 의원은 기자들과 작별 인사를 했다. 그런데 기자 1명이 차에 탔다. 의원에게 자기 집 앞 가게에서 맥주 한 잔만 간단하게 하고 헤어지잔다. 의원의 집과 반대 방향이었다. 나는 부글부글 끓는 마음을 진정시키고 그 기자의 집 앞으로 차를 돌렸다. 가게에 들어간 지 한참이 지나서야 마무리되었다. 새벽 2시가 조금 넘은 시간이었다. 의원 집에 도착한 시간은 새벽 3시. 나는 의원회관으로 향했다. 사무실 바닥에 돗자리를 깔거나 의원 집무실 소파에 누워 2시간 정도 눈을 붙이고 대충 씻고 바로 의원 집으로 출발했다. 일주일 중 5일가량 반복된 일정이었고, 그럴 때마다 소파에 눕거나 허리가 아프면 돗자리를 깔고 잠을 청했다. 당시 의원실은 신관이 지어지기 이전이라 회의실이 따로 없었고 1인용 접이식 침대는 시중에 상용화되기 이전이었다. 며칠 되지도 않았는데 더는 체력적으로 버티기 힘들었다. 오죽하면 그만두고 싶다는 생각까지 했을까. 수행비서의 고뇌를 알 수 있었다. 장례를 치르고 복귀한 수행비서를 보자마자 부둥켜안고 기쁨의 인사를 나눴다. 수행비서는 영문도 모른 채 멀뚱멀뚱 쳐다봤다. 나는 의원의 안전과 심기 의전까지 책임지는 수행비서가 존경스러웠다.

보좌관의 업은 단순한 직장인이라는 개념을 넘어 긍정적인 에너지와 사명감이 없으면 치열한 국회에서 살아남기 힘들다. 누군가가 나에게 '당신의 아들이 보좌관을 하고 싶어 한다면 추천할 생각이 있느냐?'고 묻는다면 나는 조금의 고민 없이 '아니요.'라고 말하겠다. 보좌관의 모습이 겉은 화려해 보이지만 그 속을 들여다보면 치열하게 살아온 역경의 세월이 잠재해 있다. 정치권에서 오간 시간이 17년이 지났다. 그동안 내가 걸어온 이 길을 내 아들에게 권유하고 싶지 않다. 가끔 보좌관은 아플 권리조차 없다고 한다. 어떨 때는 병원을 다녀온 진료 처방전과 함께 약봉지가 책상 서랍에 한가득하다. 새벽같이 출근해 의원실의 온갖 일들을 처리하고 회기가 있는 날에는 자료 분석, 보도자료, 질의서, PPT 작성에 밤을 새우는 일이 허다하다. 보좌진의 자질로는 글쓰기 실력, 순발력, 법률

상식, 컴퓨터 활용뿐만 아니라 밤새 버틸 수 있는 강인한 체력을 겸비해야 한다. 특히 예산결산특별위원회 소속 의원 보좌진들은 국정감사가 끝났더라도 바닥난 체력을 더 끌어 올려 예산안 심사를 준비해야 한다. 예산결산특별위원회에는 국정감사 이후 각 소관 상임위원회의 예비심사를 거친 내년도 예산안 심사를 위해 여야 50명의 의원이 포함된다. 교섭단체 소속 의석수에 따라 그 비율과 상임위원회 의원 수의 비율에 따라 구성된다. 임기는 1년으로 하되 두 번 이상 역임하는 의원들도 있다. 예산안 심사를 준비하는 보좌진들은 모든 부처나 기관을 상대해야 하므로 어느 곳 하나 소홀할 수도 없고 한 곳만 집중해서 준비할 수도 없다. 명확한 기준과 전략을 세우지 않으면 오히려 국정감사를 준비할 때보다 더 힘들어질 수 있다. 어떤 의원은 모든 부처와 기관을 대상으로 질의하기를 원한다. 그건 너무 지나친 욕심이다. 질의를 다 할 수 있는 시간도 없을뿐더러 내용의 깊이도 떨어질 수밖에 없다. 무엇보다 의원이 전략적 기준도 없이 내뱉은 말에 따라 준비하는 보좌진 입장에서 매일 밤새우며 준비해도 부족하기만 하다. 의원이 자신이 하고자 하는 방향을 명확히 지시하고 단 10분이라도 보좌진들과 소통한다면 부담을 많이 덜어 줄 수 있다. 의원이 정해준 방향에 맞춰 집중해서 준비할 수 있는 장점이 있다. 그렇다고 여유가 생기는 건 아니다. 어차피 회의실 구석에 세워둔 1인용 접이식 침대는 보좌진들에게 소중한 안식처가 된다.

04

보좌관, 오늘도 치열하게 싸운다

법륜 스님의 저서 『행복』 중에 '남의 불행 위에 내 행복을 쌓지 마라'는 말이 떠오른다.

"지금 우리 사회에는 '너를 이겨야 내가 산다'는 경쟁심리가 팽배합니다.

저마다 더 좋은 자리, 더 많은 이익을 차지하려고 하니까

다툼이 생기고 갈등의 골이 깊어질 수밖에 없어요.

이기면 행복한 것이고, 지면 불행하다고 생각합니다.

누구나 다 남을 이기고서 승자가 되려고 해요.

우리가 말하는 행복이란 결국 다른 사람의 불행 위에 서 있습니다.

내가 시험에 합격했다고 기뻐할 때 누군가는 불합격의 쓴맛을 봐요.

내가 선거에 이겼다고 기쁨을 누릴 때

누군가는 낙선하고 절망에 빠져 있습니다.

내가 경쟁 입찰에서 낙찰을 받았다고 즐거워할 때

누군가는 낙찰을 못 받아 뒷수습 문제로 골치가 아플 거예요.

대기업에 취직해서 높은 수입과 안정된 직장을 가진 사람이 있는 반면,

고용 불안정에 낮은 수입으로 생활하고 있는 사람도 있을 겁니다.

그런 일자리마저 구하지 못해 실직 상태로

힘들어하는 사람들도 많아요.

그런데 우리는 '나만 아니면 된다'는 생각으로

앞만 보고 무작정 달립니다.

경주마처럼 달려가는 그 길의 끝에는

무엇이 기다리고 있을까요?'"

내가 가는 길의 끝에는 무엇이 기다리고 있을까? 그동안 치열하게 살아온 삶의 끝에는 과연 행복이 기다리고 있을까? 아니면 불행이…. 정말 치열하게 싸워왔다. 가난에서 벗어나기 위해 가난을 밟고 올라섰다. 가난의 위에는 또 다른 가난이 있었다. 그 가난은 끝이 없었다. 다만 항상 내 옆에는 행복이 따라다녔다. 부자가 되기 위해 발버둥쳐봤자 겹겹이 쌓인 가난을 뚫지 못한다. 그제야 깨달았다. 부자가 될 수 없으면 내

가난을 부자에게 나눠주고 내 위에 올라서려는 가난에 내 행복을 나눠주기로 했다. 부자는 내게 풍요해지는 방법을 알려주고 가난은 내게 고맙다고 한다. 나는 이제 '가난한 부자'가 되는 길을 가고 있다. 그동안 남의 불행위에 내 행복을 쌓지 않았는지 반성한다. 그동안 치열하게 살아온 나의 삶에 흠집을 내지 않기 위해 나는 오늘도 더 치열하게 싸운다. 모든 위험 요인에는 기회의 요인이 있다고 했다. 의원이 국회의원 선거에서 낙선하고 오갈 데가 없어 오랫동안 실업자 생활을 하면서도 언젠가는 기회가 온다는 생각으로 기다려 왔다. 의원이 나를 버리고 떠날 때도 원망하지 않았다. 언젠가는 더 좋은 기회가 온다고 믿었기 때문이었다. 고시원 골방에서 펑펑 울 때도 기회의 요인이 성큼 다가올 거라 믿어 왔다. 생각해 보면 나에게 기회의 요인이 너무 많았고, 놓치지 않고 잡은 기회를 성공시킨 적이 많았다. 내 아내를 만나 결혼한 것도 기회요, 눈에 넣어도 아프지 않은 내 아이가 내 곁에 있는 것도 기회의 요인이다. 지금 내가 이 자리에 있는 것도 기회의 요인이 작용한 것이다. 밤을 새우며 일하는 순간에도 기회의 요인이 도사리고 있다. 기회를 놓쳤다고 해서 자책하지 말자. 내 삶의 주변에는 항상 기회의 요인이 쌓여 있다는 것을 잊지 말자.

오래전의 일이다. 새로운 국회가 개원한 지 수개월이 지났다. 나는 의원이 선거에서 낙선하고 실업자 신세가 되면서 실업 급여마저 받을 수 없는 처지가 되었다. '곧 되겠지'라는 생각으로 버텼지만, 수개월의 시간이 지났다. 너무 힘들어 서울에서의 생활을 접고 고향으로 가 다른 일을 할까도 고민했다. 그동안 모아놓은 돈도 바닥이 보였다. 이제는 설 곳이 없다는 생각이 들었다. 버스에 붙여진 기사 공고를 보고 응시해볼까도 생각했다. 택시, 대리, 택배, 음식 배달 등 뭐라도 해야 할 것 같았다. 하지만 선뜻 나서서 하지 못했다. 나는 속으로 '내가 아직 배가 덜 고팠구나.'라는 생각이 들었다. 친구가 동대문에서 운영하는 옷 가게에서 새벽 아르바이트를 하기로 약속하고 불러주기만을 기다리고 있었다. 그날 며칠 전에 넣은 이력서를 보고 의원실에서 전화가 오기 시작했다. 이틀에 걸쳐 세 곳에서 연락이 왔다. 솔직히 기존 직급보다 한 직급을 낮춰 지원했다. 자존심보다 생계를 위한 것이었다. 어느 선배는 직급에 상관없이 우선 의원실로 들어가서 찾아보라고 하고, 다른 선배는 직급 올라가기도 힘든데 기존 직급을 찾아가는 게 맞지 않겠냐고 말했다. 하지만 더는 늦출 수 없었고 직급에 상관없이 생계를 택했다. 그동안 쉬었던 무료함을 떨치기라도 하듯 치열하게 일했다. 가장 먼저 출근하고 가장 늦게 퇴근하면서 묵묵히 일했다. 다시 올라서겠다는 욕심도 있었지만, 처음 접해보는 상임위라 다른 보좌진들보다 더 노력해야 따라갈 수 있다는 조바심 때문이었다. 그리고 기회가 왔다. 몇 개월 되지 않아 직급이 상향 조정되면서 기존의 자리를 찾았다. 치열하게 싸운 보상이라고 생각했다.

나는 도광양회(韜光養晦)라는 고사성어를 좌우명처럼 여기고 살아왔다. '자신의 재능을 밖으로 드러내지 않고 인내하면서 기다린다'는 의미로 한자를 그대로 풀이하면 '칼날의 빛을 칼집에 감추고 어둠 속에서 힘을 기른다'는 뜻이다. 내가 재능이 뛰어난 것도 아니고, 날카로운 칼날을 지니지도 않았다. 다만 재능을 갖기 위해 남들보다 2배, 3배로 노력하고 칼날이 설 때까지 꾸준히 갈고닦으면 곧 칼날을 휘두를 기회가 올 것이라 믿고 살았다. 성실하게 일하다 보면 내가 말하고 다니지 않아도 누군가 나의 열정을 알아줄 날이 있을 것이다. 많이 힘이 들 때도 있고 스스로 지칠 때도 있다. 하지만 치열하게 싸울 준비 태세를 갖춘다면 언젠가는 기회가 오고, 그 기회를 통해 내가 바라는 목표를 이룰 것이다.

국민은 국회의원이 별로 하는 일 없이 틈만 나면 싸우고 빈둥빈둥 놀기만 하는 줄 안다. 그런 국회의원의 모습만 언론에 나오니 국민은 충분히 오해할 수 있다. 만일 그런 의원이 있다면 나부터 그 의원실에 들어가기 위해 온갖 수단과 방법을 가리지 않았을 것이다. 국회의원이 일도 안 하고 놀기만 한다면 그 의원의 보좌관도 크게 신경 쓸 일이 없을 것이다. 그러나 나의 희망 사항일 뿐 의원들 나름대로 의정활동을 열심히 하고 지역민의 민심을 얻기 위해 쉴 틈 없이 서울과 지역을 오간다. 그렇게 열심히 하는데, 왜 '일하지 않는 국회', '동물 국회'라는 비난을 받을까? 문제는 여야 간의 의견 충돌로 인해 볼썽사나운 모습이 연출되면서 국민의 신뢰를 스스로 추락시키고 있기 때문이다. 그럴 때마다 그들을 보좌하는 보좌진들도 답답하다. 의원들과 함께 도매금으로 취급당하며 빈둥

빈둥 노는 사람으로 인식된다. 여야 정쟁이 심할 때는 택시 타는 게 미안할 때도 있다. 어느 날 국회에 해머가 등장하고 소화기가 난사하는 장면이 고스란히 방송에 나가면서 국민에게 공분을 산 일이 있었다. 며칠 지난 일이지만 그 장면으로 인한 부정적인 여론은 쉽게 가라앉지 않았다. 국회로 출근하기 위해 집 앞에서 택시를 탔다. 택시 기사가 '어디로 가냐'고 묻길래 분위기상 국회로 가자는 말을 못 하고 국회 건너편 현대카드 앞으로 가달라고 했다. 택시 기사는 국회로 이동하는 중에 온갖 욕을 섞어가며 도착할 때까지 국회의원 욕을 입에 모터가 돌아가듯 내뱉었다. 나는 아무 말 하지 못하고 성의 없는 답변으로 일관했다. 살면서 10년 치 욕을 다 얻어먹은 기분이었다. 한마디로 국회의원과 보좌관은 길거리를 가다 아무나 걸어차도 되는 '상갓집 개'가 된 것 같았다. 정치인에 대한 국민의 이 같은 불신은 정치인들이 자초한 측면이 없을 수는 없지만, 언론의 무차별적인 정치 비판도 정치 혐오를 조장하는 데 큰 역할을 하고 있음을 결코 부정할 수 없다. 정치가 잘못한 것에 대해서는 언론이 벌떼처럼 공격하고, 잘한 것은 당연히 해야 하는 일이라고 생각한다. 당연히 해야 할 일은 맞지만, 정치인도 국민에게 칭찬을 받고 싶어 한다. 그러나 정치의 신뢰가 바닥이다. 정쟁은 반복 또 반복된다. 치열하게 싸운다는 의미는 몸싸움이 아니라 나와의 정신세계에서의 싸움이다. 너를 이겨야 내가 산다는 경쟁 구도가 아니다. 우리 정치는 치열한 몸싸움을 통해 남의 불행 위에 내 행복을 쌓으려 한다. 그동안 치열하게 살아온 보좌관의 삶도 정치인의 치열한 몸싸움으로 신뢰 불능 상태가 된다. 내가 의원을 제대로 보좌하지 못한 대가인지 오늘도 고민한다. 그리고 반성한다.

의원회관 신관 10층 복도 끝 서쪽으로 창 하나가 나 있다. 해가 질 녘 멀리서 하늘 위를 질주하는 비행기와 아파트 숲 사이로 비집고 들어온 석양이 내가 서 있는 창틀까지 빗겨 들면 오늘의 긴 하루를 정리한다. 오늘 나는 누구를 위해 일을 했나. 그간의 나의 노력은 내 것이었나! 지금까지 행해진 나의 모든 행동이 그리고 모든 일이 내일이 되었을 때 오늘의 일을 생각해봐도 부끄러움이 없는 것들이었나. 백범 김구 선생이 늘 마음에 새겨두었다는 고승의 말을 새기며 스스로 나 자신을 위로한다.

답설야중거(踏雪野中去) 눈 덮인 들판을 걸어갈 때
불수호란행(不須胡亂行) 잠시라도 함부로 어지럽게 걷지 말라
금일아행적(今日我行跡) 오늘 내가 남긴 이 발자국은
수작후인정(遂作後人程) 뒤에 오는 이의 길잡이가 될 것이니까.

뒷날 부끄럽지 않은 보좌관으로 후배들에게 기억되기 위해 나 자신을 경계하며, 나는 오늘도 치열하게 싸운다.

05

여보 미안해, 오늘도 늦어!

모처럼 2박 3일 가족 여행을 계획했다. 그동안 바쁘다는 이유로 여행은커녕 가까운 근교에도 가지 못했다. 항상 엄마와 아들만 함께였다. 이번만큼은 좋은 아빠, 좋은 남편이 되고 싶었다. 금요일 하루 휴가를 받아 나름 계획표를 작성했다. 볼거리, 먹을거리, 이동 시간 등 토론회 기획안 짜듯 꼼꼼하게 기획했다. 옆에서 지켜보던 아내는 직업병이란다. 나도 오랜만에 가는 여행이라 확실한 계획을 하고 떠나고 싶었다. 아내도 모처럼 떠나는 가족 여행에 신이 나 전날부터 짐을 챙기기 시작했다. 그런데 늦은 시간 의원실 단체카톡방이 심상치 않았다. 의원의 요구 사항이 많아진다. '내일 특별교부금이 확정되면 보도자료 준비하고 관련해서 지역에 뿌릴 전단 형식의 의정 보고서를 제작하라'고 한다. 그쯤이야 내가 아닌 다른 보좌진이 해도 되겠다 싶었다. 그런데 지역에 동별 순회 의정 보고회를 기획해서 내일 오전까지 달라는 글과 함께 내 이름도 친절하게 적어주신다. 분명 내일 하루 쉰다고 말했고, 의원 본인도 잘 다녀오라고 말해놓고는 딴소리다. 잊은 것 같다. '저 내일 쉬는데요.'라고 글을 남기고 싶었지만 차마 손이 떨어지지 않았다. 나는 아내에게 조금 늦더라도 의원이 시킨 일 빨리 끝내고 출발하자고 했다. 2시간 정도면 끝낼 수 있다고 말하고 의원실로 향했다. 나는 서둘러 기획안을 작성하기 시작했다. 그런데 아내와 약속했던 시간에 맞출 수가 없었다. 그 지역의 위치와 특성을 잘 몰랐기 때문에 자료를 찾는 데에만 많은 시간이 걸렸다.

오전 시간이 훌쩍 지났다. 점심을 거르고 초안을 작성해 의원에게 보냈다. 의원이 검토 후 추가 내용이 있거나 수정사항이 있으면 다른 보좌진에게 처리해 달라고 부탁하고 집으로 달려갔다. 아내는 잔뜩 화가 나 있었다. 아내를 어르고 달래 출발한 가족 여행은 시작부터 삐걱거렸다. 엎친 데 덮친 격, 금요일 오후라 고속도로 정체가 심상치 않았다. 그렇게 첫날 여행은 숙소가 첫 목적지가 되었다. 여행 내내 아내와 아들에게 미안한 마음만 들었다.

보좌관의 길은 내가 원해서 가는 길이다. 지금까지 한 번도 후회한 적이 없다면 거짓말이겠지만, 그래도 나는 보좌관이라는 업에 사명감을 가지고 일했다. 하지만, 내가 이 일을 하면서 항상 미안하고 마음속에 눈물을 감추고 내색하지 못하는 사람이 있다. 누구나 그렇듯이 나의 아내와 다섯 살 난 아들이다. 나의 아내는 다시 태어나면 나 같은 업을 둔 사람과는 절대로 만나지 않겠다고 한다. 나도 그 말이 충분히 이해된다. 이른 출근과 늦은 퇴근이 일상화되어 있고, 국정감사 기간이나 바쁜 일정을 앞두고 있을 때는 밤을 지새우는 일이 허다하기 때문이다. 선거가 있을 때는 수개월을 가족과 떨어져 살아야 했다. 그뿐이겠나, 바쁜 일정이 끝나고 여유가 있는 날에는 그동안 미뤘던 저녁 약속이 탁상용 달력 빈칸에 빼곡히 채워져 있다. 어느 날 참다못한 아내가 드디어 내게 선전포고를 한다.

"애를 나 혼자 키워? 주변에서 아빠 없는 애인 줄 알겠어."
"미안해. 일이 많은 걸 어떡하겠어."
"나는 일 안 하냐고."

화난 아내를 자극하면 서로 싸움이 날까 봐 미안하다는 말을 남기고 슬그머니 자리를 피한다. 아내에게 미안한 건 있지만 보좌관의 길이 다른 직장인들과 같은 길을 가는 게 아니지 않나. 오늘도 아내에게 수십 번 수백 번을 미안하다고 말한다. '여보 미안해, 오늘도 늦어!'

추석 연휴가 되면 다들 TV나 라디오에서 귀성·귀경길 교통정보를 듣는다. 하지만 국회 보좌진에게는 먼 나라 이야기가 된 지 오래다. 올해도 고향길이 아닌 국회로 가는 길에 서 있다. 나만 홀로 두고 아내와 아이는 벌써 처가에 가 있었다. 아내에게 미안했다. 그렇다고 국정감사를 앞두고 내팽개치고 갈 수도 없다. 의원실 책상에 앉아 양옆으로 쌓여 있는 자료를 보고 질의서를 써 보지만, 마음은 이미 콩밭에 가 있다. 마음을 다잡고 모니터를 뚫어지게 쳐다봐도 일이 손에 잡히지 않는다. '이럴 거면 미친 척하고 고향이나 다녀올 걸 그랬나.'라는 후회도 해본다. 하지만 혼자 위안 삼아 그런 생각을 할 뿐, 행동은 할 수가 없다. 저녁에 대충 일을 마무리하고 다른 보좌진과 함께 저녁 식사를 하기 위해 여의도 주변을 배회하지만, 명절 연휴라 문을 연 식당을 찾는 것도 쉬운 일이 아니다. 메뉴 선택권 없이 그냥 문 연 곳이면 바로 들어간다. 식당 안에는 다른 의원실 보좌진들과 기업 대관팀 직원들로 가득하다. 서로 아는 얼굴들이 많다. 일반인이 이 광경을 보면 국회 구내식당으로 착각할 정도다. 대기업 대관팀 직원들은 대부분 국회 보좌관 출신으로 구성되어 있다. 이들 기업에서도 보좌관 출신을 많이 선호하고, 여당과 야당 출신을 채용해 운영하기도 한다. 국회 보좌진 인맥을 통해 기업 총수가 국정감사장에 증인으로 채택되는 것을 막기 위해서다. 증인 출석이 불가피한 상황이라면 총수가 아닌 사장이나 실무책임자 선에서 대부분 조율된다. 그 역할 또한 기업의 대관 담당 직원들의 노력으로 이루어진다. 총수가 국정감사장에 나오는 걸 잘 막으면 승진이 보장되기도 한다. 보좌관이라면 대기업 대관팀에 들어가기를 희망한다. 일정한 출퇴근 시간과 많은 연봉을 받을 수 있기 때문이다. 나 또한 세 번의 제안을 받았지만 두 번은 거절했고 한 번은 최종 면접에서 다른 보좌진에게 밀린 적이 있었다.

최근의 일이다. 어느 날 선배 보좌관이 전화를 해왔다. 보좌관 중 기업 대관업무를 맡아 일할 사람을 뽑는다고 말했다. 선배에게 어디냐고 물어봤지만, 대기업이라는 것만 알고 본인도 모른다고 했다. 외부에 알려지면 곤란한 것 같았다. 나도 '해보겠다'라며 선배에게 이력서를 보냈다. 아내와 함께 저녁 식사를 하며 선배에게 이력서를 보냈다고 말했다. 어딘지도 모르고 될지 안 될지 모르지만, 이력서를 보내 기다리고 있다고 설명했다. 아내는 그런 데가 어딨냐며 "만일 들어가기로 확정되더라도 언제 들어갈지도 모르고, 애가 다니고 있는 국회 어린이집도 그만두면 지금 시기에 어린이집 찾기도 힘들어."라고 말했다. 나는 당장은 아니라고 얘기했지만 이런 분야에 잘 모르고 있어 조금은 불안하게 느꼈을 것이다. 더 얘기해 봤자 서로 의견 충돌만 일어날 것 같아 아무 얘기도 하지 않았다. 나도 마찬가지지만 다른 보좌관들도 대기업에 들어가려고 애를 쓰는데, 내 아내는 그런 내용을 이해하지 못했다. 다음날 선배가 일하고 있는 의원실로 찾아가 '미안하다.'라고 말하고, 없었던 일로 해달라고 했다. 선배는 '알았다.'라고 대답했지만, 조금은 이해를 하지 못하는 것 같았다. 나 또한 이해하지 못했다. 다만, 내가 지금 하고 일에 만족하고 있고, 아쉽지만 아내의 말을 잘 듣자는 의미에서 결정한 것이다. 나는 아내에게 '말 잘 듣는 남편'이라는 말을 듣고 싶어 전화했다.

"지금 선배 만나서 안 간다고 얘기하고 나오는 길에 당신한테 전화했어."

"뭐? 어떻게 될지도 모르는데 그걸 바로 가서 얘기하면 어떡해. 선배한테 가서 다시 한다고 해."

"아니. 어제는 아닌 것 같다면서. 그리고 줏대 없이 다시 가서 어떻게 말해. 그건 좀 아니지."

"참나. 사인이 이렇게 안 맞아서 앞으로 어떻게 살래."

"알았어. 미안해."

그날도 아내에게 '미안하다.'라는 말만 수십 번 했던 것 같다. 오래전 아내가 내게 했던 말이 떠올랐다.

"당신은 나에게 정말 로또 같은 사람이야."

"정말! 내가 당신한테 그런 존재였구나. 빈말이라도 고마워."

아내가 웃으며 "당신하고 나하고 맞는 게 하나도 없어."라고 말했다.

아내는 웃자고 얘기했지만, 딱히 반론할 수 있는 말이 떠오르지 않았다. 아내의 말이 '맞다.'는 생각이 들었기 때문이다.

　아내에게 또 미안한 일이 있었다. 지금은 아내를 만나 결혼하고 아이와 함께 행복하게 살고 있지만, 아내를 만나기 전에는 친구와 선배, 후배 만나기를 좋아했다. 당시 독신이다 보니 돈을 모으는 데는 별로 관심이 없었고 주변의 사람들과 어울리기를 좋아했다. 국회 바로 앞 오피스텔에 거주하다 보니 집이 멀거나 술 한잔하고 늦어지면 우리 집에서 자고 바로 출근하는 보좌진들이 많았다. 어떨 때는 실업자가 된 선배나 후배들에게 적은 금액이지만 여러 명에게 돈을 빌려주기도 했다. 그들에게 빌려주고 돌려받지 못한 돈만 해도 수천만 원은 되는 것 같다. 오죽했으면 친구 녀석이 '은행원 출신이 돈에 대한 개념이 없냐!'며 구박하기도 했었다. 지금은 연락조차 없다. 그들에게 자선 사업한 셈 치고 그냥 잊고 살 뿐이다. 10여 년 전 일이다. 지역에서 선거 때 알게 된 선배가 다급한 목소리로 전화를 해왔다. 선배 아들이 대학에 합격해 당장 등록금 낼 돈이 없다며 빌려달라고 했다. 어음이 막혀 있어 며칠 내로 풀리면 바로 갚겠다고 했다. 선배와 나는 오래전부터 막역한 술친구이자 친형제같이 지냈다. 서로에게 큰 힘이 되었던 선배라 '나중에 여유가 있을 때 갚아라'고 얘기하고 계좌번호를 받아 적었다. 그런데 선배 명의의 계좌가 아닌 다른 사람의 계좌였다. 선배는 본인의 계좌를 쓸 수 없는 상황이라며 다른 계좌로 보내 달라고 했다. 나는 이상하다는 생각은 했지만, 선배를 의심하고 싶지 않았다. 그렇게 선배가 부탁한 돈을 보내줬고 며칠이 지났다. 연락이 되지 않았다. 한 달여가 지났지만, 여전히 전화를 받지 않았다. 돈 때문에 부담스러워 내 전화를 피하는가 싶어 문자도 보냈다.

"형님, 예전처럼 술 한잔합시다. 저는 돈보다는 형님과 함께 술 한잔하며 떠들고 노는 게 더 좋습니다. 제 돈은 형님이 부자가 될 때 주셔도 됩니다. 제발 연락 좀 받으시고 이 글 보면 저한테 연락해주세요. 사랑합니다. 형님!"

그런데 며칠 후에 다른 선배로부터 전화가 왔다. 그 선배가 스스로 목숨을 끊었다고 했다. 사채에 시달리다 극단적인 선택을 했다고 한다. 나는 그것도 모르고 선배에게 괜한 부담을 줬나 싶어 아주 괴로웠다. 무엇보다 친형 같은 선배를 볼 수 없다는 생각에 마음이 더 아팠다. 그동안 그런 선배가 내 곁에 있어줘서 고맙다는 말로 작별 인사를 했다.

06

나에게 고마운 사람

이른 새벽, 상임위 회의 준비를 위해 정신없이 출근한다. 본청으로 회관으로 이리저리 뛰어다니다가 늦은 밤이 되어서야 마무리된다. 오늘도 아이와 놀아주기로 한 약속은 지켜지지 않았다. 아이가 잠에서 깰까 봐 아파트 현관문을 조용히 열고 들어간다. 대충 씻고 잠자리에 누울 때쯤 문득 누군가가 나를 부르는 착각에 빠진다. 어디선가 나를 위에서 따뜻하게 바라보는 시선이 있음을 느낀다.

1년 전 세상을 먼저 떠난 아버지의 시선이다. 21대 국회의원 선거가 한창일 때 가까이에 있었지만 바쁘다는 핑계로 집에 가지 못했다. 그런 아버지는 내게 물으셨다.

"집에는 언제 오냐? 엄마가 아들 주려고 고등어 사 왔는데…."

"곧 있으면 선거라 집에 갈 시간 없어요. 두 분이 맛있게 드세요."

"그래. 바쁠 텐데 잘 챙겨 먹고, 시간 날 때 잠깐 들러서 따뜻한 밥 한 끼라도 꼭 먹고 가."

"네. 알았어요."

그렇게 아버지와 통화하고는 이후로 내가 먼저 전화하기보다, 아버지가 내게 가끔 전화를 해왔다. 21대 국회의원 선거가 마무리되었고, 의원은 낙선의 고배를 마셨다. 지역으로 파견된 보좌진들은 아쉬운 마음을 뒤로 한 채 다시 서울로 복귀했다. 항상 선거가 끝나고 의원이 낙선한 의원실 보좌진들은 당선된 초선 의원실에 들어가기 위해 분주하게 움직인다. 나도 그중 하나다.

21대 국회의원 당선자와 소통관에서 면접을 보고 나오는 길이었다. 고향에 계신 어머니로부터 다급한 전화가 걸려왔다.

"아들. 아버지가 가슴이 답답하다고 해서 병원에 왔는데, 의사 선생님이 검사 결과가 안 좋다고 말하네. 당장 큰 병원에 가보라는데 어떻게 하지?"

"의사 선생님이 뭐라고 하시던가요?"

"폐암이란다."

하늘이 무너지는 것 같았다. 나에게 항상 건강 챙기라면서 정작 당신은 몸이 만신창이 되어가는 줄도 모르고 아들 생각만 한 것이다. 비행기를 타고 고향 집으로 내려갔다. 아버지를 모시고 대학병원에서 검사를 받았지만, 암이 온몸에 전이가 되어서 항암치료도 할 수가 없다고 했다. 일주일 뒤 아버지는 고통스러웠던 삶을 뒤로하고 조용히 눈을 감으셨다. 당신의 삶을 나에게 대물림하지 않으려 온갖 고생을 마다하지 않았다. 아버지는 막노동하면서 몸이 성한 데가 없었고, 어머니는 식당 일을 하면서 전혀 힘든 내색을 하지 않았다. 나, 불효자는 아버지가 힘들게 살아왔던 그간의 삶을 누구보다 잘 알기에 서럽게 울었다.

"아버지, 나의 아버지. 이 생에서 고생하며 살아오신 삶은 잊으시고, 이 불효자를 용서하세요. 누구보다 착하게 사셨던 삶을 하나님도 잘 아실 겁니다. 분명 천국으로 안내하실 겁니다. 아버지 그동안 저를 키워주셔서 정말 고마웠습니다. 아버지께 다 못한 효도는 어머니께 다하겠습니다. 사랑합니다."

눈물이 멈추지 않았다. 나에 대한 출생의 비밀을 모른 채 끝까지 안고 가셨으면 이만큼 서럽게 울지 않았을 것을….

대부분 부모님께 '낳아주신 것에 감사하고 고맙습니다.'라고 말한다. 그런데 나는 부모님께 '키워주셔서 감사하고 고맙습니다.'라고 했다. 이유는 나를 낳아주신 분이 따로 계시기 때문이다. 얼굴도 모르고 생존조차 알지 못한다. 이 사실을 알게 된 것은 6년 전 늦추위가 기승을 부리는 이맘때였던 것으로 기억한다. 부모님께서는 나를 앉혀 놓고 "너는 사실 우리가 낳은 친아들이 아니다."라며, "지금까지 이 사실을 숨기고 너에게 말하지 못한 것에 대해 정말 미안하고, 죄스럽게 생각한다."라는 청천벽력 같은 말씀을 하셨다. 처음엔 도저히 믿기지 않았다. 외삼촌에게 전화를 걸어보고, 이모들에게도 전화를 걸어 확인했다. 모두가 놀란 목소리를 억지로 감추면서 내게 말했다.

"그걸 어떻게 알았니? 엄마가 얘기했어?"

나는 할 말을 잊었다. 다들 내게 "그래도 너를 낳아주신 건 아니지만, 친자식 못지않게 지금까지 훌륭하게 키우지 않았니."라며 위로했다.

40여 년이라는 긴 시간 동안, 나의 출생 비밀을 아무런 낌새도 없이 어떻게 꼭꼭 숨겨왔는지…. 나로서는 도저히 이해되지 않았다. 그 이후로 1년이라는 기간 동안, 나를 키워주신 부모님과 주변의 친척들과는 아예 연락을 끊고 혼자만의 삶을 살았다. 드라마에서나 나올 법한 일이 내게 성큼 다가온 것에 대한 두려움과 그동안 쌓아온 나의 삶이 일시에 무너지는 느낌 때문이었다. 직장에 나가지 못할 만큼 충격을 받았고, 집에 스스로 자신을 가두고 며칠째 방구석에 앉아 펑펑 울기도 했다. 10평 남짓 되는 오피스텔 방구석은 소주병으로 가득 차 있었다. 그렇다고 나 자신이 무너지는 것에 대해 스스로 용납이 되지는 않았다. 짧은 시간이나마 상처를 입은 마음을 추스르고 키워주신 고향 집으로 갔다. 낯선 곳을 가는 것처럼 어색한 마음마저 들었다.

"왜 저에게 그런 고통을 주셨나요? 왜 그런 시련을 주셨나요?"

"너에게 정말 미안하다. 하지만 누가 뭐라고 해도 너는 내 아들이다."

"왜 이제야 사실을 말해주셨어요? 그냥 무덤까지 안고 가셨으면 저도 평소처럼 지냈을 것 아닙니까? 도대체 저한테 왜 그러신 거예요?"

두 분은 나를 진정시키고는 "우리가 죽기 전에 너에게 진실을 알려야겠다고 생각해서다."라며 나에게 사실을 알려주려고 마음을 잡으셨다고 한다. 그러고는 너무 오래된 일이라 정확히 기억은 못 하지만, 과거의 기억을 최대한 되짚으면서 나를 입양하게 된 사연을 얘기해 주셨다.

1974년, 벚꽃이 저물던 봄이었다고 한다. 당시 두 분은 고향을 떠나 부산으로 정착해 생활하기 시작했고, 가난한 시절이라 판자촌이 밀집한 곳에 거주했다고 한다. 당시 아버지는 컨테이너 부두에서 막노동하셨고 어머니는 합판공장에서 일했다고 한다. 시간이 흘러 정착할 무렵, 어느 할머님이 시장 길거리 모퉁이에서 포대기에 싸인 갓난아기를 발견해 자식이 없는 지금의 부모님께 인계했다고 한다. 그런데 몇 해가 지나 다시 말씀하시기를 당시 살던 동네 인근의 미용실에서 나의 친어머니로 보이는 여성과 외할머니로 보이는 분이 포대기에 싼 아기를 둘러메고 쪽지와 함께 나를 현재의 부모님께 인계했다고 한다. 당시 쪽지에는 태어난 날로 추정되는 '1974년 1월 27일'이라는 메모지가 함께 있었다고 내게 말씀해 주셨다. 나를 키워주신 부모님은 1년이 지난 1975년에 늦은 출생신고를 관청에 했고, 지금껏 친자식처럼 성심을 다해 길러주셨다.

어렴풋이 나의 어린 시절이 필름 끊기듯 기억난다. 당시 판자촌 건물에 단층짜리 집들이 10여 채 모여 살았다. 문짝도 없는 큰 대문에 들어서면 마당 한쪽에 공동 펌프가 자리 잡고 있었고, 뒤편에는 나무판으로 만들어진 공동화장실이 덩그러니 2~3칸 놓여 있었다. 집안은 삐거덕 소리가 나는 미닫이문을 열면 연탄 아궁이와 부엌이 있었고, 중간 문을 열면 나오는 3~4평 되는 단칸방 하나에 조그마한 다락방이 있는 곳에서 세 식구가 모여 살았다. 내 기억으로는 옆집 아저씨가 자던 중 연탄가스에 중독되어 아버지가 그를 업고 병원으로 급하게 갔던 일이 있었다. 어느 날 이른 아침, 맞벌이 부모가 세 살배기 아들을 옆집에 맡기고 출근길에 나설 때면, 어린 나는 엄마와 떨어지지 않으려고 안간힘을 쓰며 서럽게 울었던 것도 기억난다. 지금까지 키워주신 부모님께서는 대학원까지 뒷바라지해주면서 친자식 이상으로 정성을 다해 사랑으로 돌봐주셨다. 하지만 내 출생의 비밀을 무덤까지 가져가는 게 죄스럽고 부담스러운 나머지 용기를 내어 진실을 알려주셨다.

나는 친부모를 찾기 위해, 주말과 휴가를 이용해 부산의 감만동과 우암동 인근 지역에 수천 장의 전단을 붙이면서 백방으로 수소문했다. 경찰서와 실종 아동기관 등에 의뢰도 하고, 지역 신문에 사연을 실어 보기도 했다. 부산시청 게시판과 지역 노인복지관 홈페이지 자유게시판을 통해 글을 올리기도 했지만, 쪽지 한 장에 적힌 글귀와 들은 이야기만으로는 헤어진 부모를 찾기란 쉬운 일이 아니었다. 모르는 번호로 전화가 울릴 때마다, 혹시나 하는 마음에 큰 기대하고 핸드폰을 귀에 갖다 대지만, 다시 찾아오는 건 공허함과 실망감뿐이었다. 왜 나에게 이런 시련이 찾아왔는지, 왜 드라마 같은 일이 나에게 일어나는지…. 나는 너무 힘이 들었다.

그러던 중 21대 국회의원 선거가 끝나고 얼마 지나지 않아 아버지가 병환으로 세상을 떠나셨다. 그분에 대한 원망보다, 살아생전 자식만을 위해 희생하신 삶을 생각하면 지금 이 글을 쓰면서도 눈물이 멈추지 않는다. 나보다는 돌아가신 아버지와 홀로되신 어머니의 마음이 더 아프고 힘이 드셨을 것이다.

흔히들 부모와 자식 간의 피 끌림은 천륜이라고 했다. 천륜은 어떤 경우라도 끊을 수 없는 절대적인 것이다. 나의 천륜은 나를 훌륭하게 키워주신 지금의 부모님이다. 내가 누구 덕분에 지금 이 자리에 서 있는지, 누구의 힘으로 이곳까지 왔는지 돌아보게 된다. 잠시 잊은 것은 아닌지, 나 자신의 힘으로 여기까지 왔다고 착각하고 있는 것은 아닌지, 반성하고 되새긴다. 모두 나를 키워주신 부모님 덕분이다. 더도 아니요, 덜도 아니다. 바로 두 분의 헌신이 있었기에 지금의 내가 있는 것이다. 뿌리 깊은 나무가 바람에 흔들리지 않고, 샘이 깊은 물이 가뭄에 마르지 않는다고 했다. 두 분의 지극한 사랑이 내겐 기름진 흙이었다. 덕분에 깊고 넓게 뿌리를 내릴 수 있었고, 마르지 않는 샘이 될 수 있었다.

나는 지금 떳떳하게 말한다.

"나는 대한민국 국회의원 보좌관이다."